À propos de l'autrice

Passionnée par la lecture, Fiona Bousseau a toujours rêvé de laisser libre cours à son imagination débordante en écrivant ses propres histoires. Elle aime profiter de la vie, et passer du temps avec sa famille et ses amis.

N'importe où avec toi

FIONA BOUSSEAU

N'importe où avec toi

HARLEQUIN

N'importe où avec toi *est déjà paru en ebook dans la collection &H en 2020, sous ce même titre.*

HARPERCOLLINS FRANCE
83-85, boulevard Vincent-Auriol, 75646 PARIS CEDEX 13
Service Lectrices — Tél. : 01 45 82 47 47 - www.harlequin.fr
ISBN 978-2-2804-6974-6

Composé et édité par HarperCollins France.
Imprimé en décembre 2021 par CPI Black Print (Barcelone)
en utilisant 100% d'électricité renouvelable.
Dépôt légal : janvier 2022.

FSC
www.fsc.org
MIXTE
Papier issu de sources responsables
FSC® C159065

Pour limiter l'empreinte environnementale de ses livres, HarperCollins France s'engage à n'utiliser que du papier fabriqué à partir de bois provenant de forêts gérées durablement et de manière responsable.

1

8 heures. Satané réveil. Malgré le bruit des vagues censé me faire émerger en douceur, j'ai envie d'exploser mon téléphone contre le mur. En même temps, je n'aurais pas dû me lancer dans la première saison de *Newport Beach.*

Je fais taire cette petite voix dans ma tête qui me dit de rester au lit. Je repousse la couette et m'extirpe tant bien que mal de mon nid douillet pour filer sous la douche. J'en profite pour m'étirer et bâiller. Rien de tel qu'une bonne douche chaude pour bien commencer la journée. Je me lave avec ma panoplie de shampoing et gel douche à base d'huiles d'amande douce et d'argan, m'apprête un minimum – ce qui se résume à sécher mes boucles brunes, les ramener en queue-de-cheval et appliquer une fine couche d'eye-liner pour faire ressortir mes iris marron –, et le tour est joué. J'enfile ma robe noire fétiche, celle qui est cintrée au niveau de la poitrine et s'évase jusqu'au-dessus du genou. Je l'ai dénichée dans une friperie, le genre d'endroits que je n'aurais jamais envisagé de fréquenter jusqu'à ce que ma meilleure amie me convainque du contraire. Je complète ma tenue par une paire de petites tennis blanches et un gilet rose poudré. Simple, joli, confortable, je serai à l'aise aujourd'hui.

Dans la cuisine, j'avale en vitesse quelques gorgées de thé réchauffé et quitte enfin mon appartement.

L'avantage d'habiter au cœur de la ville, c'est que tout est à proximité : les magasins, les bars, les boîtes, et même notre lieu de travail. L'inconvénient, c'est que l'on n'est jamais au calme et que l'on prend un bain de foule dès qu'on sort de chez soi. Il ne faut pas être agoraphobe.

Lorsque j'ai emménagé là, je ne voyais que les côtés positifs d'une grande ville. Je voulais à tout prix être la citadine branchée avec un super job, invitée aux meilleures soirées avec les plus beaux garçons à mes côtés. À présent, je souffre de plus en plus du manque d'intimité, d'espace et de sérénité. L'exemple parfait pour illustrer mes dires : les transports en commun. À 9 heures du matin, c'est-à-dire au moment où tout le monde part travailler, c'est la cohue dans le métro. Ce matin, j'arrive in extremis à franchir les portes de la rame. J'essaie de me faufiler entre une mère qui accompagne ses trois fils à l'école et deux jeunes femmes en tailleur - noir pour l'une, gris pour l'autre - qui discutent vacances. Leur bavardage m'occupe l'esprit le temps du trajet. Celle vêtue de noir raconte son dernier séjour en Pologne. Selon elle, Cracovie est *la* ville à visiter, avec ses maisons colorées, ses beaux monuments, comme le château du Wawel, et l'ambiance festive de la place du marché.

Mon bureau n'est qu'à quatre stations. Je sors donc au bout de cinq minutes, mais sur le quai il y a encore plus de monde. J'en suis dépitée. Les gens courent sans se regarder, trop absorbés par ce que leurs écouteurs leur susurrent à l'oreille.

Moi, je marche d'un pas sûr, sans me précipiter pour autant. Au moment de mettre un pied sur l'escalator, je me fais bousculer par un mec en costard mal taillé, d'un noir délavé. Je perds l'équilibre et me retrouve par terre en moins de deux.

— Serpentard ! je m'écrie à son intention.

Il ne se retourne pas et grimpe les marches quatre à quatre.

Des gens passent à côté de moi sans daigner m'accorder un regard ni me demander comment je vais. Heureusement pour moi, un grand jeune homme en survêtement de marque s'arrête et me tend la main. Je la saisis et me relève en lui lançant un regard plein de gratitude.

— Il n'y a plus aucun respect, de nos jours, déclare-t-il une fois que je tiens sur mes deux jambes.

— C'est malheureux. Heureusement qu'il y a encore des personnes comme vous.

Il m'adresse un sourire franc et me souhaite une bonne journée.

C'est dans des moments comme celui-là que j'aimerais avoir un mec qui me protège et défende mon honneur. Mais j'ai déjà essayé à plusieurs reprises les relations sérieuses, et ce n'est définitivement pas fait pour moi. Je suis plutôt du genre sans attache. Je ne supporte pas les démonstrations affectives en public, et encore moins la jalousie. C'est un concept qui m'a toujours dépassée. Je me souviens, à la fac, d'interminables débats avec une amie qui faisait passer son petit ami de l'époque avant tout le monde. Elle avait fini par le quitter, ce qui nous avait tous ravis.

Sur les derniers mètres qui me séparent de mon lieu de travail, je croise plusieurs panneaux publicitaires. Des parfums aux voitures, en passant par les bijoux et les sodas, il y a de tout. Mais une affiche attire plus particulièrement mon attention. Il s'agit d'une publicité pour une agence de jeunes filles au pair. Ça me rappelle mes vingt ans, quand j'ai envisagé de partir vivre à l'étranger. En fin de compte, j'ai préféré valider ma licence, mais il m'arrive de le regretter ; surtout quand je regarde cette publicité où la jeune fille semble s'éclater sur une plage avec deux enfants. J'aurais pu être cette fille. Si seulement j'avais fait d'autres choix…

Je rejoins finalement l'immeuble où je travaille pour une entreprise spécialisée dans la vente à domicile de produits de beauté au concept intéressant : ce sont des produits faits pour les hommes et vendus par des hommes. La boîte est actuellement en plein essor : en deux ans, ses effectifs ont doublé. L'idée plaît beaucoup à la population masculine, d'autant que, contrairement aux idées reçues, les hommes font très attention à eux.

J'espère pouvoir prendre quelques minutes pour m'apaiser dans mon bureau, avant d'entamer une journée bien chargée. Mais mes espoirs sont de courte durée. À peine suis-je sortie de l'ascenseur que Marc, mon boss, me tombe dessus. J'ouvre la bouche pour le saluer et lui demander comment s'est passé son week-end en famille, mais il me coupe la chique :

— Emma, enfin ! s'exclame-t-il à bout de souffle.

— J'ai cinq minutes d'avance, je rétorque.

— Tu en aurais sûrement eu dix si tu n'avais pas pris ton vieux tricot rose. Ça doit ralentir, un truc pareil, se moque-t-il en touchant mon gilet du bout des doigts, comme si j'avais la gale.

Marc et ses blagues lourdingues…

— Tu te trouves drôle ? dis-je en essayant de garder mon sérieux.

Marc est le patron rêvé. Il est jeune, dynamique, cool. Le courant passe très bien entre nous, à tel point qu'il nous arrive de déjeuner ensemble et parler de tout et de rien. Je n'ai pas à me plaindre sur ce point-là, il est extra !

— Blague à part, reprend-il. Je suis dans un merdier

pas possible. Avec tous ces imprévus, j'ai pris du retard la semaine dernière. Tu peux me faire un compte rendu de tes entretiens de vendredi ? J'en ai besoin pour 10 heures. Un vendeur de l'équipe de Bretagne a démissionné, je dois embaucher un remplaçant en urgence. Il faut aussi que tu programmes une réunion d'équipe pour faire un bilan du mois de juin. Je veux l'avis de tout le monde, mais il faut que ce soit synthétique. Donc anticipe les questions et prépare les statistiques. Je veux faire le point sur nos ventes de ce mois-ci. Et puis j'ai plusieurs enregistrements à retranscrire.

— Combien ?

— Six.

— Six ? je hurle presque dans le couloir. Je ne peux pas te faire tout ça aujourd'hui, Marc. Je te rappelle que j'ai du boulot, en plus de ce que tu viens de me rajouter. Si tu voyais mes heures supplémentaires des trois derniers mois, tu déciderais peut-être de m'augmenter.

Il semble m'écouter et prendre en considération ma remarque, ce dont je lui suis reconnaissante.

— Je sais bien, dit-il avec empathie. Mais j'ai vraiment besoin de toi. Fais au mieux et on fera le point ce soir.

En plus d'être cool, Marc est professionnel et humain. Mais ça ne l'empêche pas de me surcharger de travail. Je ne compte plus mes heures supplémentaires et j'apporte même du boulot chez moi le week-end. Au début, ça ne me gênait pas, mais maintenant je commence à saturer. Cela fait cinq mois - bientôt six - que je travaille pour lui en tant que DRH. Mais j'ai parfois l'impression d'être autant assistante que commerciale. Avec le plus de tact possible, je décide de lui faire part de mon ras-le-bol :

— Je sais que tu es sous pression en ce moment, Marc,

mais je ne vais pas pouvoir continuer à ce rythme très longtemps. Je préfère te prévenir.

Mon boss hoche la tête en signe de compréhension. Une fois notre échange terminé, je retrouve mon modeste bureau et m'affale sur la chaise abandonnée le temps du week-end. Je prends une grande inspiration ainsi que ma motivation et mon courage à deux mains, puis file à la cuisine me faire une tasse de thé au pamplemousse. Rien de tel pour commencer sa journée de travail du bon pied ! Mon mug fumant à la main, je retourne illico presto dans mon bureau, en faisant onduler ma queue-de-cheval. Je salue quelques collègues au passage, et c'est parti pour une nouvelle semaine !

Comme souvent, je n'ai pas le temps de me poser pour déjeuner. Je charge donc une collègue de me rapporter une salade et un cookie cranberries-chocolat blanc du self, que je mangerai en envoyant des mails à nos vendeurs.

Je contemple avec désespoir le joli cactus en pot, face à moi. L'espace d'un instant, je m'imagine dans le désert, en train de savourer le calme, l'air pur et le soleil. Mais la réalité est loin du fantasme. Sortant de ma rêverie, je me remets au boulot, un peu à contrecœur.

L'excitation que j'avais ressentie en prenant ce poste a disparu depuis environ deux mois. À présent, je viens au bureau en traînant des pieds. Ce n'est pas ainsi que je m'imaginais à vingt-quatre ans. Parfois, je me demande comment serait ma vie si j'avais choisi une autre voie, si j'avais écouté mon cœur plutôt que la raison…

La fin de l'après-midi arrive au grand galop, ce qui n'a rien d'étonnant. Je n'ai pas une seconde pour me tourner les pouces. Je n'ai pas pris le temps de faire une pause et j'ai mangé sur le pouce. Je suis un vrai bourreau de travail – ou plutôt Marc est un vrai bourreau de travail et moi j'en paye le prix.

Je jette les miettes de mon cookie par terre, regroupe les dossiers qui traînent sur mon bureau et file voir Marc. En traversant le couloir, je remarque que les box se vident petit à petit.

Je frappe deux fois à sa porte, qui est entrouverte. Il est au téléphone - avec un client mécontent, apparemment - et fait les cent pas. Il a l'air de mauvais poil. Il me fait signe d'entrer et de m'asseoir. J'adore ses sièges-fauteuils noirs en similicuir, ils sont tellement chics. Je suis l'une des rares employées à avoir le privilège de pouvoir s'y asseoir. Son bureau gris anthracite est recouvert de piles de dossiers, auxquelles s'ajoutent un pot à crayons qui sert surtout de fourre-tout, un emballage de salade et une canette de soda. Des feuilles volantes envahissent même le sol. L'étagère qui habille l'un des quatre murs est elle aussi en désordre, débordant de livres qui refusent visiblement de tenir debout.

Tout ce fouillis m'impressionne. Je sais que, de nous tous, Marc est celui qui a le plus de travail, de responsabilités et de stress à gérer. Alors je peux concevoir qu'il ait autre chose à faire que ranger son bureau. Il m'a fait comprendre une fois que tout ce travail impactait sa vie privée. Il a beau être son propre patron, je ne l'envie vraiment pas. Contrairement à moi, il ne pourrait pas tout envoyer balader sur un coup de tête. Mais au moins il s'éclate dans son job et a le mérite de gérer son entreprise à la perfection.

Moi, en fin de compte, qu'est-ce qui me retient ici ? Ma période d'essai arrive bientôt à son terme, j'ai fait le tour de ce que je voulais apprendre. Est-ce qu'il ne serait pas temps de partir ? Je pourrais être cette fille du panneau publicitaire que j'ai vu ce matin. Il n'est peut-être pas trop tard.

J'attends tranquillement que Marc finisse sa conversation.

— Oui…

— …

— Mais je vous ai déjà dit que ce n'était pas possible…

— …

— Hmm… Alors on fait comme ça, à jeudi, dit-il en raccrochant.

Il s'assoit en face de moi, dans son fauteuil de P-DG. Je pique un bonbon qui traîne sur son bureau. Il est à la fraise. Alors que j'en ôte soigneusement l'emballage, Marc me demande :

— Alors où en es-tu après cette dure journée de labeur ?

— Comme tu as pu le constater, les bilans des entretiens étaient finis à 9 h 45. Là, dis-je en lui tendant un dossier, ce sont toutes les informations nécessaires pour le débriefing d'équipe. J'ai convoqué tout le monde vendredi à 9 heures. Ça te laissera un peu de temps pour potasser le dossier. Sinon, j'ai formé la nouvelle recrue sur l'utilisation du logiciel, passé les commandes de l'étage, et j'ai parlé avec Christelle.

Cette dernière est la standardiste de l'entreprise. Récemment, elle a manqué de professionnalisme et a commis des erreurs de transmission, ce qui nous a fait perdre un distributeur potentiel pour nos produits.

— Ah ? s'inquiète-t-il.

— Elle a compris ce qu'on lui reprochait. Elle m'a aussi confié que c'était compliqué en ce moment à la maison. Depuis que son mari l'a quittée, elle s'occupe seule de ses deux enfants. Du coup, je lui ai dit qu'on comprenait, et qu'on pouvait l'aider à mettre des aides sociales en place. Ce n'est pas avec son salaire de secrétaire qu'elle va pouvoir se payer une nourrice. Bref, à partir de maintenant, elle notera toutes les infos essentielles dans un petit carnet qu'elle transmettra régulièrement. Il ne devrait plus y avoir de loupé.

Sur une étagère, une photographie attire mon attention. Marc pose sur une plage avec trois enfants. Je l'avais déjà aperçue auparavant, mais elle me fait repenser à cette agence de filles au pair.

— Super ! Tu gères. Et tu en es où dans les retranscriptions ?

Fière de moi, je lui tends le dernier dossier :

— Fini !

— C'est pas vrai ? se réjouit-il. Merci ! Mille mercis ! Mais qu'est-ce que je ferais sans toi ?

Il s'en sortirait sûrement très bien, nul n'est irremplaçable. Mais qu'est-ce que je lui dis ? Est-ce que je me lance et je lui annonce que je ne souhaite pas renouveler mon contrat ? Ou bien je me tais et je dis au revoir à cette idée folle qui m'obsède ? J'aimerais un signe, que l'on me dise quoi faire. J'attends, mais rien ne vient. Merci du soutien ! Et puis merde, je n'ai qu'une vie. Advienne que pourra !

— À ce propos…, dis-je, hésitante.

Marc relève la tête de ses dossiers et me regarde avec intérêt. Mais je crois aussi déceler une pointe de tristesse. Visiblement, je n'ai pas besoin d'épiloguer, car il a déjà compris où je veux en venir.

— Je me demandais quand ce jour arriverait. Je savais qu'il viendrait tôt ou tard, mais j'ignorais à quel moment.

Wow, ça, c'est une surprise. Moi qui pensais qu'il tomberait des nues ! D'autant que je viens tout juste de me décider. Je suis épatée par son flair. En même temps, il n'est pas à la tête d'une entreprise pour rien.

— Tu ne m'en veux pas ? dis-je timidement.

— Eh bien, tu vas me mettre dans un terrible pétrin, mais je suis content pour toi. Je pense que tu as appris tout ce que tu avais à apprendre ici et que c'est le moment pour toi de changer d'horizon. Tu n'avais plus l'air aussi épanouie qu'à tes débuts, de toute manière. Je suppose que tu nous quittes vendredi ?

Mon corps entier se détend. Je souffle de soulagement.

— Oui, ma période d'essai se termine à la fin de la semaine. Mais, si c'est trop compliqué pour toi, je peux rester plus longtemps. Je n'ai rien de prévu pour l'instant.

— Certainement pas ! s'exclame-t-il soudainement en tapant du poing sur le bureau pour accompagner ses dires. Si tu ne pars pas maintenant, tu risques de ne jamais le faire.

Il prend une grande inspiration, réfléchit quelques instants et boit une gorgée d'eau dans son gobelet en plastique. Pour l'écologie, on repassera. Il finit par me dire qu'il va se débrouiller et me trouver un remplaçant, ou une remplaçante, d'ici la fin de la semaine.

— Quand as-tu pris ta décision ? me demande-t-il alors que je m'apprête à sortir de son bureau.

— Aujourd'hui, avoué-je, penaude.

Il se met à rire et me demande :

— Et qu'est-ce que tu comptes faire ?

— Je n'en ai pas la moindre idée. Mais j'ai besoin de changement. Je te tiens au courant si j'ai une piste, je conclus en prenant la direction de mon bureau.

Je suis plus déterminée que jamais et ravie que Marc comprenne ma décision. Je ne sais pas ce que l'avenir me réserve, mais je ne m'inquiète pas. Je sais qu'au bout du chemin je trouverai ma voie. Peu importe le temps que ça prendra.

Je file dans mon bureau récupérer mon sac et mon gilet. Alors que je m'apprête à prendre l'ascenseur, j'entends quelqu'un prononcer mon prénom. Je me retourne et aperçois Marc qui passe la tête par l'encadrement de la porte de son bureau.

— T'as vraiment des couilles, championne !

Je ne peux m'empêcher de rire de la vulgarité qu'il affiche devant son équipe. Mais ses mots me touchent. J'apprécie beaucoup Marc. Parfois, je le considère plus comme un ami que comme un patron. Alors son soutien est très important pour moi.

La journée se termine bien mieux qu'elle n'a commencé.

Je savoure mon assiette de pâtes à la carbonara, confortablement enfoncée dans mon canapé en daim beige, tandis qu'à l'écran Summer Roberts et Seth Cohen flirtent sur le pont d'un bateau. Quel couple parfait ! À côté de moi, mon lapin s'amuse à sauter sur deux petits coussins rouges. Il est tellement mignon que je ne cherche même pas à l'en empêcher.

Zut ! Dans toute cette frénésie, j'ai oublié de prévenir Alexie, ma meilleure amie. Aussitôt dit, aussitôt fait, je lui envoie un SMS :

Salut, poulette, comment tu vas ? Dispo pour qu'on s'appelle ?

La réponse ne tarde pas à arriver :

Ça va, et toi ? Pas possible ce soir, je travaille :/ Tu avais besoin de qqch ?

Non, pas du tout, je voulais juste te dire que j'ai démissionné

Je connais Alexie par cœur, nous sommes amies depuis l'école primaire. C'est pour ça que, quand mon téléphone se met à sonner sur un rythme de Metro Station, je ne suis pas surprise. Je décroche machinalement :

— Allô ?

— Tu te fous de moi ? Mais, bordel, qu'est-ce que t'as fait ? Sérieusement ? C'est une blague ? demande-t-elle en se calmant peu à peu.

— Non, je t'assure.

— Mais pourquoi ? Pourquoi tu as pris une décision pareille ? C'est un coup de tête ? Je sais que tu es spontanée, mais là tu fais fort, ricane-t-elle.

J'appuie sur le bouton de ma télécommande pour mettre ma série en pause.

— En fait, je n'ai pas vraiment démissionné, je tente de l'apaiser. J'ai juste décidé de partir après ma période d'essai. Je ne me retrouvais plus dans ce que je faisais. Tu me connais : quand je veux quelque chose, je m'investis à fond. Là, je n'ai plus le goût de travailler. Pas dans cette branche, en tout cas.

— Tu voudrais faire quoi, alors ?

— Aucune idée. Mais j'ai besoin de changement. Ça te dirait qu'on se fasse un petit week-end à la campagne, toutes les deux ? Genre samedi ? J'ai besoin de changer d'air. Je n'en peux plus de cette ville.

— C'est le mariage de ma cousine, ce week-end. Tu sais, celle qui s'est casée avec l'autre cas social. J'aurais tellement préféré être avec toi, mais je leur ai déjà promis de venir.

Elle semble sincèrement désolée. Je lui dis que ce n'est rien, que je trouverai de quoi m'occuper. Elle soupire, puis reprend :

— Et ton idée de partir à l'étranger ? Ça pourrait être un bon tremplin pour toi.

— Figure-toi que j'y ai pensé. Ce matin, en allant bosser, je suis tombée sur la pub d'une agence de jeunes filles au pair. Et je me suis dit : pourquoi pas moi ?

— C'est peut-être un signe du destin. Je comprends mieux pourquoi tu as démissionné, maintenant. Tu avais une idée derrière la tête. Quoi que tu décides, ma belette, je te soutiendrai. Il faut que tu trouves ce qui te rend heureuse. Bon, désolée, mais là il faut que je te laisse. Je suis de garde et Joëlle, ma collègue rabat-joie, me fait signe de revenir. Tiens-moi au courant. Bisous !

— Bisous, poulette.

Après avoir raccroché, mes pâtes et mon épisode terminés, je décide d'aller jeter un œil au site de l'agence en question. Qu'est-ce qui me retient, après tout ? Sûrement pas un garçon, et, désormais, plus mon travail. Je n'ai de comptes à rendre à personne, et j'ai le soutien de ma meilleure amie.

Je lis quelques témoignages de filles au pair et de familles, puis me renseigne sur les conditions d'inscription. Cela semble facile. Et les commentaires sont en général très positifs. Je vois que certaines filles au pair conseillent d'établir les règles dès le départ avec la famille, pour qu'il n'y ait pas de malentendus ni d'abus. Convaincue, je tente de me créer un profil. Je choisis mes préférences - pays et conditions de garde –, me décris en dix lignes et indique mes motivations.

C'est alors qu'arrive l'épreuve finale : il faut mettre au moins une photo de soi. Le choix est décisif. Laquelle sera la plus représentative, sans pour autant me faire passer pour une folle ou une grosse fêtarde ? J'opte finalement pour une photo de l'année précédente où je suis assise sur un banc, prise le jour des cinquante ans de la mère d'Alexie. J'ai l'air souriante et naturelle. Ça fera l'affaire. Et puis ce n'est pas comme si j'attendais réellement une réponse. Je le fais surtout pour ne pas avoir de regrets. D'ailleurs, je vais bientôt me plonger dans les offres d'emploi. Il faut bien que je paie mon loyer et tous les à-côtés. Je ne vais pas pouvoir compter indéfiniment sur mes économies.

C'est avec un grand sourire et une sensation de délivrance que je clique sur le bouton « enregistrer ». Mon profil est validé. Je fais une capture d'écran de mon ordinateur et l'envoie à Alexie. Elle me répond avec un pouce en l'air, suivi d'une photo d'elle pointant du doigt sa collègue rabat-joie en blouse d'infirmière. J'explose de rire toute seule dans mon appartement. Même mon lapin me regarde bizarrement. Si je ne peux même plus compter sur lui…

2

La semaine, à l'image de ma journée de lundi, passe à une vitesse folle. Je forme mon remplaçant. Il a l'air cool et travailleur, ce qui plaît à Marc. Il a eu de la chance de le trouver si rapidement.

Je mets de l'ordre dans mes dossiers en cours, rends quelques services à Marc et boucle les plannings de l'été. Je profite de mes temps de pause pour regrouper mes affaires et mes bibelots dans des cartons. Mon bureau se vide peu à peu, ce qui me rend nostalgique. Mais je pense à ce qui m'attend et reprends du poil de la bête.

L'équipe semble regretter mon départ. Ils m'ont organisé un pot de départ pour le lendemain, dans nos locaux. Ça me fera plaisir de partir sur une touche de bonne humeur et de garder un bon souvenir d'eux.

À midi, je retrouve Marc dans son bureau. Il nous a fait livrer des hamburgers avec frites - potatoes pour moi - et des boissons provenant d'une célèbre chaîne de restauration rapide. Nous discutons de tout, sauf du travail. C'est très agréable. Je me dis que j'ai - j'avais - vraiment de la chance d'avoir un patron comme lui. Ce n'est pas donné à tout le monde. Et puis il me fait rire avec ses blagues de vieux. Sa moustache n'arrange rien, d'ailleurs. J'ai beau lui répéter que c'est démodé, il s'obstine à la garder. Il pourrait être pas mal, dans le genre classique, brun, plutôt grand... Mais sa moustache gâche tous ses efforts.

— Alors, tu as trouvé un nouveau poste ? demande-t-il en me piquant une potatoe.

Je le laisse faire, blasée, et réponds :

— Pas encore. J'ai envoyé quelques CV par-ci par-là, j'attends des réponses. Mais je ne me mets pas trop la pression. Si jamais je ne trouve rien de durable, je travaillerai un peu en intérim, histoire de payer les factures. Je veux prendre le temps de trouver ce qui me plaît.

— C'est très sensé et réfléchi de ta part, toi qui es la reine de la spontanéité.

— Mais qu'est-ce que vous avez tous à me dire ça ? je demande en rigolant.

Il me scrute, comme si je venais de lui parler chinois, et me rappelle les (rares) fois où j'ai agi de façon un peu trop spontanée. Il évoque par exemple ma première réunion d'équipe, où je me suis permis de critiquer sa cravate. Pour ma défense, elle était très laide. Il énumère les nombreux cours auxquels je me suis inscrite sans dépasser la première séance, comme le cours de yoga ou de peinture. Et il m'achève en mentionnant mon déménagement précipité, sous le prétexte que la décoration de mon ancien appartement ne me correspondait plus. Il conclut sa tirade en croquant généreusement dans son burger. Je suis pliée de rire.

— Ce n'était pas assez feng shui à mon goût, dis-je en haussant les épaules. Et la chambre donnait sur un boulevard. C'était beaucoup trop bruyant.

— Ben voyons, se moque-t-il, la bouche pleine.

Nous rions tous les deux, conscients de l'absurdité de mes excuses. En réalité, j'ai déménagé il y a un an sans aucune raison valable, à la surprise générale. D'autant plus qu'à l'époque j'avais un appartement très moderne et plutôt spacieux pour ce qu'il me coûtait.

Nous sommes interrompus par le vibreur de mon téléphone. Sur l'écran s'affiche une notification du site de filles au pair. Je repose ma bouteille d'eau gazeuse et consulte le message.

— La vache !

— Qu'est-ce qui se passe ? s'inquiète Marc.

— Lundi, je me suis inscrite sur un site de jeunes filles au pair. Je crois que je viens d'avoir une réponse positive.

Marc éclate de rire. Je lève la tête, surprise. Il lui faut un long moment pour recouvrer ses esprits. Je l'interroge du regard.

— Ose me dire maintenant que tu n'es pas spontanée !

Je soupire, mais ne peux le contredire. J'esquisse même un sourire, que j'essaie en vain de lui cacher.

— Bon, alors, il dit quoi, ce message ?

Fébrilement, je lis le mail et fais un résumé à Marc. Apparemment, il s'agit d'une famille canadienne, qui habite à la frontière du Québec et de l'Ontario, dans une ville francophone. Ils ont un fils de quatre ans et un chien.

— Heureusement pour eux, ils n'auront pas à supporter ton terrible accent anglais.

— T'es mauvais ! je m'indigne. Il n'est pas si terrible que ça.

Marc lève les yeux au ciel :

— C'est ce qu'on appelle le déni, ma pauvre. Tu sais quoi d'autre sur eux ?

— Les deux parents travaillent beaucoup, c'est pour ça qu'ils cherchent une fille au pair, dis-je en fouinant dans leur profil.

— Ils auraient besoin de toi combien de temps ? Et à partir de quand ?

— Deux mois, et…

Je m'arrête net, bouche bée.

— Et ?

— Et la fille au pair qu'ils avaient trouvée pour cet été vient de se casser une jambe, donc ils cherchent quelqu'un pour la remplacer le plus tôt possible… Dès lundi.

— Oh… C'est un peu précipité, ça.

— Je sais. Qu'est-ce que je fais ?

Je sais que Marc est de bon conseil et qu'il me répondra en toute honnêteté, sans me ménager.

Il prend le temps de réfléchir. Je suis assise face à lui, attendant sa réponse avec impatience. Le silence pèse tellement que j'entends les bulles de mon eau gazeuse remonter à la surface du verre. Il prend une grande inspiration, tire sur les extrémités de sa moustache et se lance.

— Il faut d'abord que tu te demandes pourquoi tu t'es inscrite sur ce site, pourquoi tu veux partir, et ce que cette expérience pourrait t'apporter.

Je réponds à ses questions dans ma tête. Je l'ai fait, un peu subitement, certes, mais parce que j'ai besoin de changement. Ces derniers jours, j'ai réalisé que je ne savais pas quoi faire de ma vie. Alors quoi ? Peut-être qu'humainement parlant ce séjour ne m'apportera rien. Mais peut-être que si. Et, dans le pire des cas, j'aurai quand même découvert un nouveau pays. Et puis je garderai un enfant, il y a pire, comme job. Je ne partirai que deux mois, ça ne m'engage à rien. Sans compter qu'au vu des photos qu'ils ont postées leur maison a l'air magnifique. En termes de conditions de travail, on a aussi vu pire. Je lui fais un signe de tête indiquant qu'il peut poursuivre.

— D'accord, alors maintenant pensons pratique. Si

tu acceptes, ça veut dire que tu dois partir dans trois jours. Tu as un passeport ?

— Oui, je l'avais fait faire quand je suis allée à New York avec ma meilleure amie.

— Bien. Il me semble que pour aller au Canada il faut faire une demande d'AVE. Tu as juste à remplir un formulaire sur Internet et tu obtiens ton autorisation de voyage dans la foulée. C'est simple et rapide, mais c'est obligatoire.

Je l'écoute tout en prenant des notes sur l'emballage vide de mon burger. Je suis studieuse dans n'importe quelles circonstances.

— Il faut que tu trouves quelqu'un qui passera régulièrement chez toi vérifier que tout va bien. Et, bien sûr, il faut faire garder ton lapin.

Pauvre lapinou ! Je l'avais complètement évincé de ce projet.

— Je ne peux pas l'emmener avec moi ? je demande avec espoir.

— Les démarches sont trop longues, tu n'auras pas le temps. Il faut aller voir le vétérinaire et gérer ses papiers d'identité.

— Ses papiers d'identité ? je répète, ahurie.

— Nous vivons au XXIe siècle, ma chère, se contente-t-il de répondre.

Tant pis pour mon lapin ! Il restera en France le temps que je revienne.

— Ma meilleure amie habite à deux rues de chez moi, j'explique. Ça ne lui posera pas de problème de venir vérifier que tout est en ordre. Par contre, elle déteste les animaux, alors je ne pense pas qu'elle voudra s'occuper de Bacon.

— Sérieusement, tu as appelé ton lapin Bacon ? s'indigne-t-il. Tu t'étais bien gardée de l'avouer !

C'est vrai que je ne m'en suis jamais vantée.

— Mes amis me l'ont offert pour mes vingt ans. On avait pas mal bu. J'avais préparé des roulés de bacon avec des pruneaux. Ne me demande pas pourquoi, mais on a fait le rapprochement avec le lapin.

— J'ai de la peine pour cette pauvre bête, alors je veux bien m'en occuper. Ça atténuera peut-être les tensions qu'il y a à la maison, m'avoue-t-il, les yeux rivés sur son bureau.

Mon cœur se pince à l'idée que Marc soit malheureux dans son couple.

— C'est si terrible que ça ?

— Oui et non. Ma femme me reproche de passer trop de temps au boulot. Elle n'arrive pas à comprendre les enjeux que ça représente pour moi. Et puis je sais qu'elle aimerait fonder une famille, mais je ne prends jamais le temps d'en parler avec elle.

— Je suis vraiment désolée pour toi, Marc. Mais c'est vrai que tu te tues à la tâche. Tu arrives le premier et tu repars le dernier tous les jours. Je peux comprendre le point de vue de ta femme. Essaie de lui réserver une soirée par semaine, rien qu'elle et toi. Par exemple, dis-lui que tous les jeudis soir tu ne feras rien d'autre que d'être avec elle.

— Ce n'est pas bête. Tu me surprends, parfois.

Je me la pète en levant les yeux au ciel et en jouant avec mes cheveux.

— C'est bon, redescends sur terre, rigole-t-il. Allez, on va tout défoncer : toi, tu vas exceller comme fille au pair, et moi je vais rester le patron d'une boîte qui cartonne tout en prenant soin de ma petite femme.

— Tu l'as dit ! je déclare en lui tendant ma main, qu'il frappe.

Une atmosphère de détermination et de victoire emplit le bureau, ce qui nous booste tous les deux.

Je passe la fin de ma pause-déjeuner à répondre favorablement à la demande de la famille Demaras. J'en profite pour leur poser un tas de questions : je leur demande ce que je dois emporter ou non, quel temps il fait à cette période de l'année, si j'ai besoin de documents particuliers, s'ils souhaitent plus d'informations à mon sujet. Ils me suggèrent un Skype dans la soirée, que j'accepte. Tout excitée, je file ensuite sur le site d'un comparateur de vols.

À ma grande surprise, je déniche un billet à un prix raisonnable. En plein été et au dernier moment, je m'attendais à pire.

Sur le chemin du retour, j'appelle Alexie pour lui annoncer la nouvelle. Elle est à la fois ravie pour moi et triste que je parte aussi rapidement.

— Mais je ne pourrai même pas être là pour ta dernière soirée en France ! s'attriste-t-elle.

— C'est pas grave, poulette ! On peut se faire une soirée filles demain. Vin, pyjama, séries, ragots, comme au bon vieux temps.

— J'ai hâte ! Je partirai tôt samedi, par contre.

— Pas de souci ! Tu devras te faire belle pour ce super mariage, dis-je dans un éclat de rire.

— Tu parles, ce sera le rendez-vous des péquenauds.

— Oh ! tu es dure ! Ce n'est pas parce que le futur mari est un peu limité sur les bords que sa famille est pareille. Ils sont sûrement adorables.

— Les chiens ne font pas des chats, ma belette.

— Ça fait beaucoup d'animaux pour une seule phrase.

— T'es bête ! Bon, je te laisse, Thomas vient d'arriver. À demain soir !

— Passe le bonjour à ton chéri. À demain !

En raccrochant, je me dis que je suis complètement folle. Mais qu'est-ce qui m'a pris ? Pourquoi je me suis engagée là-dedans ? Marc et Alexie ont raison, je suis vraiment trop spontanée. Il y a quelque chose qui ne va pas chez moi. Est-ce que c'est lié à mon schéma familial un peu particulier ? Je suis toujours à la recherche de quelque chose. Oui, mais de quoi ? Ce ne sont pas des parents que je vais trouver là-bas. Enfin, si, mais pas les miens.

Jusqu'à mes huit ans, il n'y avait que ma mère et moi. Je n'ai jamais connu mon père, et ma mère n'aimait pas aborder le sujet. Je crois que c'était un homme peu fréquentable, pas vraiment fait pour la paternité. Le jour où j'ai soufflé ma huitième bougie, ma mère est allée au supermarché, chercher plus de bonbons pour la fête qu'elle avait organisée en mon honneur. Malheureusement, c'était un jour pluvieux et glacial, où il y avait peu de visibilité. Selon les policiers, elle a perdu le contrôle de sa voiture sur une plaque de verglas. Elle est morte sur le coup. Ce sont mes grands-parents qui m'ont élevée par la suite. Ils sont adorables, mais ils étaient déjà plutôt âgés, à l'époque, et c'était parfois compliqué pour eux de s'occuper de moi. J'ai donc appris très vite à me débrouiller toute seule.

Alors peut-être que c'est simplement de stabilité que j'ai besoin. Mais ce n'est sûrement pas en prenant de telles décisions que je vais la trouver.

Les bougies que j'ai allumées dans le salon diffusent une odeur de fraise et de cerise. Une ambiance zen règne dans l'appartement. En guise de fond musical, j'ai opté pour l'album *Phase*, de Jack Garratt. Ses sonorités indie-pop me plaisent, surtout dans le titre *Breathe Life*. Je m'affaire en cuisine, en attendant Alexie, qui se met en pyjama dans ma chambre. Elle est venue directement après le boulot. En tant qu'infirmière, elle a des horaires un peu particuliers.

Elle finit par me rejoindre dans la cuisine alors que j'entame la préparation du guacamole. Je souris en la voyant débarquer en short rose et débardeur blanc orné d'une licorne qui mange une glace.

— Très comique, ton pyjama.

— Très sexy, le tien, renchérit-elle.

Je porte un short noir avec une bordure en dentelle et un petit top assorti. Je l'aime bien, et il est très léger, ce qui n'est pas du luxe, étant donné la chaleur ambiante.

Alexie s'occupe de couper le comté en petits cubes et nous sert à chacune un verre de vin : blanc pour elle, rouge pour moi. Malgré tous nos points communs, nous n'avons jamais réussi à nous entendre sur le choix du vin. Donc, pour éviter les querelles, nous avons chacune notre bouteille.

Ce n'est pas que j'aie très faim, il y avait de quoi grignoter à mon pot de départ. Mes collègues sont les rois de l'organisation. J'ai pu dire au revoir à tout le monde, et j'ai même officiellement confié Bacon à Marc. L'appartement semble vide sans lui, d'ailleurs.

— Au fait, comment s'est passé ton Skype d'hier avec la famille ? Tu ne m'as pas raconté, dit Alexie en changeant de playlist.

— C'était plutôt rapide. J'ai eu un premier aperçu

très positif, et je pense qu'eux aussi. July, la maman, m'a dit qu'elle était ravie de m'avoir trouvée. La fille qui devait venir s'est cassé la jambe il y a une semaine, autant dire qu'ils ont été sous pression ces derniers jours pour lui trouver une remplaçante. Elle m'a raconté qu'ils commençaient à désespérer, jusqu'à ce qu'ils voient mon profil sur le site.

— Tu m'étonnes ! Et tu sais ce que tu vas faire là-bas ?

— C'est les vacances scolaires, alors je vais garder le petit Logan. Il a quatre ans. Apparemment, il est très mûr pour son âge. Il y a plein d'activités à faire près de chez eux, donc je ne vais pas m'ennuyer. Je vais avoir des ressources pour l'occuper. Il faudra que je participe aux tâches quotidiennes, du genre cuisine et rangement. Mais ils ont une femme de ménage pour l'entretien de la maison, donc je suis certaine qu'ils ne vont pas m'exploiter.

— Ils ont peut-être un jardinier hyper sexy, comme Marissa dans la saison deux de *Newport Beach*, dit-elle en prenant une gorgée de vin blanc.

J'éclate de rire. Alexie est aussi fan de *Newport Beach* que moi.

— S'il est aussi beau que DJ, je risque de faire plus de baby-sitting avec lui qu'avec Logan.

En guise de réponse, je reçois un bout de fromage en pleine face, que j'arrive à engloutir au vol.

J'accompagne ce petit délice d'une gorgée de vin rouge : le mélange est divin !

— Profite, ma belette, tu ne risques pas d'en manger de si bon au Canada. Ce sera surtout de la poutine au menu.

— Quoi ? Ne me dis pas que le plat national canadien a le nom d'un président russe !

— La poutine est un plat à base de frites, avec du

fromage et du jus de viande, répond-elle. C'est assez particulier, si j'en crois mon unique expérience. Disons que, si tu aimes les frites croustillantes, tu risques d'être déçue. Mais goûtes-y quand même.

— Pourquoi pas ? Mais, tu sais, le père est chef cuisinier. Donc je pense que je vais me régaler quand il se mettra aux fourneaux.

Nous disposons nos denrées sur un plateau et apportons le tout dans le salon, notre verre de vin à la main. Le clic-clac en guise de canapé et la télé nous tendent les bras. Nous nous installons confortablement, comme à l'époque de nos premières soirées pyjama, au collège. Les verres de vin et les conversations sur le sexe sont venus plus tard, de fil en aiguille.

— Comment s'est passée ta semaine ? je demande.

— Bien ! Intense, mais bien. Les patients étaient tous déchaînés, je crois qu'ils se sont passé le mot. Mais au moins on ne s'est pas ennuyés.

— Pourquoi ? Ils ont fait quoi ? je l'interroge, intriguée.

Alexie a toujours de folles histoires à raconter concernant son travail.

— Alors, je ne sais pas si c'est lié à la pleine lune ou quoi, mais il y en a une qui a arraché sa sonde vésicale, donc elle pissait le sang. J'en ai aussi eu un qui a voulu fuguer. Heureusement, on l'a rattrapé à temps. Mais, la crème de la crème, c'est le patient en plein délire qui voulait nous frapper et enlevait son pansement chirurgical et sa perfusion toutes les heures. Je ne te raconte pas la masse de travail supplémentaire. Mais bon, ils ont presque réussi à me faire rire, avec tout ça, relativise-t-elle en haussant les épaules.

Je l'écoute, fascinée. Elle en voit de toutes les couleurs, dans son métier. Le milieu médical est un monde à part.

Je ne l'envie pas. De toute façon, dès que je vois une goutte de sang, je manque de tomber dans les pommes.

— Ma pauvre ! Si seulement vous étiez payés en conséquence.

— Ah, ça ! Mais bon, on sait dans quoi on s'engage dès le début. Les conditions de travail souvent compliquées n'ont jamais été un secret. Les horaires décalés et les week-ends de boulot non plus…

Elle évoque son envie de travailler dans un cabinet libéral, comme celui où elle a fait un stage pendant sa formation. Malheureusement, il faut deux années d'expérience, elle devra donc encore patienter.

Sentant mon ventre gargouiller, je pioche dans le bol de noix de cajou avant de lui demander :

— Et Thomas, il en pense quoi ?

— Je t'avoue que je ne lui en ai pas trop parlé, dit-elle tristement.

— Pourquoi ? Ça ne va pas bien entre vous, en ce moment ?

Alexie et Thomas sont ensemble depuis cinq ans. Ils forment un joli couple et me donnent presque envie de me caser. J'ai bien dit « presque » ! Le cap des trois ans a été un peu compliqué à franchir, car c'était aussi le début de leur vie commune. Mais ils ont réussi à gérer le quotidien, à se réserver des moments en amoureux sans perdre leur indépendance. Personnellement, je pense qu'ils ont trouvé un très bon équilibre.

— Si, si, tente-t-elle de me rassurer. Mais il est très pris par le boulot, en ce moment, donc on a moins de temps pour parler des choses importantes. Mais je vais le faire, dès ce week-end, tiens ! Et puis ça nous occupera pendant ce fichu mariage, conclut-elle en trempant une tortilla dans le guacamole.

— Je ne m'inquiète pas pour vous, je lui confie en l'imitant. Et, au lit, ça se passe toujours aussi bien ?

— Si tu savais, dit-elle en levant les yeux au ciel comme une ado pensant à son prince charmant.

— OK, je vois ! Tant mieux si de ce côté-là tout va bien, dis-je en nous resservant un verre de vin.

Ce soir, nous avons décidé de nous faire un marathon *High School Musical* en souvenir de notre adolescence. Je lance le premier film, tandis que les cookies à la cacahuète qu'on a préparés tout à l'heure cuisent tranquillement dans le four.

On se moque de la coupe de cheveux de Zac Efron, tout en avouant qu'il était quand même déjà très beau.

— J'ai toujours rêvé de savoir chanter comme Gabriella, déclare Alexie. Tu sais qu'elle sort avec un blond, maintenant ? Il est beau comme un dieu.

Et voilà, les potins de filles ont commencé.

Nous entamons le deuxième film de la trilogie, en dégustant nos cookies désormais tièdes. Ils sont délicieux.

— Tu pourrais leur faire cette recette, au Canada. Ils vont adorer, suggère ma meilleure amie, la bouche pleine.

Je lui tends un mouchoir, qu'elle saisit et porte à sa bouche. Alexie a la fâcheuse habitude de manger comme un cochon. Elle en met toujours partout et arrive à se tacher à chaque repas. Cette fille me désespère, elle n'a aucune manière à table !

— Si tu veux que Thomas te passe la bague au doigt, tu vas devoir faire des efforts à table, je me moque en pointant les miettes sur son haut de pyjama.

Son majeur me répond à sa place. Quelle classe !

Nous nous mettons à chanter *Gotta Go My Own Way*, comme Gabriella au bord de la piscine. Ça nous rappelle tant de souvenirs. Quand le film est sorti, nous étions au collège, en pleine quête du prince charmant. Nous voulions toutes les deux trouver notre Troy Bolton.

Tandis que nos paupières se font de plus en plus lourdes et que nous enfonçons la tête dans les coussins du clic-clac, Alexie me murmure :

— Tu prendras soin de toi, hein, au Canada ?

— Mais oui, ne t'inquiète pas.

— Je sais. Mais ne m'oublie pas, OK ? Si tu trouves l'homme de ta vie là-bas, reviens quand même de temps en temps en France. J'ai besoin de ma meilleure amie. Avec qui d'autre je pourrais passer des soirées pareilles ?

Je suis très touchée par ses mots. Je sais que la bouteille de vin qu'elle s'est enfilée n'y est pas pour rien, mais elle n'en est pas moins sincère pour autant. Pour toute réponse, je la prends dans mes bras et lui dis :

— Grande folle, je vais au Canada pour travailler, pas pour coucher avec le premier venu. Et on se fera des appels vidéo toutes les semaines, ça te va ? Comme ça, je te raconterai mes aventures avec le jardinier, et toi, les horreurs que tes patients te font voir.

— Ça me va, dit-elle en rigolant.

Le dernier film de la trilogie a à peine commencé que nous nous endormons déjà. La fatigue et la pression de la semaine ont eu raison de nous. Je n'entends même pas Alexie quitter l'appartement le lendemain à l'aube.

Le dimanche matin, jour de mon vol, je boucle ma valise. J'ai réussi à faire le tri parmi mes vêtements la veille. Le seul problème, c'est qu'il ne reste presque plus de place pour les chaussures. Accroupie devant ma valise, je me gratte la tête comme si cela allait m'aider à trouver une solution. Pas le choix, je dois aller à l'essentiel. Mes tongs de plage argentées ? Indispensables. Mes petites sandales jaunes à froufrous : primordiales. Mes sandales noires basiques : il me faut bien de la sobriété pour aller avec toutes mes tenues. Mes espadrilles rouges à ruban : si je veux être belle, je suis obligée de les emporter. Mes tennis blanches : je les aime trop pour m'en séparer. Mes Converse bordeaux : trop pratiques, je vais d'ailleurs les prendre pour le vol. Mes baskets de sport roses : ce n'est pas que je sois sportive, mais ça peut toujours servir. Enfin, mes escarpins vernis beiges : si je dois être chic, je ne peux pas m'en passer. J'essaie donc de tout caser dans mon bagage, mais cela se révèle impossible. Je n'ai pas fait assez de compromis.

Après de longues minutes de réflexion, je décide de retirer mes tennis blanches et mes sandales jaunes, ce qui me fend le cœur. J'ôte également deux gilets, mais me réconforte en ajoutant mon trench beige. Tant pis si je n'ai plus de place, je le prendrai à la main.

En fin de matinée, je quitte mon appartement pour me diriger vers l'aéroport. Ce petit nid douillet que j'ai si joliment décoré va me manquer, mais je sens que je vais vite trouver mes marques au Canada. J'ai eu un très bon feeling avec la famille et je sens au fond de moi que tout va bien se passer.

Après quinze minutes de métro et autant de navette, me voilà rendue au terminal numéro deux.

3

Malgré quelques turbulences et un siège assez peu confortable, le vol s'est plutôt bien passé. J'ai eu de quoi m'occuper avec le petit écran installé face à moi, qui proposait un vaste choix de films et de séries. Le steward sexy, un brun au regard ravageur, au sourire charmeur et à la musculature certaine, m'a aussi agréablement occupé l'esprit. Nous avons flirté à plusieurs reprises pendant le vol, ce qui a rendu le trajet plutôt plaisant.

Je me suis rendu compte que j'étais excitée comme une puce à l'idée de rencontrer la famille Demaras. J'ai passé une bonne partie du trajet à me demander comment ils étaient, à quoi ressemblaient leur maison, leur jardin et même leur chien. Ils le mentionnent dans leur profil, mais je n'ai vu aucune photo de lui. J'espère que ce n'est pas un gros chien de garde, du style rottweiler. Suspense, suspense !

L'attente se fait longue pour récupérer ma valise. Les touristes ont l'air plus patients que moi. Au bout de vingt minutes, je l'aperçois enfin sur le tapis roulant. Difficile de ne pas la voir : elle est d'un mauve électrique. Il me faut toute mon énergie pour soulever ses vingt-trois kilos – la limite acceptée par la compagnie aérienne. Me voyant en difficulté, un gentil monsieur m'aide à l'extirper du tapis. Je le remercie en anglais, au cas où il ne parlerait pas français. Alors que je me dirige vers les panneaux de sortie, l'adrénaline envahit tout mon corps. Enfin ! J'y suis, je l'ai fait ! J'ai pris mon courage à deux mains, et me voilà au Canada. Je me sens fière, déterminée, invincible. Peu importe ce que me réserve cette aventure, je n'en retiendrai que du positif. Bon, je m'enflamme peut-être un peu. Si ça se trouve, je vais tomber chez des psychopathes qui ne me laisseront jamais rentrer en France !

Dans le grand hall des arrivées, j'essaie de me souvenir de leur visage, que j'ai vu sur le site et sur Skype. Mais ma mémoire me joue des tours. Je sais que Ryan est grand, blond vénitien, et que July est blonde et de taille moyenne.

J'avance doucement, scrutant toutes les personnes que je croise. Quelques mètres plus loin, j'observe une famille qui me regarde avec insistance et tend un panneau « EMMA ». Ça y est ! Je les ai trouvés !

— Bonjour, dis-je timidement en m'approchant d'eux, traînant péniblement ma valise derrière moi. Je suis Emma.

— Bonjour, Emma, je suis Ryan, se présente le père en me prenant dans ses bras.

Deux détails me surprennent aussitôt. Pour commencer, son français est impeccable, sans aucune trace d'accent québécois ou autre. Mais, ce qui m'étonne le plus, c'est le fait qu'il me prenne dans ses bras. Je ne m'attendais pas à une telle démonstration d'affection dès le premier jour. Cela dit, je me sens à l'aise, comme si je les connaissais depuis longtemps. Cette sensation est plutôt étrange, mais j'interprète cela comme un bon signe.

Ryan est aussi beau et élégant que je me l'étais imaginé.

Il est grand, mince et blond. Il a un sourire sincère et naturel.

— Moi, c'est July, et le petit monstre qui fait son timide, c'est Logan, dit sa femme en me prenant à son tour dans ses bras.

Elle est tout aussi belle, mince et classe. Avec sa chevelure blonde, lisse, coupée au carré, elle est l'élégance incarnée.

— Enchantée, je réponds. Mais qu'est-ce que tu es grand, Logan ! dis-je en me baissant pour être à la hauteur du garçon. Dis-moi, quel âge as-tu ?

Logan a une bouille adorable. Il est beau comme ses parents, et, sans surprise, blond aussi. Mais, contrairement à sa mère, il a de petites boucles qui se forment sur le haut de la tête. Il a les mêmes yeux verts que son père. Je remarque que sous ses traits d'ange se cache un petit garçon malicieux prêt à faire des bêtises. Il hésite quelques instants à me répondre, puis me montre quatre doigts.

— J'ai quatre ans, déclare-t-il fièrement.

Il est tellement adorable dans son short bleu et sa chemise blanche à manches courtes. Ses joues légèrement rosies - sûrement à cause d'un effort physique - contrastent avec le blanc éclatant de sa peau.

Une fois les présentations terminées, nous quittons l'aéroport et nous dirigeons vers leur voiture, qui attend sur l'immense parking de l'aéroport. Ryan tire ma valise, July tient la main de Logan, et moi je les suis avec mon sac à dos et mon petit sac à main en bandoulière. Le soleil tape fort et la chaleur est étouffante, rien à voir avec le climat français. J'ai bien fait d'emporter des petites robes et des maillots de bain. Ils vont m'être d'une grande utilité.

Nous nous arrêtons enfin à leur voiture : un magnifique Q3 Audi noir, avec vitres teintées et toit ouvrant. Il ne manquait plus que ce véhicule pour parfaire l'image de cette famille. Ils sont beaux, jeunes, classes, riches, et ont visiblement beaucoup de goût. Tandis que Ryan range ma valise dans le coffre, je m'installe confortablement à l'arrière dans le siège en cuir beige, à côté de Logan.

— Le vol s'est bien passé ? me demande July en s'asseyant côté conducteur.

— Oui, plutôt.

Je m'abstiens de mentionner le steward sexy avec qui j'ai partagé de longs regards, et poursuis en bâillant :

— Mais je sens que le décalage horaire va avoir raison de moi.

— Ne t'inquiète pas, nous avons prévu une soirée tranquille. Nous nous doutions que tu serais fatiguée. Emma, je tiens à te dire que nous ne te remercierons jamais assez d'avoir été aussi réactive. Grâce à toi, nous allons tous les deux pouvoir reprendre le travail en toute sérénité.

— C'est moi qui vous remercie, c'est une sacrée opportunité pour moi.

Je jette un coup d'œil à Logan, qui ne semble pas nous écouter. Il est absorbé par un livre. Je m'adresse à Ryan :

— J'ai vu sur le site Internet que tu étais chef cuisinier, Ryan, c'est bien ça ?

— Tout à fait, je vois que tu as appris ta leçon, se moque-t-il. Je travaille dans un restaurant renommé en ville. Il faudra que tu viennes y manger, si tu en as envie.

— Absolument, je réponds, pleine d'entrain. Et puis j'adore cuisiner ! Il me manque juste de la technique.

— J'aime partager ma passion, je te donnerai des conseils avec plaisir.

J'acquiesce avec ferveur. Je sens que je suis bien tombée. Ces deux mois promettent d'être très enrichissants.

Je m'intéresse ensuite à July, qui m'explique être à la tête d'une agence, dans l'événementiel. Elle organise à peu près tout, sauf les mariages : galas de charité, soirées d'affaires… Essentiellement des réceptions mondaines, en fait.

Elle ajoute qu'elle est associée avec une amie. Elle a le style et l'assurance qu'il faut pour ce métier, je suis sûre qu'elle excelle dans son domaine.

De fil en aiguille, nous en venons à parler de moi et des raisons de ma venue.

— Ce n'est pas facile de trouver sa voie, me rassure July. J'ai eu différents jobs avant de comprendre que j'étais faite pour l'événementiel. J'ai travaillé dans l'immobilier, dans la restauration, en tant que secrétaire d'un cabinet d'avocats puis d'une concession automobile, et même comme consultante pour une agence matrimoniale.

Au Canada, il est beaucoup plus simple de se réorienter, de changer de métier. Les compétences des personnes sont valorisées. Alors qu'en France on ne jure que par les diplômes.

— Moi qui pensais que j'avais la bougeotte…

— Et tu n'es pas au bout de tes peines, ma pauvre Emma. Mon fils est comme sa mère, alors accroche-toi pendant ces deux mois, plaisante Ryan.

Je ris, imitée par Logan, qui relève la tête.

— C'est la première fois que vous avez une fille au pair, ou vous avez déjà fait l'expérience auparavant ?

— Tu es notre première, m'explique July en me jetant un coup d'œil dans le rétroviseur. Nous n'en avions pas eu besoin jusque-là. Ma mère était très présente et s'occupait beaucoup de Logan. Elle adorait le garder.

Je perçois beaucoup d'émotion dans les propos de July lorsqu'elle évoque sa mère. Je suppose qu'elle est décédée.

Je préfère me taire. J'ai trop peur de faire une bourde ou de paraître trop indiscrète. Après tout, je viens juste de les rencontrer, ils ne sont pas obligés de se confier à moi. Le temps fera les choses.

Je passe le reste du trajet à admirer le paysage et à jouer avec Logan. Le courant semble bien passer entre nous, ce qui me ravit. Il me montre son imagier d'animaux marins. Visiblement, c'est une vraie passion pour lui. Il me parle des tortues de mer, des requins, des baleines et même des orques.

— Ces grosses bêtes ne t'effraient pas ? je lui demande.

Il ferme son livre, prend un air sérieux et me dit :

— Mon rêve, c'est de nager avec elles.

Je constate que ses parents sourient à l'avant de la voiture. Il a l'air si sérieux que je ne peux que le croire.

— Eh bien, tu es un jeune homme très passionné et très courageux. Tu veux que je te dise un secret ?

Il acquiesce de la tête. Je m'approche de lui et lui murmure à l'oreille :

— J'ai peur des requins.

Et je ne mens pas. J'ai la chair de poule chaque fois que j'en vois un à la télé. Le film *Instinct de survie* m'a confirmé mon aversion pour ces affreux monstres marins.

— Ne t'inquiète pas, répond-il sur le même ton. Tu viendras dans ma chambre et je te dirai tout sur les requins. Tu verras qu'ils ne font pas si peur que ça.

J'approuve et lui tends une main, qu'il serre comme un homme. Nous avons un pacte. Je me dis que, pour un garçon de quatre ans qui ne sait sans doute pas encore lire, il est vraiment très mûr.

Nous arrivons à destination une heure plus tard. Le Q3 s'est un petit peu éloigné de la ville et s'insère désormais dans une petite allée, qui mène à une splendide maison de type colonial. Deux colonnes soutiennent l'avant de la toiture grise, tandis que les murs blancs contrastent avec le vert du jardin. La maison ressemble à celle des photos, mais paraît infiniment plus grande. Je me dis que ce doit être celle des voisins, et que la leur est un peu plus loin. Mais la voiture me contredit en s'arrêtant pile devant.

Je suis tombée dans une famille de rêve !

— Votre maison est tellement…

Je ne trouve pas les mots. July et Ryan me regardent et sourient.

— On s'habitue vite, tu verras, m'annonce le papa.

L'intérieur est tout aussi spectaculaire. La décoration a été réalisée avec goût. Je soupçonne July d'y être pour quelque chose. Le hall d'entrée est sobre mais chic, avec un parquet clair et brillant, et des murs peints d'une teinte crème. Un joli tableau coloré est accroché sur la gauche. Je n'y connais pas grand-chose en art abstrait, mais ça me plaît. Sur la droite, il y a un portemanteau où j'accroche mon trench et mon sac, sur la suggestion de Ryan. Soudain, je vois un chien courir, ou plutôt glisser vers moi.

— Et voilà notre deuxième fils, Mambo, plaisante July.

Je crois comprendre d'où leur est venue l'idée de son nom. Mambo est un bulldog anglais, court sur pattes mais très imposant. Il est gros, à vue de nez, il fait au moins trente kilos. Il n'aboie pas, mais tourne autour de moi. Tant qu'il ne me saute pas dessus, ça devrait aller. Je ne suis pas une grande fan des animaux. Hormis les lapins, bien sûr.

Une fois ses reniflements terminés, Mambo rejoint Logan, qui le câline. L'animal est presque plus imposant que l'enfant. La scène est cocasse.

— Allez, viens, me dit Ryan, je vais te faire visiter.

— Non, c'est moi qui fais ! intervient Logan avec fierté.

Il me prend par la main et m'entraîne dans la pièce suivante. Le salon est comme celui de mes rêves. Les murs crème laissent place à un revêtement de briques rouges. Un immense écran de télévision fait face au canapé d'angle rouge, où quelques coussins poilus se battent en duel. Une table basse beige repose sur un tapis couleur taupe. Deux fauteuils blancs de style baroque sont disposés de chaque côté du canapé. L'ensemble est harmonieux et cosy. Il y a même un poêle à bois positionné de façon à réchauffer toute la pièce en hiver. Je m'imagine blottie sur le canapé, sous un plaid, une tasse fumante à la main, en train de regarder les flammes danser dans le poêle.

Un peu plus loin, je vois un escalier quart tournant qui doit mener à la partie nuit. Sous les marches se trouve une très grande photographie encadrée. Il s'agit de July et Ryan, tenant tous deux un Logan encore nourrisson. Ils sont magnifiques. J'ai l'impression que la photo a été prise la veille. Les deux parents n'ont pas changé d'un pouce en quatre années.

Mambo nous suit à la trace pendant toute la visite. Les pièces sont plus belles les unes que les autres. Ryan me dit que nous visiterons le jardin demain, car la nuit tombe et il préfère me le montrer de jour. Mes cernes et mes bâillements incessants ont dû le conforter dans son idée. Cependant, j'arrive à apercevoir la piscine à travers les baies vitrées. J'ai hâte d'y passer des après-midi à bronzer.

— Ça, c'est ta chambre, m'annonce Logan une fois que nous sommes à l'étage. Je t'ai fait un dessin. Regarde, il est sur le lit.

— Oh ! c'est très gentil de ta part, je le remercie en allant récupérer son œuvre. Que c'est joli, dis donc !

Le dessin représente quatre personnes et un chien. Je lui demande de qui il s'agit, même si la réponse fait peu de doute.

— Là, c'est papa, maman, Mambo, moi et toi ! dit-il fièrement en pointant chaque bonhomme du doigt.

Il est adorable. Je le prends dans mes bras et lui fais un bisou.

— Je veux bien être ton ami, me confie-t-il. Si tu veux.

— J'en serai honorée, je lui réponds en lui adressant un clin d'œil.

July et Ryan nous regardent en souriant.

— La chambre est géniale, dis-je en me relevant.

L'ambiance y est très apaisante. Les murs sont vert clair, avec une décoration sobre. Un lit *king size* trône au beau milieu de la pièce, avec une ravissante parure de draps beiges ornés de papillons blancs. D'un côté se trouve un bureau en bois clair, et de l'autre un dressing. Un immense tapis beige également recouvre une bonne partie du parquet. Je remarque une porte.

— Où ça mène ? je demande, curieuse, en reposant le dessin de Logan sur le lit.

— Va voir, me propose July, toujours souriante, en désignant la porte en question.

Je m'approche, hésite quelques instants puis abaisse la poignée. Hébétée, je découvre une sublime salle de bains. Et en plus elle n'est rien qu'à moi, le pied ! Il y a une douche à l'italienne, une baignoire jacuzzi, plein de rangements et un grand miroir posé sur la faïence bleue. Je suis dans un rêve éveillé.

— Wow ! Tout ça me change de mon trente-cinq mètres carrés !

July semble ravie que la maison me plaise. Elle ébouriffe les cheveux de son fils et dit :

— On te laisse tranquille le temps de déballer ta valise et de prendre une douche, si tu le souhaites. Quant à nous, on va préparer le repas. Mets-toi à l'aise, Emma.

— Et surtout, ajoute Ryan, fais comme chez toi. Après tout, c'est ta maison pour les deux mois à venir.

Ils ferment la porte pour me laisser un peu d'intimité. Je suis vraiment très chanceuse d'être ici.

Après avoir rangé mes affaires, pris une bonne douche chaude et enfilé un short léger, un débardeur et mes tongs, je descends rejoindre la famille. Une délicieuse odeur vient chatouiller mes narines. Ça tombe bien, je meurs de faim. Toute la famille m'attend dans le salon, même Mambo. Ce dernier refait une glissade jusqu'à moi, puis retourne s'asseoir aux pieds de Ryan pour se faire caresser le museau. Je m'installe à côté d'eux sur le canapé, qui est aussi confortable que je me l'étais imaginé. Calée contre l'accoudoir, j'étends mes jambes devant moi.

Je dévore la pizza que Ryan a cuisinée pour nous. Elle est vraiment délicieuse. Il y a de la sauce tomate maison, des champignons frais, du jambon, du basilic et de la mozzarella dosés à la perfection. Rien à voir avec ce que j'achète en grande surface, ou même ce que sert la pizzeria du coin. Ryan régale littéralement nos papilles. Logan me confie que c'est son plat préféré, mais qu'ils n'en mangent pas souvent à la maison. Il semble ravi de l'exception.

Tandis que nous savourons la salade de fruits préparée par le fils et la mère, ils m'expliquent leur quotidien, leur organisation et ce qu'ils attendent de moi. Je prends note mentalement :

Réveil de Logan généralement vers 7 ou 8 heures.

Préparation du petit déjeuner.

Brossage des dents et habillage.

Séance de sport ou ludo-éducative :

— piscine, balade à vélo ou activités sportives dans le jardin ;

— apprentissage des chiffres et des lettres, collage, gommettes, musique ou visionnage de vidéos en anglais.

Détente avant le déjeuner.

12 heures : préparation du déjeuner (Logan peut aider) puis repas tous les deux.

Sieste vers 13 h 30 ; pendant ce temps-là, rangement et vaisselle.

À son réveil : goûter, jeux, possibilité d'aller au parc retrouver ses copains.

18 h 30 : retour de July, les horaires de Ryan étant plus variables.

Tout ce que je peux dire, c'est que ce petit bonhomme a des journées bien remplies. Nous ne risquons pas de nous ennuyer ! Je trouve que cette organisation ne laisse pas tellement de place à la spontanéité, mais ce n'est que mon opinion. Cette famille semble très heureuse ainsi, alors je vais suivre ce schéma.

J'ai quelques idées en tête pour occuper Logan, des choses qu'il ne doit pas faire d'ordinaire. J'ai hâte de les partager avec lui !

Une fois Ryan ou July rentrés, j'ai quartier libre. Ils m'interdisent seulement de ramener des inconnus chez eux, ce que je trouve légitime. Ça ne me serait pas venu à l'esprit, de toute façon.

La soirée se termine sur des rires. Logan se couche peu de temps avant nous. Quand je retrouve ma nouvelle chambre, je suis épuisée. Le décalage horaire a eu raison de moi. J'écris un message à Alexie :

> Bien arrivée à destination ! La famille a l'air très sympa, et leur maison est magnifique. Je t'enverrai des photos. Bisous, poulette.

L'aventure commence enfin !

Quelques instants plus tard, je tombe dans les bras de Morphée.

4

Je suis réveillée par les rayons du soleil qui pénètrent dans ma chambre malgré les rideaux épais. J'ai passé une excellente nuit. Je ne me rappelle pas la dernière fois où j'ai si bien dormi. Ça doit remonter à mon adolescence, où je faisais le tour du cadran.

Je sors du lit tout en m'étirant. J'enfile mes tongs et ouvre les rideaux. L'intensité des rayons du soleil m'indique que la matinée est déjà bien entamée. Je vérifie sur mon téléphone. Effectivement, il est 10 h 30. Je n'avais pas fait attention, hier soir, mais j'ai une vue imprenable sur le jardin… Et la piscine ! Quel pied ! Pas un nuage à l'horizon. J'ai hâte de descendre rejoindre Logan et July. Elle a réussi à prendre sa journée lorsqu'elle a appris le désistement de la première fille au pair. J'ai donc un jour de repos avant d'entamer mon contrat.

J'ouvre grand la fenêtre, m'habille à la hâte et sors de la chambre. En bas, le premier à m'accueillir est Mambo. Il attendait devant la baie vitrée, et, dès qu'il m'a entendue, il s'est mis à courir vers moi. Ce chien me fait vraiment rire. Je me penche pour le caresser. Il semble aimer ça, car il se met sur le dos et agite ses grosses pattes.

— Dis donc, petit coquin, je suis à peine réveillée que tu es déjà en demande !

— Comment ne pas l'être avec une aussi jolie fille.

Je relève la tête pour voir qui a parlé.

OH… MON… DIEU ! Qui est cette magnifique créature ? Il est grand, mince et musclé à la perfection. Il a les cheveux bruns, tendant vers le châtain, visiblement éclaircis sous l'effet du soleil, et de magnifiques yeux verts en amande. Il est vêtu d'un short de sport qui semble lui mouler les fesses – il faudra que je vérifie cette information quand il se tournera – et d'un T-shirt vert qui fait ressortir son bronzage et ses yeux. Il est beau comme un dieu ! Il transpire légèrement au niveau des tempes et du torse et tient une bouteille d'eau. J'en déduis qu'il vient de faire du sport.

Je passe tellement de temps à le reluquer et à baver que j'en perds mes bonnes manières.

— Bonjour, je suis Emma, dis-je en me relevant pour lui tendre la main.

— Adam, répond-il en la saisissant. Je suis le coach sportif de July.

Sa poignée de main est à la fois ferme et douce au toucher. De l'autre main, je vérifie qu'aucune mèche rebelle ne pourrait me faire honte. J'essaie de lui sourire aussi naturellement que possible, mais c'est compliqué. Il est si beau, si déstabilisant. Il dégage quelque chose d'excitant, une force d'attraction que je n'avais pas perçue chez quiconque depuis longtemps. Je dois être ridicule en face de lui. Au saut du lit, je suis rarement à mon avantage.

Eh bien, on peut dire que July ne se refuse rien. L'a-t-elle choisi sur des critères professionnels ou seulement physiques ? J'espère que Ryan n'est pas du genre jaloux.

— Ah, Emma, comment vas-tu ? demande July, qui vient d'entrer dans la pièce, suivie de près par Logan. Tu as bien dormi ?

Ma sauveuse ! La beauté d'Adam est si déstabilisante que j'en perds tous mes mots. July me prend dans ses bras. Je remarque qu'Adam me fixe toujours. Des frissons parcourent mes bras. J'espère que je ne suis pas écarlate.

C'est au tour de Logan de venir me faire un câlin. Ça doit être leur truc, ici. En France, on se fait la bise, au Canada, on se prend dans les bras. Le concept me plaît.

— J'ai très bien dormi, un peu trop longtemps, par contre, désolée.

— Tu as eu raison, me rassure-t-elle en caressant mon bras.

— Et puis il faut que tu sois en forme pour t'occuper du petit monstre, renchérit sexy coach.

Logan se met à rire, dévoilant ses quenottes d'un blanc immaculé. Il est vraiment adorable.

— Je vois que tu as fait la connaissance de mon frère, dit July en essuyant avec sa serviette la sueur qui perle sur son front.

— Ton frère ? je m'étonne en me tournant vers le sexy menteur.

— J'ai une double casquette. Coach sportif et frère à l'occasion, explique-t-il avec un sourire charmeur.

Il boit une gorgée à la bouteille. On se croirait dans un film américain, où le mec sexy boit de l'eau et s'en met partout dans un *slow motion*. Alors que je fantasme sur son frère, July me tire de ma rêverie en me demandant :

— Tu as faim ? Je t'ai préparé une assiette, elle est au frigo.

J'acquiesce. Elle m'accompagne jusqu'à la cuisine, tandis que Logan et son oncle retournent dehors. La pièce est aussi belle que le reste de la maison, tout en restant simple et fonctionnelle. J'imagine que Ryan y a mis sa patte de professionnel. Il y règne une atmosphère bien particulière, qui donne envie de passer la journée à mitonner de bons petits plats pour ses proches. Il me tarde de cuisiner et de faire découvrir des spécialités françaises à cette famille.

July sort du frigo ladite assiette : il y a du melon et des pancakes, le tout accompagné d'un jus d'orange bien frais.

— Si tu veux du sirop d'érable, il est dans ce placard, dit-elle en le montrant du doigt.

— Merci beaucoup, il ne fallait pas.

— Je t'en prie, j'étais réveillée de bonne heure ce matin. J'aime profiter pleinement de mes jours de repos. Je retourne dehors pour ma séance de sport, dit-elle en attrapant une fraise dans la panière à fruits. Tu peux venir manger dans le jardin, si tu veux, ou rester ici. Tu fais comme tu veux, dit-elle en portant la fraise à sa bouche.

À cet instant, mon téléphone vibre. Je lui dis que j'arrive et lis le message que ma meilleure amie vient de m'envoyer.

Alors ? Comment s'est passée cette première nuit sur le continent américain ? Et as-tu vu sexy jardinier ?

Je souris et m'empresse de répondre :

Première nuit de rêve, malheureusement sans sexy jardinier pour m'accompagner. Mais je pense avoir trouvé mieux : Sexy Tonton ! ! !

J'imagine la réaction d'Alexie, elle va être folle et réclamer plus de détails.

Je prends mon assiette et rejoins le trio dans le jardin. Sexy Tonton donne un cours de sport à July, et Logan s'amuse à côté d'eux avec un ballon et une trottinette. On dirait qu'il joue au polo, dans une version pour enfants. Je m'installe dans le petit salon en osier et me régale de ces saveurs sucrées et fraîches. Je risque de prendre goût aux petits déjeuners, s'ils sont aussi délicieux et servis dans un tel cadre. Le soleil vient parfaire ce moment en réchauffant ma peau. Mambo, qui m'a rejointe entre-temps, recherche mes caresses.

— Attends que je termine de manger, gros impatient, je chuchote à son intention.

Je ne peux m'empêcher de m'attarder sur les muscles fins d'Adam. J'en fais même tomber un morceau de melon de mon assiette. C'était bien la peine de faire des remarques à Alexie ! Je ne suis guère plus douée qu'elle. J'essaie de le ramasser discrètement, en espérant que personne ne m'a vue. Ne le retrouvant pas, je jette un œil à Mambo, qui semble apprécier ce qu'il a dans la gueule.

— Mon cher Mambo, tu apprendras bien assez vite qu'il ne faut pas me piquer ma nourriture.

En guise de réponse, j'ai droit à un petit gémissement canin. Je me demande qui sera le plus compliqué à gérer, Logan ou Mambo.

Je profite de la journée pour prendre mes marques dans la maison. Adam est parti après la séance de sport, à mon grand désespoir. J'espère que je serai amenée à le revoir.

July passe une grande partie de l'après-midi au téléphone. Après tout, une *working girl* ne peut pas prendre une journée de repos si facilement.

J'en profite pour passer du temps avec son fils. Dans sa chambre, Logan me montre ses jeux et ses livres préférés. Il mentionne, entre autres, l'histoire *Didi joue avec son petit frère*. Nous passons beaucoup de temps à nous amuser et j'apprends un tas de choses sur les animaux marins. Il est adorable, mais je sens qu'il a la bougeotte. Il ne peut pas se poser plus de cinq minutes au même endroit sans rien faire. Ryan ne m'a pas menti !

Ce dernier nous rejoint au bord de la piscine en début de soirée.

Je leur propose de préparer le dîner, pour les remercier de leur accueil et me familiariser un peu plus avec la cuisine. Demain, je serai seule pour préparer le déjeuner, alors autant commencer maintenant.

Je remplis les assiettes de la salade que je viens de préparer : tomates, poivrons, salade verte, feta, olives et thon. Par ce temps chaud, c'est l'idéal. J'essaie de soigner ma présentation, même si ce n'est pas évident. Après tout, Ryan est un pro en la matière. Le père de famille me rejoint tandis que je disperse les olives sur les assiettes.

— Ça a l'air délicieux, déclare-t-il en penchant la tête par-dessus mon épaule.

— Merci, mais je sais que je suis loin de ton niveau.

— Tu sais, je ne cuisine pas souvent à la maison. Enfin, si, mais pas de la même façon qu'au restau. Je n'y mets pas autant d'entrain.

Je suis étonnée. Je pensais qu'il s'appliquait autant à la maison qu'au travail.

— Pourquoi ? dis-je en admirant mes assiettes enfin prêtes.

J'espère qu'ils vont se régaler. Ce n'est pas de la grande cuisine, mais les saveurs se marient bien.

Ryan s'adosse au plan de travail et semble hésiter avant de m'avouer :

— Je ne sais pas. Peut-être que j'ai du mal à exercer ma passion en dehors du restaurant.

— Mais tu ne veux pas la faire partager à ta famille ? Comme hier soir ? Logan était si content de manger une pizza faite par son papa.

— C'est vrai que c'était agréable, de le voir comme ça. C'est juste que parfois, quand je rentre du boulot, je n'ai pas envie de me remettre aux fourneaux. C'est triste à dire, mais j'ai laissé mon travail prendre le dessus sur ma passion. Mais ça en vaudrait peut-être la peine, tu as raison. Je vais y songer, dit-il en prenant méthodiquement les quatre assiettes.

Quel talent, j'ai toujours voulu savoir porter plus de deux assiettes en même temps. Mais, chaque fois que j'ai essayé, elles ont toutes fini par terre.

Premier jour de boulot, premières emmerdes. Le petit Logan m'a menée par le bout du nez dès le petit déjeuner. Je lui avais préparé son bol de céréales, comme me l'avait indiqué Ryan, mais le petit monstre a décrété qu'il n'en voulait pas. Après quelques négociations - et un peu de chantage –, j'ai réussi à lui faire tout manger. Il a beau avoir une gueule d'ange, je ne vais pas me laisser faire par un marmot de quatre ans. Bien que nous soyons déjà complices, il me teste pour voir jusqu'où il peut aller, ce qui est naturel pour un enfant. Quand il comprendra que je ne suis pas naïve et que je respecte les règles, il arrêtera. Comme quoi mes cours de psychologie de l'enfant à la fac m'auront servi à quelque chose.

Après l'épreuve du petit déjeuner arrive celle des cours d'anglais. Comme ils vivent au Canada, Ryan et July souhaitent que leur fils soit bilingue. Pour cela, il faut commencer l'apprentissage très jeune. Une fois par semaine, je dois donc lui apprendre des termes de base : les nombres, les jours et le vocabulaire en lien avec le temps. July m'a préparé une petite fiche d'évaluation avec différents critères. Ça me rappelle l'école et les cahiers de vacances que je faisais l'été et que j'emportais partout avec moi. J'ai toujours adoré ça, en bonne écolière qui se respecte. Malheureusement, mon anglais laisse à désirer. Alors, quand je fais répéter « *rainy* » et « *cloudy* » à Logan, il prononce les mots avec mon accent horrible. Pauvre enfant, il va débuter avec des lacunes par ma faute. S'il répète ces mots à ses parents, ce sera la honte assurée !

Vient ensuite l'heure du déjeuner. Je propose à Logan de m'aider à préparer le repas, ce qu'il accepte volontiers. Le bon côté de son dynamisme, c'est qu'il est toujours partant pour n'importe quelle activité.

— On mange quoi ? demande-t-il avec son sourire d'ange et ses yeux de biche.

Il est tellement mignon, mais je le soupçonne de le savoir et d'en jouer. Je me mets à sa hauteur et lui prends une main. Sa peau sent le bébé. J'adore.

— De quoi as-tu envie ?

La réponse vient instinctivement :

— Du poulccceeeeet ! s'exclame-t-il en sautillant sur place.

Il accentue la fin du mot comme un Bordelais. Il est vraiment trop mignon. Impossible de résister à un tel enthousiasme. J'éclate de rire et me relève.

— Alors poulet ce sera, je déclare, un peu moins enthousiaste que lui.

Par chance, il y a bien un poulet dans le frigo. Je m'affaire à découper un oignon, que j'éparpille autour de la viande. J'ajoute un peu d'huile d'olive, du sel, du poivre et un mélange d'épices que je trouve dans le placard. Logan se charge de me donner les ingrédients. Je mets le tout au four et prépare une poêlée de légumes sous les yeux du petit chenapan. Il m'observe avec attention et me pose un tas de questions. « Pourquoi tu fais ça ? »,

« Pourquoi tu fais ci ? ». J'avais oublié que les enfants de son âge pouvaient être très - trop - curieux.

Alors que nous attendons à table que le poulet et les légumes cuisent, Logan me parle de sa famille, notamment de son oncle. Je décide de tourner la situation à mon avantage, histoire de glaner quelques informations sur sexy coach.

— Dis-moi, Logan, dis-je innocemment, tonton Adam vient souvent à la maison ?

— Oui, toutes les semaines, il fait du sport avec maman.

Intéressant ! Je serai donc amenée à le revoir et à admirer son joli petit fessier bien musclé.

— Tu l'aimes bien ?

— Ouiiii ! répond-il en toute sincérité. Il joue toujours avec moi. En plus, il me dit plein de secrets.

Qu'est-ce que Sexy Tonton peut bien dire à un enfant de quatre ans ? Cela attise encore plus ma curiosité.

— Plein de secrets ? Il te parle peut-être de sa copine ? je suggère en me penchant vers Logan.

— Non, mais je ne peux pas t'en parler. C'est un secret, répond-il à voix basse. Tu lui demanderas toi-même.

Ah, ces enfants ! Si innocents ! Je me redresse sur ma chaise, déçue de ne pas avoir obtenu les informations que je voulais. J'aurais bien aimé avoir plus de détails sur Adam. Même si je ne vais pas coucher avec lui, rien ne m'empêche de fantasmer.

Mais une odeur qui ne me plaît guère me fait revenir à la réalité.

— Crotte ! Le poulet !

Je me suis concentrée pour ne pas être vulgaire. « Crotte » est le premier mot qui m'est venu. Je bondis de ma chaise et me dépêche d'éteindre le four. Je prends un gant de cuisine et sors le plat dans la précipitation.

La peau du poulet a noirci, et une odeur de brûlé envahit la cuisine. Je secoue la tête et pose le plat près de l'évier, dépitée. Je jette un coup d'œil à Logan. Je pensais qu'il serait triste, car il avait vraiment envie de manger du poulet, mais le petit monstre est hilare. J'ouvre la fenêtre pour évacuer cette terrible odeur. Cela m'apprendra à faire ma commère. J'aurais dû être plus vigilante. Je m'excuse auprès de Logan, qui rigole toujours. Au moins, il prend ça avec le sourire.

— Tout n'est peut-être pas perdu, dis-je après réflexion. Si j'enlève la peau et un peu du dessus, peut-être que ce sera bon.

Logan acquiesce. Je m'exécute, et réussis à sauver une bonne partie du poulet. Alors que je m'apprête à jeter la peau brûlée à la poubelle, Mambo me regarde avec des yeux suppliants. J'hésite quelques instants, mais reviens à mon idée de départ.

— Même pour toi, ce ne serait pas bon, je déclare en jetant la partie brûlée à la poubelle.

Je caresse le chien, puis goûte le poulet avant de le servir. Je ne voudrais pas que les morceaux de viande rescapés aient mauvais goût. Mais non, le poulet est même plutôt bon. Je sers les légumes, qui ont cuit à feu doux, et nous passons à table. Ma cuisine semble finalement convaincre Logan, ce qui me ravit. Il faudra juste que je sois plus vigilante par la suite pour la cuisson.

Le moment tant redouté de la sieste arrive. Monsieur énergie n'a pas sommeil et veut jouer encore. J'essaie de le calmer un peu en lui lisant une histoire. Nous sommes allongés côte à côte sur son lit, comme si nous avions toujours fait ça. Comme j'aurais pu m'en douter, il veut que je lui lise *Didi joue avec son petit frère*. Je lui demande alors pourquoi il aime tant cette histoire, et il me répond le plus naturellement possible :

— Parce que, moi aussi, j'aimerais jouer avec un petit frère.

Mon cœur se serre un peu, j'ai de la peine pour cet enfant qui semble pourtant toujours si heureux. Je ne m'étais pas douté que, malgré tous ses jeux et sa grande maison, Logan pouvait se sentir seul. Il n'a ni frère ni sœur avec qui s'amuser, et ses parents mènent une vie bien remplie. Je mets un bras autour de ses épaules et le serre contre moi.

— Peut-être que ce jour viendra. Et, tu sais, en attendant, je suis là.

Au bout du troisième livre, Logan finit par trouver le sommeil. Je profite de sa sieste pour faire un peu de rangement. Je fais la vaisselle, nettoie mon bazar dans la cuisine et range quelques jouets qui traînent par-ci par-là. Je décide ensuite d'aller bronzer au bord de la piscine. En maillot de bain, je m'empresse d'aller m'allonger sur un transat. J'entame un nouveau bouquin dont l'intrigue semble intéressante. Telle que je me connais, je le terminerai d'ici la fin de la semaine.

La météo est très clémente cette semaine, ce qui nous permet de jouer à l'extérieur. Logan et moi passons beaucoup de temps dans la piscine. Il est très rigolo avec son maillot de bain et ses brassards bleus.

Nous nous créons un monde imaginaire où nous sommes les propriétaires d'un zoo marin. Lui s'occupe de dresser les animaux, et moi je suis la narratrice des spectacles. Je me surprends à avoir pas mal d'imagination. Après les dauphins, c'est au tour de notre belle orque de faire son show. Je m'amuse beaucoup à retourner en enfance.

Aujourd'hui, July et Ryan sont rentrés de bonne heure

et nous regardent jouer, assis dans le salon en osier, main dans la main. Le regard qu'ils portent sur leur fils traduit tout l'amour qu'ils ont pour lui. J'aurais aimé que l'on me regarde de cette manière quand j'étais plus jeune.

5

Encore une belle journée sous le soleil canadien. Je vais finir par croire que cet endroit est le paradis. Ce soir, July et Ryan veulent emmener Logan au cinéma. Ils me proposent de me joindre à eux, mais je préfère décliner. Depuis mon arrivée, ils n'ont jamais eu de moments tous les trois. July insiste, mais finit par comprendre que je ne céderai pas.

Ne connaissant pas encore très bien les lieux, je décide d'en profiter pour aller me promener en ville. J'embarque Mambo avec moi, qui semble content de sortir alors que le soleil de ce début de soirée se fait déjà plus timide et plus bas dans le ciel. Je noue mes cheveux bruns en un chignon négligé, enfile mes tongs, et c'est parti !

J'apprécie le calme de cette balade, qui change de mon quotidien parisien. Aucune foule, pas de bousculade ni même une voiture qui klaxonne. Le seul conducteur que je surprends à le faire voulait seulement saluer quelqu'un dans la rue. Les gens semblent plus sereins et certainement plus heureux ici. Mambo me fait rire. Il tente quelques glissades, mais le pauvre est vite limité. Le sol est bien moins lisse qu'à la maison.

Nous passons devant un petit parc aux splendides parterres de fleurs. Des jonquilles et des tulipes s'entremêlent près d'un petit plan d'eau. Quelques mètres plus loin, pensées, violettes et boutons d'or viennent égayer une petite colline. J'adore les fleurs. Elles m'évoquent la beauté et la pureté. Je me suis toujours dit qu'elles étaient un cadeau de la nature.

Je m'imprègne de ces odeurs et de ce mélange de couleurs, puis nous nous engageons dans une avenue. Le boucher retourne sa plaque « ouvert » en discutant avec l'épicier, dont l'étal de fruits et légumes empiète sur un bout de trottoir. Ses pommes ont l'air délicieuses. Je décide d'en acheter une, que je mangerai pendant la balade. Je sors quelques pièces de ma poche et lui dis de garder la monnaie, tandis que Mambo s'impatiente et tire sur sa laisse. Je commence à me familiariser avec le dollar canadien, la devise étant peu différente de l'euro.

Chez les commerçants canadiens, je ressens une proximité très différente de l'anonymat des grandes villes.

Nous rejoignons finalement le front de mer. Il s'agit en réalité d'un lac immense qui trompe l'œil. À l'horizon, il n'y a rien en vue. L'air frais et le vent du large se font sentir. Quelques frissons parcourent mes avant-bras, mais j'apprécie la sensation. La plage est pratiquement déserte. Tout excité, Mambo sautille devant cette aire de jeux faite pour lui. Je m'accroupis et détache sa laisse, puis j'enlève mes tongs. J'adore la sensation du sable sur ma peau, des grains chauds coulant entre mes orteils.

Une fois libre, Mambo se met à courir en direction de l'eau. Je récupère un vieux bout de bois qui traîne sur la plage et le lui lance lorsqu'il revient vers moi. Je croque dans ma délicieuse pomme sucrée, tandis que Mambo court chercher le bâton une énième fois. Je prends de grandes inspirations pour mieux savourer cet air frais et contempler l'horizon. Je me sens bien.

Je lance à nouveau le bâton, mais un peu trop loin,

cette fois. Mambo commence d'ailleurs à fatiguer, mais il continue d'aller le chercher. Je le vois s'éloigner en traînant la patte. J'en profite pour avancer, les pieds dans l'eau. Elle est fraîche, très fraîche. Je me force à laisser mes pieds au contact de l'eau. Peu à peu, je m'habitue à la température. Je regarde l'horizon, et remercie le destin de m'avoir fait venir ici. Cela fait à peine une semaine que je suis arrivée, et je me sens déjà mieux que jamais. Tout est très naturel chez les Demaras, comme si je les connaissais depuis longtemps. Ils me donnent la sensation d'appartenir à quelque chose, même si je suis du genre indépendante.

Je commence à m'étonner de ne pas voir revenir Mambo. Je regarde autour de moi. Quelle n'est pas ma surprise quand je l'aperçois au loin, en compagnie d'un homme. Qui ose toucher mon chien ? Enfin, le chien de July, Ryan et Logan. J'espère qu'il ne va pas partir avec lui. J'accélère le pas et m'enfonce dans le sable encore chaud, prête à le défendre. Mes muscles pleurent et m'en veulent de ne pas les avoir fait travailler plus souvent. J'en profite pour jeter mon trognon de pomme dans une poubelle au passage. Je tente un lancer à deux points, mais j'échoue. Je ronchonne, ramasse le déchet en vitesse et le dépose dans l'espèce de grosse corbeille déjà bien remplie.

Lorsque j'arrive à cinq mètres de l'homme, celui-ci lève la tête, me regarde et s'écrie, de façon à se faire entendre malgré le vent :

— Je me disais bien que Mambo n'était pas du genre à fuguer !

Adam.

Je souris, soulagée de savoir Mambo entre de bonnes

mains, mais aussi ravie de croiser Sexy Tonton. Je ne l'ai pas revu depuis sa séance de sport avec July.

— Salut, dis-je en essayant de dompter les mèches rebelles qui s'échappent de mon chignon et s'envolent au vent.

Quelle dégaine je dois avoir avec mon short en jean troué, mes tongs et mon débardeur rose délavé. Pour l'effet séduction, on repassera.

Je ralentis le pas jusqu'à ce que j'arrive à sa hauteur. Je ne voudrais pas paraître trop empressée.

Adam cesse ses caresses et se relève, au grand regret de Mambo. Je n'avais pas remarqué à quel point il était grand la dernière fois, peut-être parce que j'étais trop absorbée par sa beauté et son charisme. Il porte un short de sport gris, un T-shirt blanc qui moule ses abdominaux et des baskets bleues. Ses yeux verts me scrutent. Je me sens rougir. Concentre-toi, Emma, c'est juste un homme, aussi beau qu'un dieu, certes, mais un homme comme un autre.

— Tu ne t'arrêtes jamais de faire du sport ? je lui demande, rompant le silence.

— Quand on aime quelque chose, pourquoi se priver ? rétorque-t-il avec confiance.

Sa réponse me fait sourire. Il n'a pas tort. Pourquoi ne pas profiter pleinement de ce que la vie a à nous offrir ? Quand j'adore un morceau de musique, je ne l'écoute volontairement pas trop pour ne pas m'en dégoûter. Mais j'ai tort. Un jour ou l'autre, de toute façon, je finirai par m'en lasser, alors autant en profiter tant que je l'aime.

— Et toi ? Qu'est-ce que tu aimes ? demande-t-il, intrigué. Qu'est-ce qui te fait vibrer ?

La discussion devient un peu trop sérieuse à mon goût. Qu'est-ce que j'aime ? Eh bien… Les beaux garçons ?

La nourriture asiatique ? Je ne peux pas lui répondre ça, je paraîtrais trop superficielle. Je réfléchis un instant, baisse les yeux pour regarder mes orteils s'enfoncer dans le sable, et avoue timidement :

— Je ne me suis jamais permis d'aimer passionnément quelque chose.

Je fais la moue et relève les yeux. Adam s'attarde quelques instants sur ma bouche. Je crois déceler une pointe d'excitation dans son regard, mais je dois probablement me tromper.

— Je suis certain qu'au fond de toi il y a une chose que tu désires plus que tout.

Des fourmis parcourent mon bas-ventre. Et si je lui disais en toute sincérité que, ce que je désire actuellement, c'est qu'il me prenne sauvagement sur cette plage ?

— Peut-être, mais, ça, je préfère le garder pour moi, dis-je, affectant un air mystérieux.

Il se met à rire. J'espère qu'il ne lit pas dans les pensées. Si tel était le cas, je serais mal ! Qu'est-ce qu'il est séduisant ! Ses dents sont parfaitement alignées, et son bronzage fait ressortir leur blancheur. Ses cheveux sont ébouriffés à cause du vent, mais ça ne le rend que plus sexy.

Nous marchons côte à côte en direction de la maison des Demaras. Sa voiture est garée près de chez eux. Sur le trajet, nous discutons avec entrain. Je réalise que, sous son allure de beau garçon, sportif et charmeur, Adam est quelqu'un de très intéressant et drôle. Il me parle, entre autres, de l'amour qu'il a pour le sport depuis son enfance et de sa relation avec sa sœur.

— Nous avons toujours été très proches, même à l'adolescence, me confie-t-il. Nous avons vécu des choses pas faciles, ce qui nous a sûrement soudés.

J'imagine qu'il fait allusion au décès de leur mère, mais je me dis que s'il veut en parler il le fera de lui-même. Sous ses airs de séducteur, Adam a l'air d'être un sensible. Et ça me plaît.

— Alors, comment tu te sens, au Canada ? demande-t-il tandis que Mambo force sur la laisse pour aller plus vite.

Son bras vient effleurer le mien alors que nous marchons plus lentement. Des frissons parcourent mon corps, et les papillons réapparaissent dans mon bas-ventre. Je me sens rougir encore une fois. Il me faut quelques secondes pour m'en remettre et ne pas bafouiller. Je me concentre pour lui répondre :

— Plutôt bien. Le mode de vie me plaît, et la ville est sympa. Mais j'ai encore beaucoup à découvrir.

Je veux m'imprégner totalement de la culture canadienne, pas seulement en avoir un aperçu. Pendant ces deux mois, je souhaite vivre comme une locale et profiter pleinement de l'expérience.

— Si tu as besoin d'un guide, je me porte volontaire. Et si tu veux sortir, faire la fête, je suis ton homme. Je vais souvent en ville avec mes copains, je pourrais te les présenter.

J'ai remarqué que, lorsqu'ils parlent de la « ville », ils ne font pas allusion à celle-ci mais à la grande ville d'à côté, avec ses buildings et son million d'habitants.

La proposition d'Adam est tentante, mais je ne sais pas si je dois l'accepter. Je ne veux pas que July et Ryan me prennent pour une fêtarde. Et puis July risque de ne pas apprécier le fait que je voie Adam en dehors de chez eux.

— C'est très gentil de ta part, mais je ne sais pas trop. Je ne voudrais pas que July et Ryan voient ça d'un mauvais œil.

— Tu plaisantes ? lance-t-il en riant. Ryan est le

premier à faire la fête, et July en a fait de belles, quand elle était plus jeune. Ils savent ce que c'est de s'amuser. Je pense qu'ils n'y verront aucun inconvénient, au contraire.

— D'accord, mais ils risquent peut-être de mal interpréter le fait qu'on sorte ensemble.

Adam s'arrête net et se tourne à quatre-vingt-dix degrés pour me faire face. Il a soudain l'air très sérieux.

— Premièrement, je vois qui j'ai envie de voir. Et deuxièmement cette sortie n'engage à rien. Je ne vois pas pourquoi ils le prendraient mal. Et troisièmement arrête de te prendre la tête. Je sais que tu en as envie, alors accepte. Qu'est-ce que tu as à perdre ?

— Tu m'as l'air bien sûr de toi. Comment tu sais que j'en ai envie ? dis-je avec une confiance qui vient d'arriver de je ne sais où.

— Ton comportement, répond-il en reprenant la marche.

Je le suis, curieuse de découvrir ce qui m'a trahi.

— Mais encore ?

— Je vais garder pour moi l'analyse de cette attitude typique des femmes. Elle est très utile et je ne voudrais pas qu'elle tombe entre de mauvaises mains.

— Insinues-tu que je suis une femme banale ?

— Oh ! ça, ça m'étonnerait fortement. Mais j'attends d'en avoir confirmation à notre prochain rendez-vous.

Il n'a pas froid aux yeux ! Il me lance un regard terriblement sexy et lourd de sens. Je craque, il est trop beau. Mais il faut que je tienne le coup. Je ne dois pas coucher avec Adam !

— Ce n'était pas un rendez-vous, je déclare.

Je lui lance un regard similaire au sien et souris jusqu'aux oreilles.

— C'est ce qu'on verra ! s'exclame-t-il en appuyant sur le bouton de sa clé de voiture.

Nous sommes arrivés à destination. La jeep Wrangler d'Adam est stationnée près de la maison des Demaras. Je ne me suis même pas aperçue qu'il faisait nuit et que la lune illuminait déjà le ciel. Je ne m'attarde pas trop et lui dis rapidement au revoir. Il caresse une dernière fois Mambo, puis nous nous éloignons en direction de la maison. J'essaie d'avoir une allure assurée et sexy, mais je ne suis pas certaine du résultat. Je me retourne pour constater qu'il me regarde toujours, appuyé contre sa voiture. Je lui souris et emprunte le chemin qui mène à la maison. Il ne faut pas que je craque, je dois rester forte et garder les cuisses fermées.

Je me régale avec le saumon cuit en papillote au barbecue. Décidément, tous les ingrédients que Ryan touche se transforment en or culinaire. Cela dit, je ne peux pas en dire autant pour le concombre. Je déteste ça, même lorsque c'est Ryan qui le prépare. J'ai dû faire bonne figure devant la famille pour le manger et rester crédible auprès de Logan. Mais je n'en ai pas moins eu un haut-le-cœur en l'avalant.

Tandis que je savoure une énième bouchée du poisson qui fond sur la langue et réveille les papilles, Logan se débat avec les petits pois. Dans une tentative osée pour en mettre dans sa bouche, il en fait tomber plusieurs par terre.

— Crotte !

Surpris, Ryan et July le regardent avec de grands yeux.

— D'où ça sort, ça ? l'interroge sa mère.

Le petit garçon regarde ses parents avec son air innocent. Je tente de réprimer un fou rire et me cache derrière ma main pour dissimuler mon sourire qui s'agrandit.

Malheureusement pour moi, Ryan me prend en flagrant délit. Il se met à sourire à son tour.

— Ne va pas chercher bien loin, dit-il à sa femme en me désignant de la tête. Je crois que j'ai trouvé la coupable !

July me lance un faux regard mécontent puis se met à rire elle aussi. Je décide donc de lever la main pour me dénoncer.

— Je plaide coupable.

Logan se met à rire, imité par tout le monde autour de la table.

— Tant que tu ne lui apprends que ça, on devrait s'en sortir, relativise July.

— Pour être honnête, j'ai l'habitude d'employer des mots un peu moins polis. Alors, depuis que je suis chez vous, je me force à trouver des alternatives, comme « flûte » ou « crotte ».

— C'est rigolo, « flûte », intervient Logan en riant de plus belle.

July se lève de table et commence à ramasser les assiettes et les couverts. Ryan et moi l'imitons, et Logan s'essuie la bouche avec sa serviette. Tandis que nous récupérons les derniers couteaux, elle m'annonce :

— J'ai ma séance de sport avec Adam mardi. Si ça te tente, tu peux venir avec nous, ce serait sympa.

Ce n'est pas que je sois sportive ou même que j'aime ça, mais j'accepte sa proposition. Juste histoire de garder la forme, bien sûr. Et puis cela me permettra aussi de mater les abdos de Sexy Tonton. J'essaie de masquer mon intérêt pour le coach et d'en montrer plus pour l'activité physique.

— Dis-moi l'heure et le lieu, je te suis.

6

Vêtue de mon short de sport en coton noir, de ma brassière rose et de mes baskets assorties, que je me félicite décidément d'avoir emportées, je me sens comme un imposteur. J'essaie tant bien que mal de survivre à cette séance de sport. Je suis en sueur, je sens mes joues qui rougissent à vue d'œil, j'ai soif, j'ai faim et j'ai mal partout. Je découvre des muscles dont j'ignorais l'existence. Plus jamais je ne m'aventurerai dans une folie pareille pour les beaux yeux d'un homme. C'est quelque chose que je ne faisais déjà pas en France, je n'aurais jamais dû commencer ici. Pourquoi les gens s'infligent-ils autant de souffrance ?

July, elle, suit avec aisance les instructions d'Adam. En ce qui me concerne, ils m'ont distancée dès les cinq premières minutes de footing. J'ai dû perdre un poumon entre deux foulées. Nous avons enchaîné sur trente minutes de course - avec des pics d'accélération –, de la musculation avec des poids, du gainage - beaucoup de gainage –, et nous passons maintenant aux étirements. Cette partie-là est bien plus soft que le reste, mais je sens toutes les parties de mon corps endolories. J'ai l'air pathétique, allongée en étoile de mer sur mon tapis de gym. Pour l'effet séduction, c'est raté, encore une fois. J'aimerais qu'Adam efface de sa mémoire cette heure de sport où je me suis tournée en ridicule. Et, comme si ce n'était pas suffisant, cette séance a été tellement éprouvante pour moi que je n'ai même pas pu en profiter pour admirer son postérieur ou ses abdos. Quelle perte de temps !

Notre coach nous félicite en se levant de son tapis, suivi de près par July. En ce qui me concerne, il me faut un peu plus d'entrain pour décoller mon postérieur du sol. Adam vient se poster devant moi et me tend une main, en vrai prince charmant. Son corps me protège en même temps des rayons du soleil, ce qui est agréable. J'attrape volontiers sa main et me relève avec la force de ses biceps. Une fois sur mes deux jambes, je lève la tête et le regarde. Il sourit.

— Bien joué, pour une première, m'annonce-t-il.

— Comment ça, « pour une première » ?

— On ne me la fait pas, à moi, je suis un pro. Je reconnais les gens qui n'aiment pas le sport. Reste à savoir la véritable raison de ta participation à cette séance..., s'interroge-t-il en relâchant ma main avec douceur.

La tension entre nous est palpable. Il sourit toujours, et je ne peux m'empêcher d'en faire autant. Je fixe ses lèvres, qu'il humidifie de sa langue. Qu'est-ce que j'aimerais les goûter ! Je me concentre sur mon objectif « pas de sexe avec Sexy Tonton » et minaude :

— Je suppose que tu devras attendre pour connaître la vérité.

Il pousse un long soupir - de frustration ? - et m'invite à le suivre en posant sa main droite dans le creux de mon dos. Quelle sensation agréable ! Si seulement il pouvait la descendre un peu plus. Nous marchons pour rejoindre la cuisine. J'ai besoin d'un grand verre d'eau froide, entre autres pour calmer mes ardeurs.

Une fois réhydratée et July partie sous la douche, j'essaie d'obtenir la réponse à la question qui me démange depuis mon arrivée : Adam est-il célibataire ? Avec une fausse assurance, je repose mon verre vide sur le bar et me lance :

— Ta copine doit apprécier d'avoir un coach sportif à domicile !

— Ma copine ?

— Oui, dis-je en tâchant de rester le plus naturelle possible, comme si cette réflexion coulait de source.

Adam éclate de rire, et moi je vis un grand moment de solitude. Il finit par se calmer au bout d'une longue minute, et se ressert un verre, de bière, cette fois. Il me tend la canette, mais je décline.

— Je ne veux pas gâcher les efforts que je viens de fournir.

Il se remet à rire. Oh non, est-ce que je viens vraiment de dire ça à voix haute ? Quelle cruche ! En moins de deux minutes, je viens de passer pour une fille en demande, une fouineuse et une parfaite nunuche. Comme si ce n'était pas suffisant, il semblerait qu'Adam ne soit pas très enclin à évoquer sa vie sentimentale. Mais alors comment vais-je savoir s'il me drague, si je me fais des films ou si c'est juste un coureur qui n'a pas assez d'une seule fille ? Cela dit, j'ai le sentiment que c'est quelqu'un d'honnête et qu'il n'est pas en couple. J'espère que mon instinct ne me fera pas défaut.

Adam récupère son tapis, sa gourde et sa serviette, et fourre le tout dans son sac de sport. Au passage, il attrape ses clés, qui traînent sur le bar. Alors qu'il s'apprête à partir - à mon plus grand regret –, il se tourne vers moi, range le trousseau dans sa poche et ajoute d'une voix sensuelle :

— Au fait, si tu veux sortir en ville, ma proposition tient toujours.

J'esquisse un sourire et sens mes joues rougir à nouveau.

Note pour moi-même : il va vraiment falloir que j'apprenne à contrôler ça, c'est plus que gênant.

Il quitte la pièce de sa démarche souple et me laisse seule dans la cuisine avec mes pensées. Mambo me rejoint d'un pas nonchalant. Je suis adossée au bar, occupée à faire glisser l'index sur le contour de mon verre. Plusieurs questions me trottent dans la tête, auxquelles je ne trouve pas de réponse.

Que va-t-il se passer entre Adam et moi ?

Est-il professionnel de laisser quelque chose arriver entre nous ?

Qu'il se passe quelque chose ou non, que vais-je faire une fois rentrée en France ?

Ai-je envie de retrouver mon appartement et le train-train quotidien d'une grande ville, maintenant que j'ai goûté au calme, à l'espace et à la nature ?

Qu'est-ce que j'attends réellement de ces deux mois ? Un déclic ?

Il semblerait que je traverse une forme de crise existentielle. J'espère de tout cœur que ces deux mois vont m'apporter ce que je recherche, même si je n'ai aucune idée de ce dont il s'agit.

Ryan nous régale une fois encore ce midi, avec du maïs et du porc épicé cuits au barbecue. Nous mangeons comme des rongeurs. En plus d'être délicieux, c'est amusant.

Le soleil se fait de plus en plus intense, mais July m'a promis une balade à vélo pour me faire visiter la ville et ses alentours. C'est Ryan qui s'occupera de Logan. Je crois qu'ils ont prévu de jouer aux pirates. Je serais curieuse de voir ce que cela donne.

Parfois, j'aimerais être une petite souris et me faufiler dans les pièces de la maison pour voir ce qu'il s'y passe. Enfant, déjà, j'étais curieuse. Je voulais toujours tout savoir, observer le comportement des gens, chez mes grands-parents, à l'internat du lycée, ou même dans les chambres de ma résidence universitaire. En fait, je crois que cette envie ne m'a jamais quittée.

Une fois notre *butter pie* engloutie et après une petite pause digestive dans les fauteuils en osier au bord de la piscine, à l'ombre des arbres, July et moi chevauchons notre vélo pour partir à la conquête du Canada. J'ai pris soin d'emporter mon chapeau de paille – qui prenait une place folle dans ma valise, mais que je ne pouvais pas laisser en France – et mes lunettes de soleil, et j'ai même mis de la crème solaire sur toutes les parties de mon corps que mes vêtements ne recouvrent pas. Ma gourde ballotte dans le panier de mon vélo tandis que j'essaie d'éviter quelques bosses à la sortie de la maison.

Je découvre d'incroyables paysages. Nous passons d'abord par le centre historique, avec ses petits immeubles en brique rouge, sa librairie aux murs blancs, et par le parc fleuri. Je retrouve ces violettes qui m'avaient tant plu lors de ma balade avec Mambo. Nous sortons ensuite de la ville par un petit sentier qui longe la route principale. Le chemin bordé d'arbres offre une ombre appréciable par cette chaleur. July en profite pour me parler de la ville, de son histoire. C'est passionnant ! Je suis impressionnée par la démarche des Français, qui ont su faire de cette ville un mélange de cultures en invitant les Canadiens à revenir et à prendre part à la vie locale, cent ans après la colonisation. Le calme de la campagne nous envahit. Nous passons devant plusieurs fermes immenses et des chalets isolés au beau milieu d'une prairie.

Nous empruntons ensuite une petite route - qui équivaut à une route française de taille moyenne - et pédalons de toutes nos forces pour atteindre le sommet de la colline. Les efforts valent largement la peine, car une fois là-haut la vue est à couper le souffle. Un « wow » s'échappe de ma bouche.

— N'est-ce pas ? réplique July en souriant. Je t'avais dit que tu aimerais cet endroit.

Je descends de mon vélo et en profite pour boire de l'eau à ma gourde. Je meurs de soif ! Le soleil est toujours aussi intense. Je garde une main sur mon chapeau de paille, la tête penchée en arrière pour boire. Je m'essuie les lèvres et m'absorbe dans la contemplation du paysage. L'herbe de la colline est plutôt courte, d'un vert luxuriant pour cette période de l'année, et mise en valeur par différentes espèces de fleurs. Un bois épais et feuillu vient agrémenter le flanc gauche de la colline, tandis que la route serpente sur la droite. Au loin, une ferme et un champ de maïs brillent sous l'effet du soleil. L'endroit est grandiose et paisible à la fois. Il y règne une atmosphère très agréable, entre le chant des oiseaux et le bruissement des feuilles qui s'agitent sous l'effet du vent. Certaines tombent même avec grâce et viennent caresser le sol. L'odeur champêtre si particulière de ces grands espaces vient titiller mes narines et parfaire ce moment.

D'un commun accord, nous décidons de profiter un peu plus de ce champ. Nous prenons beaucoup de plaisir à courir parmi les fleurs en criant comme des enfants. On croirait Mary et Laura Ingalls, de *La Petite Maison dans la prairie*. Bien évidemment, July interprète l'aînée, et moi, la cadette.

Épuisées, nous finissons par nous asseoir au beau

milieu du champ, tout en profitant de la vue et des rayons du soleil.

— Ma mère adorait cet endroit, me confie July.

Nous sommes confortablement installées dans l'herbe et tendons notre visage vers le soleil pour profiter de tous ses rayons. Je l'écoute avec attention, en me remémorant les rares souvenirs que j'ai de ma maman. Je me souviens vaguement de son odeur. Elle sentait le propre, la lessive et la lavande, je crois. Mais pas une odeur de lavande trop intense, non, juste ce qu'il fallait pour éveiller mes sens. Maintenant que j'y repense, c'était l'odeur de ses courtes boucles brunes. C'est de ma mère que je tiens ma tignasse.

Je chasse ces pensées pour me concentrer sur ce que dit July, qui semble avoir envie de se confier.

— Elle nous emmenait tous les week-ends ici, pour la journée ou juste pour prendre notre goûter l'après-midi, reprend-elle en souriant, le visage toujours tourné vers le soleil. Adam et moi, on roulait sur cette colline ou bien on jouait aux chasseurs. C'étaient des moments parfaits. Maman nous regardait avec ces yeux qu'ont les mères bienveillantes qui chérissent leurs enfants.

J'aimerais me souvenir de ce regard, mais ma mémoire ne me le permet pas. Cela me rend triste, et même un peu jalouse. Mes grands-parents étaient géniaux, mais ce n'est pas la même chose. Et puis je ne sais pas s'ils ont eux-mêmes réussi à faire le deuil de leur fille. Tous les soirs, lorsque j'allais me coucher, ils avaient un air triste sur le visage. Cette expression ne les a jamais quittés, pas même aujourd'hui. Je n'imagine même pas la souffrance qu'ils doivent ressentir. Perdre son enfant est probablement la pire chose au monde.

— Elle doit beaucoup te manquer, dis-je en la regardant.

Mes yeux se plissent sous l'effet du soleil.

— En effet, répond-elle.

Elle se tourne vers moi. Un sourire attendrissant se dessine sur son visage. Elle sait que je sais.

— Elle est décédée il y a un an et demi, dit-elle en refaisant face au soleil, les yeux fermés, cette fois. Elle était malade depuis plusieurs années, un cancer du sein qui n'a pas été détecté à temps et qui s'est généralisé.

C'est terrible de voir ses proches souffrir. Je compatis tellement… Je me tais et l'écoute jusqu'au bout. Quoi que je dise, cela ne changera rien, de toute façon. Elle prend une grande inspiration et poursuit :

— Adam s'est longtemps réfugié dans le déni de sa maladie. Je n'oublierai jamais l'instant où il a compris que ses jours étaient comptés, que notre mère allait mourir. Il était dévasté. Nous étions à l'hôpital, assis par terre dans un des nombreux couloirs froids. Je l'ai pris dans mes bras, et nous nous sommes tenus ainsi des heures durant, jusqu'à ce qu'une infirmière vienne nous voir et nous propose de nous installer dans une petite pièce réservée aux familles des patients. Nous étions comme deux enfants, perdus à l'idée que notre mère allait nous quitter.

Elle essuie une larme qui coule sur sa joue. Je fais de même, aussi discrètement que possible. Je veux qu'elle sache qu'elle peut compter sur moi.

— Comment Logan a réagi ?

— Il avait deux ans, donc on lui a juste dit que mamie était partie au ciel, et qu'elle veillerait sur nous jusqu'à la fin des temps. Il n'a pas posé beaucoup de questions, et je pense qu'il a beaucoup imagé la situation. Il a cru que sa grand-mère était littéralement dans les nuages, en train de garder un œil sur nous. Mais surtout je n'y serais pas arrivée sans Ryan. Il s'est occupé de lui quand j'étais à l'hôpital, quand j'avais besoin d'être seule ou avec mon frère et ma mère. Il gérait tout à la maison, tout en continuant à travailler. Il a été formidable. Il est formidable.

— Vous deux me donnez presque envie de trouver le grand amour et de fonder une famille. Ce que vous avez est beau, votre couple est si solide.

Elle se met à rire. Mais au fond je suis certaine qu'elle sait que j'ai raison. Une question me trotte dans la tête, et je décide d'en faire part à July :

— Mais ton père, il était où, pendant tout ce temps ?

Elle ne semble pas surprise par ma question, mais me répond avec moins d'enchantement que lorsqu'elle évoque sa mère :

— Mes parents ont divorcé lorsque Adam et moi n'étions que des enfants. C'est notre mère qui s'est occupée de nous. Nous ne voyions notre père que très rarement. Il a refait sa vie, et ne manifeste pas plus d'envie que ça de nous voir. Il a été plus présent ces dernières années, avec la maladie de ma mère, mais nous ne sommes pas proches pour autant. Je veux juste que Logan puisse passer du temps avec lui, comme les petits-enfants le font habituellement avec leurs grands-parents.

— Je suis certaine que Logan est le petit garçon le plus heureux sur terre.

Je me sens encore plus proche de July, à présent. Son schéma familial ressemble un peu au mien, en fait. Sa mère est décédée, comme la mienne, et elle n'est pas proche de son père. Moi, je n'ai jamais connu le mien. Elle a eu son frère pour la soutenir, et moi j'ai toujours eu Alexie.

Elle se relève et me demande si je suis prête à rentrer.

Je sens ma peau qui chauffe malgré la tonne de crème qui en couvre chaque centimètre carré, et me lève à mon tour :

— Presque. Accorde-moi cinq minutes, j'ai quelque chose à faire.

Elle me regarde avec des yeux interrogateurs. Je me dirige vers le bois, où les fleurs sont plus hautes et plus nombreuses. Je me penche pour cueillir celles qui me plaisent le plus, des fleurs de camomille, des anémones blanches et jaunes, des carottes sauvages blanches, et quelques feuillages verts. Je regroupe le tout de sorte à mettre en évidence les anémones. Je suis plutôt fière du résultat. Le bouquet est jaune, vert et blanc, touffu, et reflète la paix et la richesse de la nature. Je reviens vers July, qui m'attend à l'endroit où nous avons posé nos vélos. Elle regarde le bouquet, me jette un coup d'œil, puis son regard se porte à nouveau sur les fleurs. Elle reste bouche bée. Une fois que je suis à sa hauteur, je lui tends le bouquet.

— Tiens, comme ça, tu pourras emporter un peu de ta maman chez toi.

Elle fond littéralement en larmes dans mes bras. Je me sens soudain idiote et coupable. Mais qu'est-ce qui m'a pris ? J'aurais juste dû lui donner le bouquet et fermer ma grande bouche.

— Oh non, pardon, je suis désolée. Je ne voulais pas te faire de peine. Excuse-moi, July.

— T'excuser de quoi ? demande-t-elle en s'écartant de moi.

Elle s'arrête peu à peu de pleurer, et je constate qu'elle… Elle sourit.

— C'est fabuleux, merci beaucoup ! Cela me touche énormément. Je ne suis pas triste, c'est juste l'émotion.

Le bouquet est merveilleux, et me fait en effet penser à ma mère.

Elle me remercie encore et me prend dans ses bras, mais pas pour pleurer, cette fois. Me voilà rassurée. Elle desserre son étreinte et contemple le bouquet une dernière fois avant de le poser délicatement dans le panier de son vélo.

— Tu es très douée. Tu as déjà travaillé chez un fleuriste ?

— Un été, oui. C'était dans la boutique d'une amie de ma grand-mère. J'ai adoré, mais on m'a fait comprendre qu'il y avait peu de débouchés dans ce milieu. Et puis je venais de m'engager dans ma licence, donc je n'ai pas cherché plus loin. C'est plus un passe-temps qu'autre chose.

— J'aime cuisiner de temps en temps, mais, crois-moi, ce n'est pas pour autant que je suis douée ! s'amuse-t-elle.

Sa remarque me fait réfléchir. C'est vrai que je ne mets pas autant d'entrain et d'imagination dans mes autres « passe-temps ».

Nous chevauchons à nouveau notre vélo et prenons la route du retour. Sur le trajet, nous évoquons nos souvenirs d'enfance. Je lui parle de ma famille et d'Alexie, que je considère comme une sœur, tandis qu'elle me raconte toutes les bêtises qu'Adam et elle ont faites quand ils étaient petits. Ils avaient beaucoup d'imagination...

De retour à la maison, nous surprenons Logan et Ryan en train de jouer aux pirates. Ils sont en pleine chasse au trésor. Ils ont assemblé deux rouleaux de papier toilette pour en faire des jumelles. Ils ont aussi déniché des cache-œil et se sont bricolé des épées avec des bouts de bois qu'ils ont dû trouver dans le jardin. La scène est hilarante. Ryan prend son rôle très à cœur et Logan s'amuse comme un petit fou. Lorsqu'ils nous voient arriver, ils déclarent que nous sommes de méchants pirates – car eux sont des gentils – et défendent leur territoire. July et moi capitulons, car nous ne sommes pas armées pour la bataille. Ils retournent sur leur « navire », en fait un assemblage de coussins sur le tapis du salon, tandis que nous allons dans la cuisine nous servir une citronnade bien fraîche. J'ai découvert les vertus et le goût délicieux du citron ici, au Canada. Je n'en utilisais que très peu dans ma cuisine, auparavant, à tort.

Mon téléphone se met à sonner sur le rythme de Metro Station. Je m'excuse auprès de July et vais dans le jardin pour trouver un peu de calme. Je décroche en m'étendant sur le transat.

7

— T'es difficile à joindre, ma belette ! Je ne savais pas que le baby-sitting était un boulot à plein temps.

Sa voix m'avait manqué. Je rigole dans le combiné.

— Salut, Alexie ! Contente de t'entendre.

— Moi aussi. Bon, alors, raconte-moi tout, tu étais trop brève dans ton dernier message.

— Que te dire de plus ? je réponds en réfléchissant. Le Canada me plaît toujours autant. Je m'entends très bien avec July et Ryan, les parents. Ils sont très sympas et ouverts d'esprit. On s'amuse bien. Et puis Logan est toujours aussi adorable. Je lui ai appris à faire de la pâte à sel, cette semaine, il ne connaissait p...

— Tu te fous de moi ? me coupe-t-elle. Je me fous de savoir si tu as joué à un, deux, trois, soleil ou à la pâte à modeler cette semaine !

— La pâte à sel, je réplique, blasée.

— C'est pareil ! Je veux savoir s'il y a du nouveau avec ton Sexy Tonton ! Est-ce que tu as craqué ou pas ?

— C'est vraiment tout ce qui t'intéresse dans ma vie ? Savoir si j'ai couché ou non avec lui ?

Je l'entends ricaner. Alexie est pire qu'une commère, et elle le sait. Elle est toujours à l'affût des derniers potins. Je dois avouer que cela m'a beaucoup servi au lycée. Elle faisait tout le travail de recherche, et moi je n'avais plus qu'à écouter les scoops qu'elle avait dégotés.

— Avoue que ta vie est quand même hyper intéressante, en ce moment. Tu quittes ton travail et pars sur un coup de tête au Canada, chez de parfaits inconnus, pour t'occuper d'un mioche. Ladite famille est pétée de thune, tu mènes la vie de rêve, mais voilà que les choses se compliquent. Sexy Tonton débarque, tu meurs d'envie de te le taper, mais cela nuirait à ton image de fille au pair parfaite. C'est quand même pas banal, tout ça !

Après avoir débité sa tirade d'une seule traite, elle reprend son souffle. J'éclate de rire.

— Pas mal résumé, en effet.

— Alors ?

— Alors quoi ?

— T'as couché avec lui ?

— Non, Alexie, je n'ai couché avec personne. Mes cuisses sont restées bien serrées.

— Merde, j'avais parié avec Thomas que tu aurais déjà couché avec lui. Je lui dois un restau, maintenant.

Je suis sidérée ! Ils ont osé faire un pari sur ma vie sexuelle !

— Quoi ? Je suis choquée ! Jamais je ne t'aurais fait un truc pareil ! je m'offusque.

— Tu te fous de moi ? s'écrie-t-elle. Dois-je te rappeler la fois, au lycée, où tu as parié avec toutes nos copines que je perdrais ma virginité avec Lucas au bout de deux mois de relation ?

Oups, j'avais oublié ce détail. Je me défends :

— Oui, mais le pari en valait la peine. Surtout que j'avais gagné, preuve que je te connais par cœur. En revanche, toi, tu viens de te planter.

J'adore la narguer. Elle déteste ça. Et, ce qu'elle déteste par-dessus tout, c'est perdre !

— Et qu'est-ce qui me fait croire que tu ne me mens pas et que tu n'as pas cédé à la tentation ?

— Bien vu… Mais non, je dis la vérité. Si j'avais couché avec lui, je t'aurais appelée dans la minute pour te faire part de mes remords et de ma culpabilité.

— Eh merde, je te crois ! Bon, je vais devoir annoncer à Thomas que je lui paye le restau. Après tout, ça ne nous fera pas de mal.

— Comment ça ?

— Je ne sais pas, je le trouve distant, en ce moment. Le peu de temps où il est à la maison, il le passe au téléphone ou sur son ordinateur. Et puis j'ai l'impression qu'il me cache quelque chose.

— Tu lui en as parlé ?

— Bien sûr, il m'a dit qu'il ne voyait pas de quoi je parlais et a changé de sujet.

— Tu te fais peut-être des films, dis-je pour tenter de la rassurer. Il est peut-être juste débordé par le boulot et a la tête ailleurs. Si c'est le cas, effectivement, un restau, c'est une bonne idée. Ce serait l'occasion de passer un petit moment en amoureux et d'aborder ce qui te tracasse. Et puis Thomas est du genre à parler quand il y a quelque chose qui ne va pas. Donc, s'il y avait un problème, il te l'aurait dit, non ?

— Tu as raison. Je vais lui proposer de sortir demain soir. Là, il est avec des copains.

— Attends-le en dessous sexy. Ton body noir transparent, celui qui a l'échancrure dans le dos, ça devrait faire de l'effet.

— Tu sais quoi ? Tu as raison. Et, juste pour faire

ma vilaine, je vais même lui envoyer une photo de ce qui l'attend, histoire qu'il ne traîne pas trop.

— Brillant !

Je suis certaine que tout va bien se passer pour eux, mais j'aurais quand même préféré être là pour elle, la prendre dans mes bras et lui dire de ne pas s'inquiéter. Une conversation téléphonique n'a pas le même effet. Cela dit, je pense que j'ai quand même accompli ma mission de meilleure amie. Elle semble un peu plus rassurée. Enfin, je l'espère.

Logan sort de la maison et se dirige vers moi, son bout de bois toujours à la main.

— Emma ! Emma ! s'écrie-t-il en s'approchant de moi.

Je dis à Alexie de patienter et écoute ce que le bout de chou veut me dire.

— Il faut que je te montre mon nouveau livre sur les requins ! Papa me l'a offert cet après-midi. Enfin, il me fait croire que c'est juste quelques-uns des nombreux trésors du coffre, mais je ne suis pas bête. Les anciens pirates ne savent pas que j'aime les requins.

Ce petit est décidément très futé.

— OK, Logan, je finis ma conversation avec mon amie et je viens voir ça. Ça te va ?

— C'est correct, répond-il en retournant à l'intérieur de la maison à toute allure.

Ce petit ne s'arrête jamais de courir !

Je rapproche le téléphone. À peine ai-je ouvert la bouche qu'Alexie prend la parole.

— Je vois que tu es très sollicitée, se moque-t-elle. De toute façon, il va falloir que j'y aille aussi. Je veux mettre le paquet pour ce soir. Thomas devrait bientôt rentrer, surtout une fois que j'aurai envoyé la photo.

— Déchire tout, fais-toi encore plus belle que d'habitude et passe une incroyable soirée avec ton chéri. Vous le méritez tous les deux.

Alexie me fait une ou deux réflexions sur Adam et le fait que j'ai moi aussi intérêt à me « bouger le cul », pour reprendre ses termes, que je suis ridicule à jouer les prudes et à ne pas profiter d'un si bel étalon. Je lui réponds que je verrai, et qu'elle doit me tenir informée de la suite des événements entre elle et Thomas. Nous raccrochons.

Ça m'a fait un bien fou, d'entendre sa voix. Elle me manque plus que je ne veux bien l'admettre.

Je passe la fin de l'après-midi avec Logan, à regarder son livre sur les requins. Les illustrations sont superbes. Nous sommes assis par terre dans sa chambre, sous un tipi improvisé formé de draps et de coussins. Il y fait un peu sombre, cependant ; il faudrait que je demande à July et Ryan s'ils n'auraient pas une lampe de poche à nous prêter.

Je tourne la huitième page et m'apprête à lire les commentaires à côté de l'image d'un grand squale quand Logan me coupe.

— Je le connais, celui-là, je le connais ! C'est le grand requin blanc !

— Tu as déjà lu le livre ? C'est la deuxième fois que tu devines de quel requin il s'agit.

— Non, c'est juste que j'adore ça, répond-il en haussant les épaules avec un sourire, comme si c'était normal de connaître autant de choses à son âge.

Prenant des airs de Hermione Granger, il me raconte ce qu'il sait sur le grand requin blanc. Je l'écoute attentivement, non seulement parce qu'il est adorable avec ses pommettes rouges et ses boucles blondes, mais aussi parce que cela m'intéresse.

— C'est le plus méchant de tous les requins. Il mange des humains, des tortues et même des dauphins, s'exclame-t-il en insistant sur le « même ».

— Ouah, c'est vraiment un méchant, celui-là !

— Oui, mais, comme il est méchant, les gens ont peur de lui et le chassent. Y en a plus beaucoup, dans la mer, maintenant, alors on doit le protéger. C'est un peu bizarre, tu ne trouves pas ?

J'aime sa façon de parler et de prononcer les sons *è*.

— Eh bien, j'imagine que les grands requins blancs ont un rôle important dans l'océan. C'est pour cela que leur disparition pourrait avoir un impact désastreux sur la nature.

Cette fois, c'est lui qui est tout ouïe. Il me regarde, la bouche grande ouverte, impressionné par ce que je viens de dire. Soudain, ses yeux s'illuminent.

— J'ai compris ! s'exclame-t-il. En les protégeant, on protège la planète, et donc nous aussi.

— Exactement !

Je lui tends la paume, qu'il tape aussitôt. Il semble si fier de lui. J'aime ce petit garçon, toujours plein d'énergie et de curiosité. Il a une soif d'apprendre incroyable. Il deviendra quelqu'un de bien, un grand homme. J'en suis certaine.

Nous tournons les pages les unes après les autres. En fait, ce livre convient aussi bien aux enfants qu'aux adultes. J'apprends beaucoup de choses sur le monde marin. Par exemple, que tous les requins n'attaquent pas les hommes. Le requin-baleine, la roussette ou le renard ne les attaquent pas. Et, quand bien même ils le feraient parfois, cela s'expliquerait par le fait que le requin aurait confondu l'homme avec une tortue ou un phoque.

Tandis que nous arrivons à la page des requins-marteaux, July frappe à la porte de la chambre, qui est entrouverte.

— Excusez-moi de vous interrompre, mais il est l'heure d'aller au bain, Logan.

— Oh non, maman, on n'a pas encore tout lu, supplie-t-il.

— Vous pourrez le finir demain, mon chéri. Mais, là, l'heure du bain est plus que dépassée.

— D'accord, cède-t-il en me confiant son livre. On le finira demain, hein, promis ?

Il me regarde avec ses yeux de biche. Comment dire non ?

— Bien sûr ! je réponds en me relevant.

July ébouriffe les cheveux de son fils et se tourne vers moi, avant de se diriger vers la salle de bains.

— Au fait, Emma, Ryan m'a chargée de te dire qu'il t'attend pour votre « cours de cuisine ».

Elle accompagne ses propos en mimant les guillemets.

Mince, j'avais complètement oublié ! Nous avions convenu hier soir - tard, et après quelques verres de vin rouge - de préparer le dîner ensemble. Je remercie July de me l'avoir rappelé et descends les escaliers pour rejoindre Monsieur le chef cuisinier. Moi qui voulais tirer profit de tout ce que cette expérience aurait à m'offrir, je ne suis pas déçue !

Ryan m'attend effectivement dans la cuisine. Il a sorti tous les ingrédients nécessaires et les dispose méthodiquement sur le plan de travail. Je remarque qu'il a laissé deux espaces pour cuisiner. J'imagine qu'il y en a un pour lui et un pour moi. Avec tout ce qui recouvre la table, on pourrait croire que c'est un vrai chantier, mais pas du tout. L'organisation semble être l'une des nombreuses qualités de Ryan.

— Te voilà, dit-il en me souriant tandis que je m'accoude au bar.

Je lui rends son sourire. Je suis ravie de passer un peu de temps avec lui. Après tout, il n'est pas souvent à la maison. Généralement, je le vois tard le soir, parfois quelques heures dans l'après-midi, selon sa charge de travail. Ryan a le don de m'épater. Son quotidien est toujours bien rempli, mais il reste toujours calme. Je l'admire et envie un peu sa zen attitude. Il prend toujours les choses du bon côté et ne semble jamais stresser.

— Qu'est-ce qui est au menu ce soir, chef ?

— Eh bien, je t'aurais volontiers montré mon interprétation personnelle de la poutine, mais il fait trop chaud pour ça. Du coup, je me suis dit qu'on pourrait cuisiner des brochettes de poulet avec une salade, c'est plus estival.

— Bonne idée. Même si je tiens à goûter cette fameuse poutine ! Par où on commence ? je demande en m'attachant les cheveux avant de me laver les mains.

Tandis que je saisis le torchon pour m'essuyer les mains, il m'explique comment nous allons procéder :

— Par la marinade. Ce sera un mélange de beurre de cacahuète et de sauce soja, avec une pointe de miel. Ensuite, on pourra se mettre aux brochettes. On fera la salade à la fin.

J'acquiesce et repère sur la table les ingrédients dont nous aurons besoin pour cuisiner ce délicieux repas. C'est parti !

Nous mélangeons d'abord la sauce soja, le beurre de cacahuète, le sel et le poivre. Je suis un peu sceptique quant au résultat, mais Ryan me fait tester et je crois goûter au paradis. Les saveurs se mêlent tellement bien…

Et puis c'est quelque chose de très facile que je pourrais refaire toute seule.

Ryan m'explique ensuite comment dénerver et découper les blancs de poulet. Nous débitons ensemble la viande en cubes, puis les poivrons, préalablement épépinés, et les courgettes en grosses lamelles. Une fois cette tâche terminée, nous dressons les brochettes, en alternant poulet, courgette, poivron et tomates cerises. Nous les mettons à mariner dans la sauce, pendant une heure environ. Je verse ensuite la salade verte avec les carottes râpées et le chou rouge dans un grand saladier et parsème le tout de quelques amandes et raisins secs. Pendant ce temps, Ryan prépare la vinaigrette, à base d'huile de noix et de vinaigre balsamique. J'ai l'impression qu'il y a de quoi nourrir un régiment.

— Tu vois, en trente minutes, tu peux préparer un bon repas, me dit Ryan en mettant le saladier au réfrigérateur.

— Et puis, au moins, on sait ce qu'on mange.

— Exactement, c'est plus sain. Et tu as la satisfaction d'avoir cuisiné. À long terme, tu réaliseras aussi que c'est beaucoup moins cher que d'acheter des trucs tout préparés.

Je veux bien le croire.

— Et pour le dessert ?

— Que penses-tu d'une salade de fruits ? propose-t-il en sortant les bananes du réfrigérateur.

— Miam ! Mais jure-moi que tu ne mets pas de cannelle dedans, je le supplie, les mains jointes, avec un regard de chien battu.

— Tu viens tout juste de me donner l'idée, s'amuse-t-il.

Je lui lance un faux regard assassin, ce qui le fait rire de plus belle.

— Pourquoi ? Tu n'aimes pas la cannelle ?

— Ce n'est pas que je déteste ça, le goût ne me dérange pas, en règle générale. Mais ma grand-mère avait l'habitude d'en mettre dans sa salade de fruits, et je trouve que ça camoufle complètement le goût des fruits. J'avais l'impression de manger des cuillères remplies de poudre de cannelle.

L'évocation de ces souvenirs me fait sourire. Mamie n'en reste pas moins une excellente cuisinière.

— J'avais vingt ans quand elle a enfin compris ! Maintenant, elle me prépare un bol à part, sans épices, et ajoute ensuite sa chère cannelle dans le saladier.

— Tout dépend de la quantité qu'elle met.

— Elle a toujours eu la main lourde en cuisine…

Ryan éclate de rire.

— Tu es proche de ta grand-mère ? demande-t-il.

— Plutôt. Je la tiens informée deux fois par semaine par mail de mes péripéties canadiennes. Après tout, c'est elle qui m'a élevée depuis l'âge de huit ans. Avec mon grand-père, bien sûr. On passait du temps toutes les deux en cuisine, j'adorais ça, mais malheureusement, vu leur âge, on ne pouvait pas faire grand-chose d'autre. À l'école, mes copains me racontaient leurs vacances au camping, à la mer, ou leurs week-ends d'Accrobranche. Pour nous, ce n'était pas envisageable.

— Je comprends. Je suppose que tu t'es bien rattrapée par la suite.

— Ça, oui ! J'étais toujours la première à organiser des escapades.

Je lui parle de mes premières vacances à l'étranger, de mes week-ends camping avec les copains, et même de mon séjour spa avec Alexie. Que de bons moments ! Je continue de couper les fraises tandis que Ryan se charge des pommes. Il les épluche avec tant d'agilité et les coupe à une de ces vitesses ! Il me parle aussi de toutes les bêtises qu'il a faites avant de rencontrer July. Nous rions beaucoup. Décidément, il n'a pas froid aux yeux. Je vois de qui Logan tient cette curiosité et ce goût de l'aventure.

Quand on parle du loup… Le petit monstre nous rejoint dans la cuisine, suivi de près par July. Il porte un short de pyjama bleu et un T-shirt blanc, avec un requin dessus. Craquant ! Ses boucles sont un peu plus foncées, après le shampoing.

— Ça sent trop bon ! s'exclame-t-il. On mange bientôt ?

— Dans cinq minutes, petit requin, lui annonce son père en laissant de côté les fruits pour le prendre dans ses bras.

Logan serre fort son papa et l'entoure de ses jambes, comme un koala. L'amour paternel, une chose que je ne connaîtrai jamais…

Comme Ryan l'avait annoncé, nous passons à table cinq minutes plus tard. Dehors, grâce à la brise qui s'est levée, l'air est moins lourd. Et le soleil qui se couche nous offre un cadre parfait. Les brochettes sont tendres et savoureuses. C'est un pur régal. La salade est délicieuse aussi, avec ce mélange sucré-salé. Je n'aurais jamais eu l'idée de mettre des raisins secs dedans, pourtant, c'est exquis ! Décidément, je mesure la chance que j'ai eue de tomber dans cette famille.

Nous finissons notre assiette quand la sonnette de la porte d'entrée retentit. Nous avions laissé les baies vitrées ouvertes pour laisser l'air frais entrer dans la maison.

— Ce doit être Adam, annonce July en se levant pour aller ouvrir.

Adam ? Mais qu'est-ce qu'il vient faire là à cette

heure-ci ? Devant mon air surpris et un peu paniqué, Ryan vient éclairer ma lanterne :

— July m'a dit que vous sortiez tous les deux en ville ce soir !

Oh ! vraiment ? Je n'étais pas au courant ! Panique, panique, panique ! Je ne suis pas prête psychologiquement à voir Adam. Ni physiquement, d'ailleurs ; j'ai sué tout l'après-midi à vélo et le soir en cuisine. En plus, je suis habillée comme une clocharde.

— July ne m'a rien dit du tout. Adam non plus, je réponds en tentant de garder une contenance, tandis que l'intéressé arrive sur la terrasse.

Trop tard !

8

— Salut, dit Adam avec ce sourire qui me fait tant d'effet.

Je ne me lève même pas de ma chaise. Je suis trop sidérée, et surtout je ne veux pas qu'il remarque le mélange d'odeurs de sueur, de cacahuète et de fumée de barbecue que je dégage.

— Salut, je réponds. Alors, comme ça, on est censés sortir ce soir ? je demande en haussant les sourcils.

— Je ne voulais pas te le dire trop tôt, pour ne pas que tu te débines, avoue-t-il.

Qu'est-ce qu'il est beau ! Il porte un short vert clair qui met en valeur ses jambes fines et musclées. Son polo blanc fait ressortir son teint hâlé. Et, comme tout jeune sportif qui a du goût et qui se respecte, il a des Converse blanches aux pieds. Enfin, elles ne sont plus très blanches, mais le résultat est là. Il est si séduisant. Je me demande encore s'il a une copine ou non.

— En fait, July devait te le dire ce soir, mais visiblement elle a manqué à son devoir, dit-il d'un ton accusateur en regardant sa sœur.

— Oups, répond cette dernière.

J'éclate de rire. Je veux bien croire qu'elle ait pensé à autre chose cet après-midi. Il était plutôt riche en émotions.

— OK, où on va ?

— C'est vrai ? Tu es partante ? demande-t-il, visiblement surpris mais heureux.

— Tu as fait le déplacement, je ne vais tout de même pas te laisser en plan. Il faut juste que je passe à la douche et que je me change. Je tiens à rencontrer des gens, pas à les faire fuir.

Après ma conversation téléphonique du jour avec Alexie, j'ai réalisé que cela ne me ferait pas de mal de voir du monde.

— Quoi que tu portes, tu seras toujours aussi belle, déclare-t-il.

Mes joues virent au pourpre. Il a osé ! Non seulement c'est affreusement cliché, mais en plus il l'a dit devant July et Ryan. Non, mais la honte, sérieusement ! Je le regarde en haussant les sourcils et en penchant légèrement la tête de côté, histoire de bien lui faire comprendre à quel point sa réplique était nulle. Sa sœur et son beau-frère, eux, se marrent ouvertement, ce qui ne perturbe pas du tout Adam. Au contraire, il soutient toujours mon regard. Logan, quant à lui, joue avec Mambo sur la pelouse, à côté de nous, et ne semble pas prêter attention à ce qui se passe autour de lui.

— Je file sous la douche avant que tu ne nous sortes d'autres réflexions ringardes, dis-je en quittant table.

Et toc ! Un peu de répartie ne fait pas de mal. July et Ryan éclatent à nouveau de rire. Adam ouvre la bouche, mais aucun son n'en sort. Je fonce dans ma chambre sans me retourner.

Ma douche est rapide, mais elle me fait un bien fou. Je me sens propre et fraîche. Je me maquille en vitesse : juste un peu de mascara sur mes cils et du rouge à lèvres. Simple mais efficace. Mon regard est embelli et mes lèvres sont mises en valeur. Je me sèche les cheveux et les laisse retomber en cascade dans mon dos. J'applique une touche de parfum dans mon cou. Et, maintenant, la question à mille dollars : comment vais-je m'habiller ? Je n'ai pas pensé à demander à Adam à quel genre de soirée nous allions. Je me tiens devant la penderie, enroulée dans ma serviette, et analyse son contenu. J'exclus d'emblée les robes sexy : pas question de paraître *too much*. Je décide donc de rester *casual*, comme lui, en espérant ne pas me tromper. Peut-être allons-nous juste dans un bar.

Je saisis des sous-vêtements noirs, mon jean *skinny* fétiche et un petit chemisier noir à bretelles légèrement transparent. Aux pieds, j'opte pour mes petites sandales jaunes hyper confortables, au cas où nous devrions marcher. Je complète ma tenue avec une paire de boucles d'oreilles discrètes - des petites plumes argentées, cadeau de mes grands-parents –, et le tour est joué. Je me regarde dans le miroir, plutôt satisfaite du résultat. Je vérifie une dernière fois mes dents et mon nez, récupère mon petit sac bandoulière et descends rejoindre les autres.

Je souris en les voyant m'attendre en bas de l'escalier. On se croirait dans un film américain, quand la jeune fille descend dans sa belle robe de soirée pour aller au bal de promo. Mais, à la différence du cinéma, ils ne restent pas là à me regarder avec des yeux émerveillés. July, telle une mère poule, nous recommande de faire attention. Ryan nous suggère de filer si on veut profiter de la soirée. Seul Logan me fait une réflexion sur ma tenue :

— Tu es très belle, Emma.

Je le remercie, flattée. Ce petit a bon goût !

— Prête ? me demande Adam.

Je réponds par l'affirmative. Il dépose sa main dans le creux de mon dos et m'invite à le suivre, direction sa voiture. Nous souhaitons une bonne soirée à July et

Ryan, et de beaux rêves à Logan, qui est sur le point d'aller se coucher. Ils nous regardent sortir de la maison, et je surprends Ryan qui adresse un clin d'œil à Adam. Qu'est-ce qu'ils mijotent, ces deux-là ?

Alors qu'Adam ferme la porte de la maison de sa main gauche - la droite se trouvant toujours dans le creux de mon dos –, il me glisse à l'oreille :

— Je suis d'accord avec mon neveu.

Ces quelques mots ont un impact fulgurant sur ma libido, qui monte en flèche. La question est : vais-je écouter les conseils d'Alexie et me laisser tenter, ou bien vais-je réussir à résister ?

Nous montons dans sa jeep Wrangler, qui est bien plus confortable que je ne m'y attendais. Un sac de sport traîne sur la banquette arrière. Un diffuseur accroché à la grille de ventilation dégage une odeur de frais, comme de la lessive. Adam démarre et appuie sur le bouton « *play* » de son autoradio. Le titre *California Love*, de 2Pac, sort des enceintes. Il monte le volume.

— Je ne t'imaginais pas fan de vieux hip-hop, je lui avoue, tandis que le rythme de la musique s'empare de moi.

— Je te réserve bien des surprises.

Oh ! J'ai hâte de voir ça. Je me mets à chantonner le refrain, sous le regard amusé d'Adam.

— Tu ne m'as même pas dit où on allait ! je m'exclame soudainement alors qu'il emprunte une route à six voies.

— Un ami fait une fête chez lui, comme au bon vieux temps. Il voulait se remémorer nos soirées universitaires. Son appartement est en ville, ça devrait être sympa. Je les ai prévenus que tu venais, ils ont hâte de te rencontrer.

Il me lance un regard, comme s'il attendait que je lui confirme que son plan me convient. Je le rassure :

— C'est parfait.

Je le vois esquisser un petit sourire en coin. Il semble soulagé.

— Par contre, il est peu probable qu'on rentre avec ma voiture. Tout dépend de la tournure des événements. Ça risque plutôt d'être en Uber ou avec un ami. On verra.

La tournure des événements ? Il m'intrigue.

— Ça me va, je réponds. Je ne suis pas du genre à être Sam, de toute façon.

— À être quoi ? s'étonne-t-il.

J'avais oublié que j'étais dans un autre pays.

— La personne qui reste sobre pendant la soirée et qui reconduit ses amis. En France, c'est comme ça qu'on l'appelle.

Il hoche la tête.

Vingt-cinq minutes plus tard, nous sommes en plein cœur de la ville. Adam me montre des coins sympas, dont le restaurant où travaille Ryan. Nous arrivons ensuite dans un quartier charmant, à l'écart des grandes avenues, où les façades sont en brique rouge. Ça me rappelle les maisons de Brooklyn. Il gare la voiture le long du trottoir.

— Nous voilà à destination, s'exclame-t-il en coupant le moteur.

Je détache ma ceinture, ouvre la portière et sors de la voiture. J'entends de la musique en provenance d'un petit immeuble, juste en face de nous. Un groupe de jeunes gens est assis sur les marches, à fumer et à rire.

— Je suppose que c'est là qu'on va, dis-je en faisant un signe de tête en direction de l'immeuble.

— Bien vu, Sherlock, se moque Adam.

Je lui adresse une moue boudeuse en guise de répartie.

Nous marchons côte à côte en direction du groupe. Il place sa main droite dans le creux de mon dos. Il a dû comprendre que j'appréciais le geste. Je savoure ce dernier moment d'intimité avant qu'on se retrouve entourés des autres fêtards, de musique et d'alcool. Une voix masculine provenant des marches accueille Adam :

— Salut, mon pote, dit-il en se levant pour s'approcher de nous. Ça faisait un bail !

Adam ôte sa main de mon dos et le serre dans ses bras.

— Salut, Mike ! C'est bon de te revoir. En même temps, fallait pas partir un an en Europe.

Mike rigole et tourne ensuite le regard vers moi.

— Qui est cette magnifique demoiselle ? demande-t-il.

— La demoiselle s'appelle Emma, je réponds en souriant. Enchantée de faire ta connaissance, Mike.

— De même, réplique-t-il en me prenant dans ses bras.

Il relâche son étreinte et reprend :

— J'ai deux questions pour toi, Emma. Premièrement, quel bon vent t'amène ici ? Vu ton accent, tu n'es pas du coin. Et, deuxièmement, pourquoi fréquentes-tu ce loser, alors que tu peux m'avoir, moi ?

Sa tentative de drague me fait rire, mais je ne suis pas dupe. Mike semble être du genre chasseur. Son truc, c'est d'ajouter des prises au tableau de ses conquêtes, et je suis sûre qu'il est déjà bien garni. Il est très beau, dans son genre : métis, musclé, les cheveux très courts, un regard brûlant de désir et des manières de latino.

— Je suis fille au pair, je m'occupe du neveu d'Adam. Comme je ne connais personne ici, il m'a proposé de l'accompagner et de me présenter ses amis.

— Monsieur est partageur, dit-il en lui faisant un clin d'œil.

— Bon, allez, ça suffit, intervient Adam. Allons retrouver les autres à l'intérieur.

Il repose sa main dans mon dos, mais je sens une

différence dans la pression de ses doigts. J'ai l'impression qu'il veut marquer son territoire. Intéressant !

Nous nous arrêtons un instant devant le groupe de fumeurs. Mike se rassoit : il nous annonce qu'il nous rejoindra bientôt. Adam salue les autres, me présente brièvement, et nous gravissons les marches pour entrer dans l'immeuble. J'ai comme l'impression qu'ils ne fumaient pas que des cigarettes, sur le perron.

Nous prenons le vieil ascenseur grinçant jusqu'au cinquième et dernier étage.

— Mike a l'air très sympa, dis-je à Adam une fois la grille refermée.

— Ouais. C'est un vieil ami.

Nous nous tenons face à face dans l'étroite cabine d'ascenseur. Adam me fixe. Waouh, quel regard ! Je me mords la lèvre, souris et baisse les yeux, intimidée. J'entends sa respiration. Je prends une grande inspiration. Je ne sais pas si c'est l'endroit confiné ou l'effet de sa beauté, mais il m'est difficile de respirer correctement. J'arrive à sentir son parfum, un mélange délicieux, à la fois boisé et frais. Comment vais-je faire pour ne pas succomber à la tentation ce soir ?

Au moment où je me pose mille questions sur mes capacités à résister, l'ascenseur est victime de quelques secousses avant de s'arrêter net. Surprise et un peu déséquilibrée, je me raccroche au torse d'Adam. Il me protège de ses bras, lui aussi pris au dépourvu. Je relève la tête pour essayer de ne pas penser aux magnifiques pectoraux auxquels je suis en train de m'agripper. Mais, lorsque son regard croise le mien, je comprends que je suis mal barrée. Il me dévore littéralement des yeux. La tension est palpable entre nous. J'ai terriblement envie de l'embrasser et qu'il me prenne sur place, dans cet ascenseur. À vrai dire, faire l'amour dans un ascenseur a toujours été mon fantasme le plus osé… Son visage se rapproche du mien. J'entrouvre mes lèvres pour accueillir son baiser. J'ai besoin de le goûter. Nos lèvres se frôlent, mais à cet instant l'ascenseur redémarre et nous coupe en plein élan. Le karma est une *bitch*, comme dirait Alexie ! Moi qui voulais absolument un signe qui me montre quel chemin emprunter… Apparemment, je vais devoir ravaler mes pulsions.

L'ascenseur arrive finalement à destination. Les portes s'ouvrent. Adam pousse un soupir et me prend par la main pour rejoindre le palier. Une fois franchie la porte de l'appartement, nous sommes rapidement immergés dans l'ambiance festive. Ça me ferait presque oublier la frustration liée à ce qui vient de se passer. Presque.

La fête bat son plein. L'appartement est bondé, les gens boivent, rient et dansent sur du Snoop Dogg. Certains fument à la fenêtre. Des cadavres de bière jonchent le sol, des gobelets rouges et des saladiers de chips sont posés au petit bonheur, près de la télé, sur les enceintes ou une étagère… Sur le canapé et les tabourets, un petit groupe joue aux cartes en enchaînant les bières. Ça me rappelle ma jeunesse, qui n'est pas si loin que ça ! Je suis Adam jusque dans la cuisine, qui est presque aussi bondée que le salon.

— Hé ! s'exclame-t-il à l'intention de ses amis. C'est quoi, cette soirée ? On se croirait à la fac !

Ces derniers, ravis de le voir, le prennent dans leurs bras.

— Comme si ça te dérangeait, se moque un petit blond.

— Les potes, je vous présente Emma. Emma, voici Tim, Jonathan, Lucas, Ana et Maddy, m'indique-t-il en les désignant tour à tour.

— Salut, Emma ! Ravi de te rencontrer, dit Lucas.

Tim et Jonathan – le petit blond – m'adressent un signe de main, tandis qu'Ana et Maddy se rapprochent de moi et commencent à me parler comme si j'étais l'une des leurs. Cette manière de m'intégrer tout naturellement dans leur cercle est incroyable. En France, on est beaucoup plus fermés.

La conversation dérive rapidement sur moi, ou plus exactement sur Adam et moi. Maddy, qui a l'air d'une fille très attachante, me demande s'il se passe quelque chose entre nous. L'idée a l'air de l'enchanter. Elle me fait rire avec ses petites boucles rousses. Elle coince une mèche rebelle derrière son oreille et me fixe, bien déterminée à obtenir la réponse à sa question.

— Non, pas du tout, je prétends. Et puis je ne le connais pas très bien.

Ce n'est pas totalement faux. Après tout, nous ne nous sommes vus que quelques fois ; même si, trois minutes plus tôt, nous étions à deux doigts de nous embrasser.

L'enthousiasme de Maddy retombe un peu, tandis qu'Ana lui donne un petit coup de coude dans les côtes.

— Aïe, gémit-elle.

— Arrête de faire ta curieuse et de t'immiscer comme ça dans la vie privée des gens. Tout le monde ne vit pas un conte de fées comme toi et Lucas.

— Lucas, c'est celui avec la casquette ? je demande.

Elles acquiescent en chœur. Adam est à l'autre bout de la cuisine. Il boit une gorgée dans son verre sans me quitter des yeux. Pourquoi l'ascenseur nous a-t-il pris en traître ? Pourquoi ?

— Vous êtes ensemble depuis longtemps ? je demande, tâchant de me concentrer sur autre chose.

— Six ans. On vient de se fiancer, avoue-t-elle,

toute joyeuse, en me montrant la bague qu'elle porte à l'annulaire.

Elle est argentée, tressée, avec un diamant bleu. Elle est magnifique, une vraie bague de princesse.

— Félicitations ! je m'exclame en la prenant dans mes bras. Vous avez fixé une date ?

— Pas encore, il m'a fait sa demande hier soir.

Je ris. Elle a l'air tellement amoureuse.

— Je comprends pourquoi tu es sur un petit nuage, alors. C'est tout frais !

— Oh ! elle est toujours comme ça, intervient Ana. Sa joie de vivre est parfois déroutante, tu verras.

Ana semble plus terre à terre, mais elle a un humour sarcastique qui me plaît. Tim nous interrompt en me tendant un verre.

— J'espère que tu aimes le punch.

— J'adore ça, je réponds en saisissant le verre pour goûter au cocktail. C'est chez toi, alors ?

— Non, c'est l'appart de Jonathan, mais c'est un hôte épouvantable.

Ledit hôte me demande si je veux jouer au « bière-pong » avec eux. J'accepte sans hésiter. Parmi les rares sports que je pratique - aucun, en fait –, c'est mon préféré. Au lieu d'une raquette, nous utilisons notre main, et le but est de viser les gobelets de bière qui se trouvent de l'autre côté du filet.

Nous nous répartissons aux deux bouts de la table. Je me retrouve dans la même équipe qu'Ana et Lucas.

— Merde, il manque un joueur, s'exclame Tim.

— Je suis votre homme, répond Mike, qui vient juste de nous rejoindre. Allez, les gars, on leur met une raclée, déclare-t-il à l'ensemble de mon équipe.

Il se place près de moi et me prend par les épaules.

Son geste est purement amical, mais je sens des yeux rivés sur moi qui n'aiment pas ça. Je tourne la tête et surprends Adam en flagrant délit. Il fusille Mike du regard. Ce dernier ne s'en aperçoit pas, mais me libère quand même.

— Allez, montre-nous de quoi tu es capable, la *Frenchie*.

Il me tend une balle qu'il vient de récupérer je ne sais où. Je la saisis, bois une gorgée de mon punch et me lance, sous les encouragements de mes coéquipiers. Premier lancer, première réussite.

— Bien joué, me félicite Ana en me tapant dans la main.

Jonathan boit le verre en question cul sec. Il tente à son tour de lancer la balle, mais elle frôle le rebord d'un autre verre et tombe par terre. Pas de bol !

Les lancers s'enchaînent ; nous n'avons qu'une légère avance sur nos adversaires. Tandis que Maddy se concentre pour lancer la balle, je questionne Mike sur son séjour en Europe. J'apprends qu'il est parti dans le cadre de son travail, et qu'il est allé essentiellement en France, en Italie et en Suisse. Il a adoré les montagnes suisses, la nourriture italienne et le mode de vie français.

— J'adorerais vivre en France, me confie-t-il. Tu ne te rends pas compte de la chance que tu as d'avoir du vin et du fromage de qualité pour si peu cher. Ça coûte un bras, ici !

— C'est vrai que de ce côté-là on n'est pas à plaindre. Et pourquoi tu ne vas pas vivre en France, alors ?

— C'est Paris que je vise, mais les loyers y sont plus chers. Donc j'attends que mon entreprise me propose un poste là-bas. Quand on va à l'étranger, ils financent le logement. Et ce ne sont généralement pas des chambres de bonne !

— Pour qui tu travailles ?

Je fais mine de m'inquiéter, sourcils froncés, avant d'ajouter :

— Un dealer international ou un mafieux millionnaire ?

— Juste une grosse boîte de pub, rigole-t-il.

— C'est un maquereau, me chuchote Ana à l'oreille.

J'éclate de rire. Mike essaie de savoir ce qu'elle m'a dit, mais nous gardons toutes les deux le silence. C'est très drôle, de voir ce play-boy déstabilisé.

J'en suis à mon deuxième verre de punch et à un nombre incalculable de bières cul sec. Je sens l'alcool réchauffer mon corps et me désinhiber. Une fois nos trois parties de bière-pong terminées, je vais retrouver Adam. Nous avons échangé des regards pendant tout le jeu, sans vraiment discuter.

— Tes amis sont géniaux, je hurle presque, tandis que la musique monte en décibels.

Il prend mon visage entre ses mains et me dit :

— Surtout Mike.

— Je rêve, ou tu es jaloux ? C'est vrai qu'il est beau gosse, je réponds en cherchant à le narguer.

L'alcool m'a vraiment désinhibée. En temps normal, j'aurais rougi. Mais là je suis ravie de voir que je lui fais de l'effet. J'en déduis qu'il est célibataire, mais il faudra tout de même que je le lui fasse confirmer ; même si l'épisode de l'ascenseur me l'a plus ou moins montré.

En guise de réponse, il hausse les épaules. Pour la deuxième fois de la soirée, son visage est tout près du mien. Je meurs d'envie de l'embrasser. Ses yeux pétillent de désir. Nous voulons la même chose, je le sens au plus profond de moi.

Nous buvons plusieurs shots de tequila avec ses meilleurs amis. L'alcool me brûle la bouche, la trachée et l'estomac, mais j'aime l'effet que cela me fait. Je me sens à la fois libre et à ma place. C'est un sentiment que je n'ai pas souvent éprouvé.

Tandis que nous attaquons notre troisième shot, les premières notes d'un hit R'n'B des années 2000 résonnent dans les enceintes.

— J'adore cette musique ! je m'exclame, avec un enthousiasme exagéré.

L'alcool me rend peut-être un peu trop euphorique. J'attire Adam vers la piste de danse improvisée entre le canapé et la porte d'entrée et me mets à me trémousser devant lui. Il se passe la main dans les cheveux, un peu surpris et visiblement gêné. Au bout de quelques secondes, il se décide à m'accompagner dans ma danse endiablée. Nos corps bougent en rythme sur la musique. J'oublie tout le monde autour de nous. Il me saisit par les hanches et je me frotte contre lui. Notre petit show dure jusqu'à la fin du morceau. Alors que la dernière note se joue, Adam saisit ma main et m'attire contre lui. Il me susurre à l'oreille, de sa voix sensuelle :

— Suis-moi.

Mon cœur bat à deux cents pulsations par minute. Une montée d'adrénaline et d'excitation m'envahit. Ses intentions sont plutôt claires.

J'aime la façon dont il tient ma main. C'est ferme sans être autoritaire. Je me sens protégée, ainsi, comme si rien ne pouvait m'arriver. Il m'entraîne dans le couloir, ouvre une porte, qu'il referme, puis une autre. Ce doit être la bonne, car il m'attire à l'intérieur. Il ne prend pas la peine d'allumer la lumière et me plaque contre le mur.

9

— Tu es à moi, grogne-t-il, tandis que je suis toujours plaquée contre le mur.

Sexy comme il est, je ne tiens pas à le contredire. Qui le ferait ? Il approche son visage du mien. Ses lèvres viennent frôler ma bouche.

— Tu crois que quelqu'un ou quelque chose va encore nous interrompre ? dis-je, faisant allusion à l'épisode de l'ascenseur.

— Impossible, j'ai fermé à clé.

Il est prévoyant, ça me plaît.

— Je ne supporterai pas d'être frustré une deuxième fois, ajoute-t-il.

J'entends la musique et les éclats de rire résonner au loin. Bientôt, il n'y a plus que lui et moi. Mes yeux s'habituent peu à peu à la pénombre, et la lumière du couloir qui filtre sous la porte éclaire suffisamment la pièce pour que je puisse le voir. Nos visages se touchent presque. Il saisit mes bras pour les élever au-dessus de ma tête. Il vient chercher mes lèvres, que je lui offre avec impatience. Son baiser est ferme, passionné. J'ai l'impression que mes jambes vont se dérober sous moi. Je gémis, tandis qu'il mordille ma lèvre inférieure. Sa barbe naissante me chatouille le visage alors que sa langue vient humidifier mes lèvres. J'entrouvre la bouche pour la laisser passer. Il a un goût sucré d'alcool et de menthe. Nous nous embrassons avec fougue. Tant pis pour le karma, tant pis pour le professionnalisme. C'est tellement bon ! De toute façon, je ne suis plus maître de mon corps. Il a pris possession de moi. Il relâche mes bras et vient poser ses mains sur mes joues. Cela rend nos baisers plus tendres. Je place les mains autour de sa taille et l'attire un peu plus vers moi. À travers son jean, je sens son membre qui durcit. Ma culotte n'attendait plus que ça pour être trempée. J'ai envie de lui, ici, maintenant. Je veux qu'il me prenne contre le mur. Je pose les mains sur son torse musclé et sens les pulsations de son cœur s'accélérer.

— Tu embrasses tellement bien, dit-il entre deux baisers.

Je dois remercier mes soirées lycéennes où nous passions notre temps à faire le jeu de la bouteille. Très formateur.

Il me saisit par les hanches et me soulève. J'enroule mes jambes autour de lui et resserre l'étreinte de mes bras autour de son cou. Il fait quelques pas et me dépose sur ce que je devine être un bureau. Même si mes yeux se sont habitués à l'obscurité, je n'ai pas pris le temps d'observer la pièce. Et pour cause, j'avais bien mieux à faire. Mais Adam semble très bien savoir où il est. Et ce qu'il fait. Il caresse ma cuisse gauche de sa main droite et s'approche dangereusement de mon entrejambe. Je déboutonne son short, tandis que sa main gauche vient saisir ma poitrine. Il se fraye un chemin sous mon haut et vient jouer avec mes tétons, ce qui me fait gémir encore plus fort. Je compte lui rendre la monnaie de sa pièce. Je glisse la main dans son caleçon et viens saisir son membre, qui n'attendait que moi. Il gémit à son tour et me supplie de ne pas m'arrêter.

— Je compte bien te faire jouir dans ma main, dis-je en serrant plus fort son sexe.

Il gémit de plus belle. Je passe un doigt sur son gland et essuie une goutte de liquide. Il me mordille l'oreille et déboutonne à son tour mon jean. Ma fermeture Éclair glisse sous ses doigts, et il frotte sa main sur mon clitoris, par-dessus le tissu de ma culotte.

— Tu es déjà trempée, me susurre-t-il à l'oreille, qu'il mordille une deuxième fois.

Sa voix m'excite encore plus. J'aime quand il me parle comme ça. Je le masturbe de plus en plus vite. Je le vois perdre pied. Sa tête tombe en arrière. J'en profite pour accélérer la cadence. Il commence à se raidir, et interrompt les va-et-vient sur mon clitoris. Sa respiration s'accélère. Il perd le contrôle et vient étouffer ses gémissements dans mon cou. Il est prêt à jouir. Je le sens. Je continue jusqu'à ce qu'il me morde, rendu fou par l'orgasme. Il me supplie d'arrêter. Ma main est pleine de lui. Il dépose un baiser dans mon cou, là où il m'a mordue. Il saisit un mouchoir dans la poche de son short et essuie ma main avec tendresse. Je passe mon autre main dans ses cheveux. Son visage me fait à nouveau face, et je l'embrasse langoureusement.

— Il semblerait que tu aies apprécié le moment, je plaisante.

— C'était… Waouh…

Il reprend son souffle et me défie du regard :

— Tu ne perds rien pour attendre !

Je ris, impatiente de connaître ses projets. Il me porte par la taille et me dépose par terre. Il fait glisser mon pantalon et ma culotte jusqu'à mes chevilles pour me reposer sur le bureau. Le matériau est froid sous mes fesses. Je le regarde, brûlante de désir. Cet homme va me rendre folle. Il m'embrasse dans le cou, sur la bouche, sur la poitrine, et en profite pour me mordiller le téton. Sa main droite vient caresser mon clitoris. Ses doigts exercent une pression de plus en plus forte, ce qui me fait terriblement mouiller. Je gémis très fort, mais avec la musique personne ne peut m'entendre. Il dessine des cercles sur mon clitoris, en alternant douceur et rapidité. Le septième ciel me tend les bras. Ses gestes sont sûrs et précis, il sait ce qu'il fait.

Alors que je pense atteindre le plaisir ultime, Adam s'interrompt. Je le fixe, pantelante, espérant qu'il va reprendre là où il s'est arrêté. Mais il change de stratégie et s'agenouille. Il saisit mes hanches pour rapprocher mon sexe de sa bouche, et souffle tout autour de mon clitoris. La chaleur de sa bouche me fait perdre un peu plus la tête. Il embrasse ensuite mon sexe, et vient lécher mon petit bouton de plaisir. Une de mes mains s'agrippe au bureau tandis que la deuxième se perd dans ses cheveux. Je hurle presque tandis qu'il me pénètre de deux doigts. Il continue de torturer mon clitoris avec sa langue tout en me pénétrant le plus loin possible. Je suis au bord de l'extase. Mon bassin se rapproche instinctivement de lui. Je gémis et me raidis, ce qui lui indique que je suis sur le point de jouir. Il ne faut pas plus de deux autres coups de langue pour que l'orgasme s'empare de moi. Tous mes muscles se contractent, je lui tire les cheveux et hurle son nom. Il ne s'arrête pas pour autant. Il retire ses doigts, mais sa langue est toujours sur mon clitoris. Je dois presque le pousser pour qu'il s'arrête, tant les sensations sont fortes. Heureusement que je suis assise, sans quoi je me serais écroulée.

Adam se relève et vient déposer de petits baisers sur chaque parcelle de mon corps. Des spasmes viennent me secouer. Il me faut cinq bonnes minutes pour retrouver une respiration normale et mes mots. Nous sommes dans les bras l'un de l'autre, appuyés contre le bureau.

— C'était l'orgasme le plus puissant depuis… depuis… En fait, je n'en ai jamais eu d'aussi intense.

— Je t'avais prévenue, dit-il en me gratifiant de son plus beau sourire.

Une fois que nous sommes remis de nos émotions et rhabillés, il me prend dans ses bras et m'embrasse. J'aime les moments de douceur, les baisers et les câlins après l'amour. Même si techniquement nous n'avons pas fait l'amour, bien sûr. Je me mets à bâiller et couvre ma bouche de ma main.

— Tu veux rentrer ? propose-t-il.

— Oui, je suis épuisée. Cet orgasme m'a pompé toute mon énergie. Mais, si tu veux rester, pas de problème. Je vais prendre un Uber.

— Non, je vais rentrer avec toi.

— Ne t'en fais pas pour moi, je peux me débrouiller toute seule.

— Ne discute pas.

Il le dit d'un ton ferme : que je le veuille ou non, il me raccompagnera. J'acquiesce et souris. J'aime ce côté protecteur. En plus, il sait ce qu'il veut et ne passe pas par quatre chemins. Il déverrouille la porte et sort discrètement. La lumière emplit la pièce. Je découvre qu'il s'agissait bel et bien d'un bureau. Il aura été très fonctionnel…

Je suis Adam de près. Ni vu ni connu, personne n'était dans le couloir. Je me croirais revenue à l'adolescence, espérant ne pas me faire prendre. Que c'est excitant !

Nous quittons la soirée comme des fugitifs, sans dire au revoir à ses amis. Je pense qu'Adam ne veut pas être harcelé de questions, du genre « Où étiez-vous pendant les trente dernières minutes ? », « Pourquoi vous partez ? » ou encore « ça va ? vous avez l'air bizarre ». Pendant qu'il me libère le passage, je commande un Uber. L'application m'informe qu'une voiture sera là dans cinq minutes. Parfait ! En sortant de l'appartement, nous tombons nez à nez avec l'ascenseur. Nous échangeons un regard et éclatons de rire.

— Essayons plutôt l'escalier, je suggère.

— Bonne idée, conclut-il.

Il me prend la main et nous dévalons les marches comme des enfants faisant l'école buissonnière. En sortant, nous rions encore. Sur le perron, nous croisons quelques fêtards encore assis sur les marches, toujours en train de fumer. Leur taux d'alcoolémie doit être très élevé, car ils ne remarquent même pas notre présence. Le chauffeur arrive peu de temps après. Il conduit une Hyundai blanche qui semble confortable. Nous nous asseyons sur la banquette arrière et saluons le chauffeur. Adam lui donne d'abord mon adresse puis la sienne. Je me blottis contre lui et nous passons le trajet ainsi, sans un mot.

— Emma, réveille-toi.

J'ouvre les yeux. Je suis toujours dans l'Uber, et plus précisément dans les bras d'Adam. Je me suis endormie.

— Tu es arrivée, m'informe-t-il en me caressant les cheveux.

Je me redresse et essuie discrètement le filet de bave qui a coulé sur ma joue. Je baragouine un truc au chauffeur, du genre « merci et bonne soirée », et saisis mon sac avant de sortir de la voiture. Adam me raccompagne jusqu'à la porte.

— Merci.

— Je voulais m'assurer qu'il ne t'arrive rien entre la voiture et la maison.

Je regarde les cinq mètres qui nous séparent du véhicule, et ne peux m'empêcher de rire.

— C'est très prévenant de ta part.

Il me prend par la taille et m'attire contre lui. Nous nous embrassons langoureusement, jusqu'à ce que le chauffeur sorte la tête par la fenêtre et nous interrompe :

— J'ai pas que ça à faire, les tourtereaux !

Adam relâche son étreinte en riant.

— À très vite, dit-il en m'adressant un clin d'œil.

— Bye, je réponds avec un signe de la main.

Je saisis les clés de la maison dans mon sac et file directement dans ma chambre. Je me déshabille à la hâte et m'affale sur le lit. J'ai l'impression d'être sur un matelas à eau tant ma tête tourne. Je vérifie rapidement mon téléphone et consulte mes messages. Alexie m'a écrit :

Merci pour tes conseils, nous avons passé une très bonne nuit…

Je lui réponds par un émoticône qui sourit, et lui dis que je suis contente pour elle. Je reste brève, car mes yeux se ferment tout seuls.

Je ne prends même pas la peine de me brosser les dents ni de me démaquiller, je verrai ça demain. Ma fatigue est telle que je m'endors aussitôt.

Il m'a bien fallu vingt-quatre heures pour me remettre de cette gueule de bois phénoménale. J'ai passé la journée du lendemain de la soirée à boire des litres d'eau. Devant ma mine épouvantable, Ryan m'a même cuisiné une platée de pâtes aux légumes, avec du parmesan, qui m'a bien requinquée. J'ai comaté sur le canapé tout le reste de la journée, avec Mambo ronflant à côté de moi. La vie de chien est si dure.

Aujourd'hui, je dois accompagner Logan à la piscine pour son cours hebdomadaire. July l'a inscrit pour toute la période estivale. Il adore patauger. Je le trouve bien confiant pour un garçon de quatre ans, c'est chouette.

Je l'aide à enfiler son maillot de bain rouge et blanc, et l'accompagne jusqu'au groupe d'enfants et de maîtres nageurs. Il est adorable, avec ses brassards à rayures bleues et blanches. Je salue la petite troupe et les laisse pour le reste de la matinée.

J'en profite pour boire un café au distributeur avec Krystin, la maman d'une des camarades de Logan. Nous avons sympathisé la semaine précédente. Elle est mère au foyer. Elle me confie que, parfois, elle aimerait retourner travailler. Je lui conseille de suivre ses ambitions et de vivre sa vie comme elle l'entend.

— Tu es encore jeune et tu n'as pas d'enfants, répond-elle en buvant une gorgée de son café. C'est plus facile pour toi de changer le cours de ta vie, tu n'as pas de contraintes, pas d'attaches…

— Tu as raison, mais regarde. Tu as seulement quatre ans de plus que moi, ce n'est pas impossible de commencer à travailler à cet âge. En plus, tu as un diplôme. Ce n'est pas comme si tu partais de zéro.

— Tu marques un point. Je crois que ce que je redoute réellement c'est la réaction de mon mari. J'ai peur qu'il ne me soutienne pas.

Je jette mon gobelet vide à la poubelle.

— Tu ne le sauras jamais si tu ne lui en parles pas, je lui fais remarquer. Tu mérites de t'épanouir dans tous les domaines de ta vie, je suis certaine qu'il peut comprendre. Et puis, dans un premier temps, tu pourrais commencer par un mi-temps. La séparation avec ta fille serait moins dure.

— J'aimerais avoir ta spontanéité, m'avoue-t-elle, songeuse. Mais tu as raison. On n'a qu'une vie. Je vais essayer d'en parler à mon mari.

Je lui souris. Krystin est vraiment une belle personne. C'est une mère formidable. Elle est douce, patiente et bienveillante. Elle s'est mariée dès la fin de ses études de commerce avec son petit ami du lycée, et est tombée enceinte juste après. Les premiers mois de grossesse ayant été compliqués, elle n'a jamais travaillé. Mais je suis certaine qu'elle pourrait le faire aujourd'hui. En plus, il y a tellement d'offres dans son domaine. Elle devrait trouver quelque chose qui lui convient.

— Et toi, comment te sens-tu au Canada ? m'interroge-t-elle alors que nous décidons de nous asseoir sur un banc, à l'extérieur du complexe.

— Bien. Très bien, même. J'aime le mode de vie des Canadiens, leur façon de penser. Et puis vous êtes tous si chaleureux. On se sent très vite à l'aise, ici.

— Et tu penses rester, une fois ton contrat terminé ?

— Non. J'ai…

Je réfléchis à ce qui me rattache à la France. Pas mon boulot, pas mes parents ; à la rigueur, il y a mon appartement. Et puis je ne sais pas si je pourrais vivre loin d'Alexie et de mes grands-parents. Marc me manquerait aussi.

Elle me regarde avec curiosité, attendant ma réponse en souriant.

— Eh bien, je pourrais vivre ici, je suppose, mais je ne pense pas en avoir envie. Mes amis sont en France, ainsi que mes grands-parents. Ils sont âgés, je m'en voudrais tellement s'ils venaient à partir alors que je suis loin d'eux.

— Je comprends, c'est légitime.

Elle croise les jambes et ajoute :

— Tu as fait de belles rencontres ici ? À part moi, lance-t-elle en riant.

Dois-je lui parler d'Adam, et de notre rapprochement plutôt intime du week-end dernier ? Dois-je lui dire que, depuis, je n'ai fait que penser à lui, à sa façon de m'embrasser et de me toucher ? Mais aussi que, depuis le week-end dernier, je me sens comme une idiote d'avoir cédé aussi facilement à la tentation ? Je me sens hyper mal à l'aise vis-à-vis de July. Adam est son frère, et la fille au pair n'est pas censée coucher avec un membre de la famille – même si techniquement je n'ai pas couché avec lui.

Il m'a envoyé un message le lendemain de la soirée, pour me demander de mes nouvelles. Je ne lui ai pas répondu, car j'étais trop vaseuse, mais aussi parce que je me suis mise à paniquer. Je me suis posé un tas de questions :

Qu'est-ce qui m'a pris ?

Que va-t-il se passer, maintenant ?

Va-t-il en parler à July ou Ryan ?

Qu'attend-il de moi ?

Et surtout qu'est-ce que j'attends de lui ?

Cette dernière question m'a laissée particulièrement perplexe, car, bien qu'elle me concerne au premier chef, je suis incapable d'y répondre. Je ne veux pas me lancer dans une relation maintenant, d'autant moins qu'il ne me reste que quatre semaines à passer ici. Mais en même temps Adam me plaît, et j'aime être avec lui.

Dans quel pétrin je me suis fichue ?

Je décide de garder ces informations pour moi et de rester vague :

— Oui, plutôt. Je suis sortie en ville, le week-end dernier, c'était sympa.

Je change rapidement de sujet, de peur qu'elle ne creuse et découvre ce que je cache. Nous parlons des enfants, de séries télé et de cocktails jusqu'à la fin du cours. J'ai découvert que Krystin était une fan de piña colada. Nous nous sommes donc juré que nous nous verrions en dehors de la piscine pour boire ce délicieux mélange de rhum, ananas et coco.

À 11 h 30, nous récupérons les enfants et rentrons à la maison. Logan s'est amusé comme un petit fou. Sur le chemin du retour, il me tient la main et me raconte avec enthousiasme tout ce qu'il a fait. Il est très fier de lui. Je le félicite et lui dis qu'on ira prendre une glace dans l'après-midi. Il saute de joie sur le trottoir. Il faut si peu pour qu'un enfant soit heureux. Pourquoi les adultes sont-ils si différents ?

Je meurs de faim. À la maison, je nous prépare un bagel avec du fromage frais, des feuilles d'épinard et du jambon. Je le coupe en quatre pour Logan. Nous sommes tous les deux attablés face à face, dévorant notre sandwich. Le midi, j'essaie généralement de préparer quelque chose de frais, à cause de la chaleur, bien sûr, mais surtout pour éviter d'utiliser le four, qui m'effraie depuis la mésaventure du poulet. Quelques morceaux de melon plus tard, j'accompagne Logan dans sa chambre pour sa sieste. Je lui lis une histoire à propos de Didi qui va à la mer, dépose ensuite un bisou sur son front, branche la veilleuse et quitte sa chambre en fermant la porte derrière moi.

Prise d'une envie de farniente, je vais dans ma chambre

troquer ma petite jupe blanche et mon top bleu contre un bikini noir. Je prends la crème solaire, mes lunettes de soleil, mon téléphone et mes écouteurs.

Mambo me suit jusqu'au jardin et vient s'allonger à l'ombre d'un arbre. Quant à moi, je m'étends sur un transat. J'ai vraiment la belle vie…

Tartinée de crème, je lance ma playlist « Summer ». Alors que je ferme les yeux, mon portable vibre. Pitié, faites que ce ne soit pas Adam. Je ne saurais pas quoi lui dire ! J'ouvre le message, rassurée en voyant l'expéditeur : c'est Marc. Une photo de lui et de Bacon apparaît sur l'écran de mon téléphone, avec un message.

J'espère que tout va bien pour toi ! Nous, on s'amuse comme on peut…

En effet, Marc tient mon lapin dans ses bras et joue avec une serviette… Original ! Je ris, et me dis que j'ai bien fait de lui confier Bacon. Je suis rassurée que tout se passe bien, même si mon animal de compagnie me manque. J'écris un bref message à mon ancien patron pour lui dire que tout se passe pour le mieux, et repose mon téléphone afin de profiter de ce moment de répit. Je sens le soleil réchauffer toutes les parcelles de mon corps, quand soudain une ombre vient le cacher. C'est pas vrai… Je suis sûre que c'est Logan qui n'arrive pas à dormir. Il va m'entendre !

Quelle n'est pas ma surprise lorsque j'ouvre les yeux et découvre une grande silhouette masculine.

Adam.

10

Ses lunettes de soleil sont remontées sur sa tête. La luminosité de l'après-midi fait paraître ses yeux verts encore plus clairs. J'y remarque des nuances de gris et de jaune. Ils sont magnifiques. Il me regarde - ou plutôt me reluque - et sourit. Mais il ne s'agit pas d'un sourire amical, oh non ! C'est un sourire sensuel, tentateur. Sa tenue de sport le rend encore plus attirant.

— Tu es aussi sexy en maillot de bain qu'avec ton jean aux chevilles.

Je vire écrevisse. Dommage que je ne sois pas alcoolisée. Mes joues n'auraient pas changé de couleur et j'aurais eu une meilleure répartie.

— Euh… merci.

Ma réponse le fait rire. Je relève mes lunettes de soleil tandis qu'il s'assoit sur le transat d'à côté. Dire que cet homme m'a donné le meilleur orgasme de ma vie. Je me tourne vers lui, espérant qu'il ne lit pas dans les pensées.

— Je suis rassuré de te voir en pleine forme en train de bronzer au bord de la piscine, dit-il, soudainement sarcastique.

Oups, le message. Je décide de faire semblant de ne pas comprendre.

— Pourquoi tu dis ça ?

— Je t'ai écrit, dit-il en marquant une pause et en se passant une main dans les cheveux.

Il fait machinalement ce geste lorsqu'il est gêné ou peu sûr de lui. C'est très mignon. Cela casse un peu son image de bourreau des cœurs trop confiant.

— Oh oui, c'est vrai, désolée. Disons que je n'étais pas en état de te répondre dimanche, et après j'ai oublié.

Je joue la fille légère, qui ne se prend pas la tête. Mais au fond de moi c'est la panique. Toutes les questions que je me suis posées depuis dimanche resurgissent. Je suis mal à l'aise, je sens que je vais passer pour une pauvre fille. C'est une catastrophe !

Je ne sais pas si ma réponse l'a convaincu. Il me regarde toujours, mais cette fois dans les yeux. Je ne sais pas s'il attend que je dise quelque chose. Je décide de prendre mon courage à deux mains et d'affronter la situation. J'ai merdé samedi soir, maintenant, il faut que j'assume les conséquences de mes actes. Je m'assois sur mon transat pour lui faire face.

— Écoute, Adam, je commence. Samedi soir, c'était… waouh ! Je ne regrette pas ce qui s'est passé, même si… Enfin, je crois que ce n'était pas une bonne idée. Je me sens très mal à l'aise vis-à-vis de ta sœur et de Ryan, tu vois.

Il m'écoute, impassible. J'avale ma salive et poursuis :

— Je ne sais pas ce que tu attends de moi, mais je pars dans un mois et je n'ai vraiment pas envie de me prendre la tête. Alors je ne sais pas si pour toi ce n'était qu'un coup d'un soir ou…

— Ce n'était pas qu'un coup d'un soir, m'interrompt-il. Je n'ai pas arrêté de penser à toi depuis samedi soir, à ta peau si douce, à ton corps de rêve. Tu m'as rendu complètement accro en l'espace d'une nuit.

Je ne m'attendais pas à cette réaction de sa part. Je

pensais plutôt qu'il allait me dire qu'il s'était bien amusé mais que ça allait en rester là. Je suis dans un bourbier sans nom…

Il passe sa langue sur ses lèvres et fixe les miennes :

— J'ai envie de toi, Emma. J'ai envie de te prendre sur ce transat, dans la piscine, dans ma jeep, partout où je te vois.

Je me mords la lèvre inférieure. S'il continue comme ça, je vais lui sauter dessus. Mais je prends sur moi et reste concentrée. Je pousse un soupir, complètement perdue. Il prend mes mains dans les siennes.

— Je sais que tu en meurs d'envie aussi. N'oublie pas que je suis doué pour analyser les sentiments féminins, me rappelle-t-il avec un clin d'œil. On peut la jouer pas prise de tête, si c'est ce que tu veux.

Il est plutôt convaincant. Je me demande s'il arrive toujours à obtenir ce qu'il veut. Parce que, moi, je ne peux pas lui dire non. Je cligne des yeux et lui demande :

— Et pour July ?

— Elle n'est pas obligée de le savoir. Il suffit juste de bien cacher notre jeu.

— D'accord. Mais il faudrait vraiment se fixer des limites. Du sexe, et c'est tout ! Pas de sentiments. Si l'on sent, l'un comme l'autre, qu'on ne peut pas respecter les règles, alors on arrête tout !

— Ça me semble correct, conclut-il. Est-ce que je peux t'embrasser, maintenant ?

Je ris et hoche la tête. Il passe de la position assise à la position accroupie, au sol. Il prend mon visage entre ses mains et me dit de sa voix sensuelle :

— J'ai hâte de te prendre dans tous les endroits que j'ai énumérés.

Je crois que je perds le contrôle de ma libido. Il

m'embrasse, au début doucement, comme si j'étais une poupée de porcelaine. Sa langue vient titiller la mienne tandis que son pouce caresse ma joue. Puis il augmente l'intensité et notre baiser devient beaucoup plus fougueux. Je sens que je vais passer un mois complet à avoir orgasme sur orgasme.

Adam s'arrête soudainement, à mon grand désespoir, et me demande :

— Logan est ici ?

— Non, je l'ai laissé sur le bord de la route hier, j'en avais marre. Mais je suis sympa, j'ai semé des petits cailloux pour qu'il retrouve le chemin de la maison.

Sexy Tonton penche la tête sur le côté, me sourit et hausse les sourcils pour me signaler qu'il attend la vérité. Je capitule bien trop vite :

— Il fait sa sieste. On devrait avoir une heure devant nous avant qu'il se réveille.

— Je peux te faire tellement de choses en une heure, déclare Adam avant de se jeter sur moi et de m'embrasser.

Il va me faire perdre la tête !

— Viens, dit-il en se relevant, une main tendue vers moi.

Je la saisis, et, d'une poigne ferme, il m'aide à me relever à mon tour. J'ai hâte de découvrir ce qu'il a en tête.

Nous nous tenons debout face à face, entre les deux transats. Il tire sur la ficelle de mon haut de maillot de bain et je me retrouve topless. J'aime ce goût d'interdit, ce risque de se faire surprendre. C'est tellement excitant.

— J'ai bien envie de commencer par la piscine, me susurre-t-il à l'oreille tandis que j'enlève son short de sport.

Il doit revenir d'une séance avec un client, pour être vêtu ainsi.

Je hoche la tête et le regarde, pleine de désir. Lui

me dévore des yeux. Il enlève son T-shirt et retire ses baskets et ses chaussettes sans les mains. Quelle agilité ! Je découvre l'énorme bosse que son caleçon peine à dissimuler.

— Pas besoin de ça, dis-je en tirant sur l'élastique.

Il me défie du regard. Je fais glisser son boxer le long de ses jambes, et m'accroupis sans cesser d'admirer son corps musclé à la perfection. Il ressemble à un mannequin de magazine. La « tenue d'Adam » lui va à ravir. Je viens effleurer son sexe de ma main, ce qui le fait gémir. J'insère son pénis dans ma bouche et commence à le sucer lentement. Ma main vient attraper ses bourses, tandis que je lèche son gland. Il a très bon goût. J'enfonce son sexe un peu plus loin dans ma bouche, tandis qu'il attrape ma queue-de-cheval. Ma tête recule légèrement, mais je continue et accélère mes va-et-vient. Il donne quelques coups de bassin et commence à se raidir.

— Attends. Pas comme ça. J'ai envie de jouir en toi, cette fois.

Je retire ma bouche, mais donne quelques coups de langue sur son gland, histoire de lui montrer que ma bouche aussi peut le rendre fou. Il sort un préservatif de la poche de son short qui traîne par terre et l'enfile sur son sexe. Il est si dur, si beau.

Il m'attrape ensuite par la taille et me soulève. J'enroule mes jambes autour de lui et il me porte tout en se dirigeant vers la piscine. Il descend les marches.

— Ça va ? demande-t-il alors que le bas de mon corps est déjà immergé.

J'acquiesce en silence et l'embrasse langoureusement. La fraîcheur de l'eau contraste avec la chaleur de ma peau chauffée par le soleil, mais la sensation est délicieuse. Je me colle encore plus à Adam. Son sexe est contre mon ventre ; ce n'est pas là que j'aimerais qu'il soit. Il nous emmène contre le bord de la piscine. L'eau lui arrive à mi-ventre. Il ne me tient plus que d'un bras. De sa main libre, il vient caresser mes cuisses, titiller mon clitoris et tirer sur les ficelles de ma culotte. Nous sommes tous les deux nus dans la piscine, prêts à nous envoyer en l'air.

— Si tu savais comme j'ai envie de toi, je lui avoue en explorant son corps par le toucher.

Il me mord le cou, prend son sexe dans sa main et vient le frotter contre moi. Je gémis et penche la tête en arrière. C'est trop bon. Il me relâche ensuite complètement. J'en profite pour poser les pieds au sol. J'espère qu'il va me pénétrer, mais il fait durer le plaisir et plonge la tête sous l'eau. Il me mordille les seins, puis prend une grande inspiration et descend plus bas pour jouer avec sa bouche et mon sexe. L'effet de l'eau adoucit ses gestes, je ressens chaque mouvement comme une caresse ou un effleurement, ce qui m'excite encore plus. Mon corps est en ébullition.

Le moment est parfait, jusqu'à ce que j'entende une petite voix au loin…

— Emma !

Alerte ! Alerte ! Logan est réveillé ! Que faire ? Que dire ? Mon rythme cardiaque s'accélère, mes pensées s'emmêlent…

— Emma ! J'arrive plus à dormir, insiste-t-il.

Il faut que je me calme. OK, je vais gérer cette horrible situation. Je dois d'abord étouffer mes gémissements. Misère ! J'espère qu'il n'a rien vu et rien entendu !

Je pose d'abord une main sur la tête d'Adam, pour lui faire comprendre qu'il y a un problème. Puis je le bloque avec mes jambes pour qu'il ne remonte pas à la surface. J'espère qu'il a un bon souffle. Malheureusement

- ou pas - pour moi, il continue de me toucher, ce qui ne m'aide pas à me concentrer.

Je me retourne légèrement et remarque que Logan se tient contre la baie vitrée. Le rebord de la piscine cache ma poitrine dénudée.

Peut-être qu'il n'a pas remarqué les vêtements par terre. Peut-être qu'il n'a pas vu Adam ! Peut-être que, si je me débrouille bien, il n'en saura jamais rien. Je croise les doigts et prends ma voix la plus calme et naturelle possible :

— D'accord, bonhomme, ce n'est pas grave. Retourne dans ta chambre, j'arrive tout de suite. Laisse-moi juste cinq minutes, le temps de me sécher.

— D'accord, à tout de suite, dit-il en fermant la baie vitrée.

OH… MON… DIEU…

Je libère Adam. Il refait surface, hors d'haleine.

— Euh… ce n'est pas que je n'aime pas être sous l'eau à m'occuper de toi, mais j'étais un petit peu à bout de souffle. Tu es une vraie coquine, dit-il avec un sourire séducteur.

Je lève les yeux au ciel.

— On a quatre minutes pour sortir de la piscine, se sécher, enfiler nos vêtements et pour que tu partes.

— Quoi ? Pourquoi ? demande-t-il sans comprendre. Ça ne t'a pas plu ?

Il semble surpris, et même inquiet.

— Mais non, idiot, bien sûr, que j'aimais ça. C'est juste qu'entre-temps Logan est sorti de sa chambre et s'est pointé ici. Je dois le rejoindre dans trois minutes, maintenant.

— Tu te fous de moi ?

— Non, je t'assure. Heureusement, je pense qu'il n'a rien vu.

— C'est une blague ? insiste-t-il, attendant visiblement que je rie et que nous retournions à ce que nous étions en train de faire.

Je le regarde, aussi navrée et frustrée que lui. Il ouvre la bouche, hébété.

— Le sort s'acharne contre nous, on dirait. D'abord, l'ascenseur, maintenant, la piscine. Il va nous falloir une vraie chambre si on veut aller au bout de nos envies !

Il est dégoûté. Moi aussi. Je lui souris, espérant apaiser cette terrible frustration, et l'embrasse. Il sourit à son tour.

— Allez, Sexy Tonton, plus que deux minutes !

— Sexy Tonton ? répète-t-il dans un rire. J'aime bien ce surnom.

Il sort de la piscine. Je le suis de près. Je lui passe une serviette qui traîne au bord de l'eau. Nous nous séchons en vitesse. Adam remet ses vêtements de sport tandis que je m'enroule dans ma serviette.

— Je passe devant. Je te fais signe quand la voie est libre.

Comme une espionne, j'ouvre discrètement la baie vitrée. Je regarde aux alentours : pas de Logan dans les parages. Je me retourne vers Adam, qui attend dans le jardin, et lui fais signe de venir. Il me rejoint et nous nous dirigeons vers la porte d'entrée. Je l'ouvre le plus doucement possible, et il m'embrasse une dernière fois avant de partir. Notre baiser est plein de promesses et de sensualité. J'ai hâte de le revoir !

Sexy Tonton et moi, c'est vraiment en train d'arriver ! L'idée que l'on se voie en secret et sans attaches me convient parfaitement. Toutes les questions qui me hantaient s'en vont, et je me sens bien mieux. Il faut juste être vigilant pour que ni July ni Ryan ne s'en aperçoivent… Nous avons pris beaucoup de risques aujourd'hui, ce n'était pas très malin. Si Logan nous avait surpris… Je n'ose même pas imaginer !

Je vais à l'étage retrouver le petit monstre. Il m'attend dans son lit, un livre dans les mains. Sa chambre est éclairée par sa veilleuse et sa petite lampe de chevet. Sa couette recouvre le bas de son corps. En même temps, il fait plutôt chaud ici.

Je veux m'assurer qu'il n'a rien vu, rien entendu. J'essaie de la jouer fine. Je m'assieds à côté de lui et demande :

— Tu as réussi à dormir un petit peu ?

— Oui, jusqu'à ce que je vienne te voir.

— Oh ! c'est vrai ? Tu avais un sommeil profond ?

— Oui, mais je me suis réveillé. Je crois que je t'ai entendue aller dans la piscine.

Je commence à paniquer.

— Oh ! j'ai fait trop de bruit ?

— Non, pas du tout. J'ai rien entendu après. Mais je voulais te voir quand même.

Je pense que la mission discrétion a été un franc succès. Enfin, « franc » est un bien grand mot. Mais, au moins, personne n'est au courant. Nous l'avons échappé belle.

Je lui propose d'aller au parc ou que nous nous baignions dans la piscine.

— Je sais que tu es déjà allé à la piscine ce matin, mais peut-être que ça te plairait de te baigner ici.

— Oh oui ! Oh oui ! Je veux me baigner ici ! On est déjà allés au parc cette semaine. Mais, Emma, je pourrais quand même avoir une glace ?

— Je file en chercher dans la réserve de ton papa, dis-je en lui faisant un clin d'œil.

Je me relève et me dirige vers son placard pour lui donner un maillot de bain.

— Tiens, change-toi, dis-je en lui lançant son short jaune. On se rejoint dans le jardin.

Nous arrivons en même temps au bord de la piscine. Je vais dans le petit cabanon en bois récupérer ses brassards et prendre la grosse bouée en forme de licorne, ainsi que le dauphin gonflable. Je gonfle les brassards puis les enfile aux bras de Logan. Nous mangeons chacun notre bol de glace à la vanille - recouverte de pépites de chocolat pour plus de gourmandise - puis sautons à l'eau. On rigole et on s'éclabousse, on joue comme des fous en perdant toute notion du temps. Le rire de Logan est contagieux ! Le voir heureux me comble de bonheur.

Mambo nous rejoint. Il arrive d'un pas nonchalant au bord de la piscine, mais soudain, à ma grande surprise, il se met à aboyer. Je crois que c'est la première fois ou presque que j'entends sa grosse voix. Il me fixe du regard et devient hors de contrôle. J'ai beau lui dire de se calmer ou lui lancer une balle, il ne réagit pas. Il tourne sur lui-même et continue d'aboyer furieusement. J'ai l'impression qu'il essaie de nous dire quelque chose.

— Qu'est-ce qui lui prend ?

— C'est à cause de la bouée, me dit calmement Logan sans cesser de patauger.

— De la bouée ?

— Il a peur des licornes. Une fois, maman m'a acheté un pyjama avec une licorne. Mambo n'était pas content. C'était pas beau à voir…

Intéressant. Alors, comme ça, Mambo a peur des licornes… Je ne peux m'empêcher de rire et décide finalement de ranger la bouée dans le cabanon et de la troquer contre celle en forme de donut. Le chien ne m'approche que lorsque la licorne n'est plus en vue. Les décibels diminuent enfin dans le jardin.

July finit par rentrer à la maison. Elle nous rejoint au bord de la piscine et lâche son sac par terre.

— Maman ! s'exclame Logan.

— Salut, les enfants ! Vous avez passé une bonne journée ? demande-t-elle en s'asseyant sur le transat où Adam était installé quelques heures auparavant.

Je me remémore ce qui s'est passé cet après-midi dans ce jardin. Adam et moi n'avons vraiment peur de rien.

— Oh oui, maman, c'était super ! J'étais à la piscine ce matin, et là on joue aux dauphins.

July regarde son fils, qui semble heureux comme tout, et lui sourit.

— Et toi, comment s'est passée ta journée ? dis-je avec une légère inquiétude.

Elle ne semble pas au top de sa forme. Elle est fatiguée et moins joviale que d'ordinaire.

— Épuisante. J'ai plein d'urgences à gérer. Heureusement que j'aime ce que je fais…

— Viens donc nous rejoindre dans l'eau, ça va te changer les idées !

Elle réfléchit un quart de seconde à ma suggestion :

— Avec plaisir. Je me change et je vous rejoins. Au fait, Emma, j'ai oublié de te dire, mais nous voulions aller aux chutes du Niagara, ce week-end. Ryan ne travaille pas, nous pensions passer la journée là-bas. Ça te dirait de nous accompagner ? J'ai aussi envoyé un message à Adam pour le cas où il voudrait se joindre à nous.

Je ne sais pas pourquoi elle ajoute ce détail, mais cela fait clairement pencher la balance.

— Carrément ! Je comptais aller voir les chutes pendant mon séjour, autant en profiter et le faire avec vous.

Un lieu idyllique, Adam, moi... J'ai hâte ! Enfin, j'espère qu'il va accepter la proposition de July. La journée perdrait beaucoup d'intérêt sans lui.

11

Nous roulons en direction des chutes depuis plus d'une heure. Selon le GPS, il ne nous reste que quarante-cinq minutes de trajet. Sur la banquette arrière, Logan est assis côté fenêtre dans son siège. Il s'est endormi assez vite, ce qui a rendu l'habitacle soudainement bien plus calme. Adam et moi sommes assis côte à côte.

Nos mains se frôlent de temps en temps. Nous essayons d'être le plus discrets possible. Je dois dire que c'est très excitant. J'ai hâte que l'on se retrouve seuls tous les deux. Il m'envoie des SMS pendant le trajet, ce qui me fait sourire et m'excite au plus haut point :

Je n'ai qu'une envie, là, c'est de te faire jouir et que tu cries mon nom

OK, dis que tu dois t'arrêter pour pisser, on va faire ça derrière un buisson

Je suis très excité, mais j'ai quand même ma dignité

Je manque d'éclater de rire en lisant sa réponse. Je lui jette un coup d'œil ; il me sourit. Je ne me lasserai jamais de le regarder, il est si sexy. J'aperçois une lueur dans ses yeux, comme s'il avait eu une idée de génie. Il ouvre la bouche. Je m'attends au pire.

— Emma, si ça te dit, Ana nous invite chez elle, ce soir. On pourrait y aller après les chutes.

Je le regarde en plissant les yeux, perplexe. Le ton qu'il a employé manquait singulièrement de naturel.

— Euh… oui, pourquoi pas.

— C'est une bonne idée, intervient Ryan. Tu sais quoi, chérie ? On pourrait se faire une petite soirée Netflix et se faire livrer chinois, comme au bon vieux temps.

July accepte son offre, ravie. Elle m'a confié quelques jours plus tôt que les soirées à deux lui manquaient. Leur parentalité et leur travail très prenant a empiété sur leur vie amoureuse.

Soudain, je comprends. Adam ne veut pas que l'on aille chez Ana. Je lui écris un autre message.

Il n'y a pas de soirée chez Ana, pas vrai ?

En effet ! Viens chez moi ce soir, on aura enfin l'intimité qu'on veut.

Prépare-toi à une nuit blanche, mon cher.

Puis je lui envoie une émoticône qui fait un clin d'œil, suivie d'un pouce en l'air.

J'ai hâte.

Nous arrivons à destination à l'heure indiquée par le GPS. Le bref aperçu que j'en ai me donne une idée du spectacle grandiose qui m'attend. Ryan propose que l'on emporte le pique-nique pour déjeuner sur le remblai. Je suis tout excitée à l'idée de voir les chutes. J'ai vu et entendu tant de choses à leur propos.

Ryan stationne la voiture. Je détache Logan, qui s'est réveillé à l'approche du site. Nous descendons de l'Audi et admirons la vue. Au loin, on entend le grondement des chutes. Je sautille comme une enfant surexcitée. Nous prenons la glacière dans le coffre, quelques jeux pour Logan, et filons à la recherche d'un bon spot. Je prends un peu d'avance sur le groupe, trop pressée de voir le spectacle de près. Je ne pensais pas que les chutes se trouveraient en plein cœur d'une ville. J'imaginais plutôt un paysage sans bitume autour. Mais le cadre est tellement atypique que ça me plaît.

Après avoir traversé la route, je cours jusqu'à la rambarde. Sous l'effet du vent, ma robe blanche se déploie comme une voile et je dois la retenir pour que les touristes ne puissent pas admirer mes sous-vêtements.

C'est peu dire que les chutes sont impressionnantes. D'où je me tiens, je les surplombe. Comment la nature peut-elle offrir une telle beauté en plein milieu d'une ville ? L'eau se déverse avec une puissance insensée. En bas, des bateaux permettent aux touristes d'admirer les cataractes d'encore plus près.

La famille me rejoint, Adam le premier.

— Magnifique, n'est-ce pas ?

— C'est fabuleux ! Je n'ai rien vu de tel de ma vie.

— Je viens tous les ans ici et je ne m'en lasse jamais.

Je le regarde. Il admire le paysage avec un sourire nostalgique. J'ai effectivement cru comprendre que July, leur mère et lui venaient ici tous les ans. J'aime de plus en plus la personnalité d'Adam. Il est beaucoup plus sensible qu'il en a l'air et accorde une importance primordiale à la famille.

Tandis que Ryan installe la couverture et le déjeuner sur la pelouse, July porte Logan pour qu'il puisse admirer la vue. Je me tourne vers elle et lui demande :

— Est-ce qu'on va prendre un de ces bateaux, nous aussi ?

J'ai l'air d'une gamine qui a trop hâte d'ouvrir ses cadeaux un 25 décembre au matin.

— Bien sûr ! Tu ne peux pas venir ici sans aller tout

en bas des chutes. En plus, Logan ne l'a jamais fait, c'est l'occasion.

Nous nous asseyons sur la couverture et commençons à déguster nos wraps au poulet et aux légumes. Des raisins et du melon sont aussi à notre disposition. Ryan s'est levé aux aurores pour préparer le pique-nique. Décidément, il est génial !

Notre déjeuner englouti, nous nous dirigeons vers les bateaux. La file d'attente est raisonnable. Au bout d'une vingtaine de minutes, nous enfilons notre imperméable en plastique rouge et montons à bord. Le bateau se remplit rapidement. Une fois prêt, il démarre et se rapproche des chutes. Nous nous sommes installés à l'avant, pour avoir la meilleure vue possible. Le trajet est très mouvementé, c'est amusant. Je comprends vite l'utilité de nos « sacs poubelles » rouges : nous nous faisons copieusement arroser par l'eau qui semble tomber du ciel. Nous sommes peut-être ridicules et loin du glamour, mais au moins nous reviendrons secs.

Adam tient fermement Logan dans ses bras pour l'empêcher de glisser. Il se montre très protecteur avec son neveu. Ce dernier paraît aussi impressionné que moi par la vue qui s'offre à nous et ne semble pas du tout effrayé.

Nous sommes désormais très proches des chutes, à tel point que l'on a l'impression qu'il pleut à verse. C'est somptueux. Ces images resteront à jamais gravées dans ma mémoire. J'en profite pour prendre quelques photos, du paysage et de la famille. Je fais aussi quelques selfies avec Logan et Adam, sur fond de cascade. Le petit monstre apprécie tout particulièrement de faire des grimaces. C'est si bon de partager ces moments avec les Demaras. Cela fait un peu plus d'un mois que je suis avec eux, et j'ai parfois l'impression d'être chez moi. J'ai mes repères, je commence à avoir des amis, et j'ai même mes petites habitudes. Ils ont ce sens de l'hospitalité naturelle et cette ouverture d'esprit qui font que l'on se sent aussitôt accueilli comme un membre de la famille. Il m'arrive parfois même d'oublier que je suis française.

Une fois la virée en bateau terminée, nous revenons au ponton. Nous rendons nos imperméables rouges, la tête pleine de souvenirs. Je remercie chaleureusement July et Ryan, qui s'éclipsent pour jouer avec leur fils au toboggan le plus proche. Ils forment une très belle famille. Adam et moi les suivons, en prenant notre temps, et faisons un détour pour trouver un endroit à l'abri des regards. Il me prend par la main et m'emmène sous un petit pont. Sexy Tonton m'enlace et m'embrasse langoureusement.

Ça me rappelle mes seize ans, quand j'avais séché les cours avec mon petit ami de l'époque. On était allés dans un parc pour enfants pour se retrouver seuls, tous les deux, loin des commérages des autres lycéens. On avait passé un super moment à se rouler des pelles et à se câliner.

Le baiser d'Adam éveille tous mes sens, à tel point que je dois l'interrompre si je veux garder le contrôle.

— Garde ça pour ce soir, je lui conseille.

Il bougonne :

— J'en peux plus ! C'est une torture d'être avec toi sans pouvoir te toucher.

— Je sais, mais ce soir ça devrait s'arranger. À moins que tu comptes finalement inviter des amis pour un tournoi de bière-pong.

Il rit et me mord la lèvre inférieure. J'aime sa façon très sensuelle de le faire.

— Allez, il ne faudrait pas éveiller les soupçons, dis-je en le poussant vers la sortie.

Nous rejoignons les trois mousquetaires. Logan fait encore quelques glissades, puis nous partons à la recherche des meilleurs cupcakes de Niagara Falls, guidés par une application du téléphone d'Adam. Vingt minutes plus tard, nous avons chacun un cupcake à la main. Tandis qu'ils ont tous opté pour la version chocolat-fraise, j'ai préféré celui à la pomme et au caramel. C'est divin. Le dessus du gâteau est recouvert d'une couche sucrée et croustillante qui m'évoque un crumble. L'intérieur est moelleux et fondant, avec de petites pépites de caramel fondu. La boutique mérite largement le titre de meilleur fabricant de cupcakes locaux.

Nous nous promenons dans la ville en savourant nos gâteaux. Logan commence à fatiguer. Il n'a pas pu faire de sieste et s'est bien dépensé. C'est le moment de prendre le chemin du retour.

La maison d'Adam me plaît beaucoup. Elle est différente de celle de July et Ryan. L'extérieur est sobre, avec là encore deux colonnes blanches soutenant l'avant du toit. Il y a un perron avec une petite balancelle en bois, quelques plantes et une balustrade également peinte en blanc. L'ensemble a un charme fou. La porte d'entrée est bordeaux, comme dans la maison de mes rêves.

Nous descendons de sa jeep. Adam se dirige vers la porte, les clés de sa maison en main, tandis que je touche du bout des doigts le bois de la balustrade. J'admire cette architecture minimaliste mais cosy. Je sens que c'est le genre de maison où il fait bon vivre.

— Bienvenue chez moi, dit-il en ouvrant la porte.

Je le suis timidement à l'intérieur. Sa maison dégage une odeur particulièrement agréable, mêlant fraîcheur et encens. J'accroche mon sac et ma petite veste au portemanteau de l'entrée.

— Fais comme chez toi, ajoute-t-il. Une bière, ça te tente ?

— Avec plaisir.

Pendant qu'il va chercher les boissons, je fais une petite visite des lieux. Je traverse l'entrée pour rejoindre la grande pièce principale, qui sert de salon et de salle à manger. Un large comptoir la sépare de la cuisine.

Dans la partie salon, un canapé en cuir noir et une table basse en verre, entourée de trois poufs en tissu beige, font face à un écran plat. Je l'imagine assis dans son canapé, une bière à la main, encourageant l'équipe de hockey locale. J'esquisse un sourire et poursuis ma visite. Une cheminée trône au milieu de la pièce. Sur le dessus sont disposés des verres à shooter et une bonne bouteille de gin.

Je me retourne et découvre l'immense photographie du Grand Canyon qui habille l'un des murs. Je la regarde et me perds dans la beauté du paysage. Je rêve d'y aller, un jour. Je me demande si Adam a eu la chance de le voir en vrai. Il faudra que je lui demande.

Une vaste table en plexiglas noir et six chaises blanc crème occupent le coin salle à manger. Cette partie est plus aérée. J'imagine des réunions de famille ou même des dîners entre amis ici, où les conversations fusent et le vin coule à flots.

Sur le buffet, je remarque quelques cadres. Curieuse, je m'approche pour mieux voir les photos. Sur l'une d'elles, je reconnais Ana, Jonathan, Tim, Lucas et Mike. Ils sont à la montagne, en terrasse d'un chalet. Je parie que c'est Maddy qui a pris la photo. Celle d'à côté est un cliché récent de Logan et de son tonton. Adam fait voler son neveu dans les airs. La dernière photo est celle qui m'intrigue le plus. Elle doit dater un peu, car elle est légèrement jaunie. Je reconnais Adam, encore adolescent. Ses cheveux sont plus longs, mais son regard est le même. Il était déjà très mignon. Il y a également July, elle aussi déjà très belle et élégante. Ils sont sur un lit d'hôpital, penchés vers une femme qui est allongée entre eux. Je suppose que c'est leur mère. Elle était magnifique. Elle semble épuisée et faible, mais le sourire qu'elle affiche illumine son beau visage.

— C'est la dernière photo que nous avons d'elle, dit Adam en se plaçant près de moi.

Il s'est changé et porte maintenant un short en coton épais gris foncé. Il a dû estimer qu'il faisait trop chaud, ou qu'il ne voulait pas perdre de temps lorsque les choses commenceront à devenir sérieuses, car il est torse nu. Ses pieds sont nus aussi. Je n'avais pas fait attention à eux quand on était dans la piscine, mais il a de beaux pieds bronzés.

Il me tend l'une des bières qu'il tient à la main. Je le remercie. Je crois percevoir une lueur de tristesse dans ses yeux quand il regarde cette photographie.

— Elle était très belle, dis-je. July lui ressemble beaucoup.

— C'est vrai. Elles étaient très complices, toutes les deux, c'était impressionnant. Parfois, j'étais même jaloux de ma sœur. Je lui enviais cette relation particulière qu'elle avait avec notre mère. Notre père était absent, je n'ai jamais vécu ça avec lui. Ni avec personne, d'ailleurs.

Je l'écoute, surprise de l'entendre se confier ainsi. Je comprends parfaitement ce qu'il me dit. Je suis plus ou moins passée par là, moi aussi.

— C'était une femme formidable. Forte, belle, bienveillante, aimante…

Il marque une courte pause puis reprend :

— J'ai réagi comme un con quand on a appris sa maladie. Je ne voulais pas y croire, alors je faisais comme si de rien n'était. Je jouais les rebelles, je sortais quand ça me chantait avec mes copains. Je passais beaucoup de temps dehors, au lieu de prendre soin d'elle. Ce n'est que l'année qui a précédé sa mort que j'ai pris conscience de la gravité de la situation.

— Peut-être que tu n'étais pas prêt à affronter ce qui vous attendait. Tu étais jeune, Adam.

— Peut-être. Il n'empêche que je n'ai pas été présent alors qu'elle avait besoin de moi.

Il prend une grande inspiration.

— Bref !

Il se tourne vers moi et tend sa bière :

— Santé !

Je fais claquer ma bouteille contre la sienne, un peu trop fort, malheureusement, car l'embout commence à mousser.

— Santé ! je réponds. À cette soirée.

Il sourit et me fait un clin d'œil. Je m'empresse de boire le contenu de ma bouteille avant que la mousse ne déborde.

— Tu as faim ? demande-t-il.

— Pas vraiment, mais si tu veux manger un truc vas-y ! Fais comme chez toi.

Il lève les yeux au ciel, puis boit une autre gorgée de sa bière. Je dois avouer qu'elle est très rafraîchissante. C'est une bière blanche avec une note d'agrumes, idéale pour une fin de journée d'été. Je continue à visiter les lieux en prenant quelques gorgées. Adossée au comptoir, j'observe la cuisine. Elle est conçue un peu comme celle de July et Ryan, mais moins spacieuse. Les meubles sont du même blanc cassé que les fauteuils, et la robinetterie est argentée. Il y a un plan de travail en plein milieu, avec deux tabourets. Cette pièce, à l'image de sa maison, est très masculine. Il y a peu de couleurs vives, et la décoration est épurée. Je regarde la vue qu'offre la baie vitrée de la cuisine, et je suis ébahie…

La maison d'Adam donne sur la plage. Je le regarde, surprise, et il se contente de hausser les épaules.

— Oui, j'ai plutôt une belle vue.

Quelle arrogance ! Je m'approche davantage, ouvre la baie vitrée et sors remplir mes poumons d'air frais.

Une terrasse en bois surplombe la plage. Il suffit de descendre une dizaine de marches pour avoir les pieds dans le sable. Les lueurs roses et orange du soleil couchant viennent se refléter dans l'eau. C'est à couper le souffle. Dire qu'Adam peut voir cela tous les soirs ! Je m'assois sur le canapé d'angle en inox et résine tressée grège et me laisse aller contre les énormes coussins blancs. Je reste assise là, sans un mot, à contempler le paysage. Décidément, la nature se montre généreuse, aujourd'hui.

Adam vient s'asseoir à mes côtés et passe un bras sur mes épaules. La chaleur de sa peau me fait du bien, car une brise légère rafraîchit l'air. Il est trop sexy, torse nu, dans cette lumière naturelle qui vient caresser sa peau. Il dépose un baiser dans ma nuque, puis deux, puis trois. Il change de cible et se rapproche dangereusement de ma bouche. Je prends son visage dans mes mains et le regarde. Le désir se lit dans ses yeux. Je parie qu'il peut en dire autant me concernant. Nos lèvres se touchent enfin, et nous partageons le plus long et le plus sensuel des baisers. Je pivote pour m'asseoir sur ses genoux. Il me saisit par la taille et me rapproche de lui. Nos mains se baladent sur le corps de l'autre. Entre deux gémissements, j'arrive à articuler :

— La visite n'est pas terminée, il faut que tu me montres ta chambre.

— Tout de suite, mademoiselle, dit-il en se relevant et en me déposant par terre.

Il continue de m'embrasser tout en marchant à reculons pour rejoindre la pièce qui nous intéresse. Nous retournons à l'intérieur et empruntons, du moins je crois, un couloir. De sa main libre, il ouvre une porte et allume la lumière. À l'image du reste, sa chambre est sobre : un lit, un bureau, un tableau, un tapis, un placard. Ce qui m'intéresse surtout, c'est son lit. Nous tombons tous les deux dessus, enlacés. Nous continuons de nous embrasser jusqu'à ne plus avoir de souffle.

Je décide de prendre les commandes et de me mettre sur lui. Il caresse mes cuisses et soulève ma robe blanche. Il va à la recherche de mon string, joue avec l'élastique. J'ai hâte qu'il l'enlève. Je veux gagner du temps et ôte ma robe, sous son regard satisfait.

— Tu es trop sexy, dit-il.

Je me penche et dépose des baisers sur son torse, en traçant un chemin jusqu'à sa bouche. Il en profite pour nous faire rouler dans le lit et se retrouver au-dessus de moi. Je tire sur la lanière de son short et le descends. Il finit la manœuvre, retirant son caleçon au passage. Son membre se libère, il est dur, prêt à me pénétrer. De ses doigts, Adam effleure mon sexe, ce qui me rend folle. Il en profite pour ôter mon string.

Il a dû décréter que nous avons eu suffisamment de préliminaires depuis une semaine, car il prend un préservatif dans sa table de chevet. Il déchire l'emballage et, en deux trois mouvements, son pénis est recouvert de latex. Il saisit mes bras et les maintient fermement au-dessus de ma tête. J'adore lorsqu'il fait ça, c'est terriblement viril. Il commence à onduler sur moi, tandis que je lève le bassin pour aller à sa rencontre. Son sexe effectue des pressions sur le mien, que je sens mouiller. Je gémis, désireuse de le sentir au plus profond de moi. Il me pénètre en douceur, sans lâcher mes bras, toujours au-dessus de ma tête. Mon cœur s'accélère, j'en veux plus. Mes hanches se mettent à bouger, en rythme avec ses coups de bassin. Nous entrons dans une danse effrénée pour aller chercher l'orgasme que nous attendons tous les deux depuis si longtemps. Adam relâche mes bras et je l'enlace, griffant son dos au passage. Il gémit en sentant mes ongles s'enfoncer dans sa peau. Il accélère encore la cadence, alors que sa respiration devient plus saccadée. Il vient toucher mon clitoris et effectuer quelques cercles du bout des doigts, tout en continuant à me pénétrer. Il ne m'en faut pas plus pour que mes muscles se contractent et que l'orgasme me saisisse. Le corps d'Adam se raidit à cet instant précis, et il jouit en étouffant ses gémissements dans mon cou.

Nous restons allongés ainsi pendant plusieurs minutes, à nous embrasser. Adam finit par s'étendre à côté de moi et retire son préservatif.

— Ça valait le coup d'attendre, dis-je, brisant le silence.

— Oh oui ! déclare-t-il en se tournant vers moi, appuyé sur son coude.

Il me caresse d'une main. Ses doigts viennent toucher ma peau encore très sensible. Il s'amuse à faire des cercles autour de mon nombril. Sa main descend dangereusement vers le pôle Sud.

— Tu es sûr de pouvoir passer au round numéro deux tout de suite ? dis-je, le défiant du regard.

— Moi, je ne sais pas, mais toi oui, répond-il avec son sourire sensuel, en s'approchant de plus en plus de mon clitoris.

Je ne réponds rien, mon regard et mon sourire lui suffisent pour poursuivre. Adam me fait gémir et me tortiller dans tous les sens avec ses doigts. Il me fait atteindre l'orgasme très rapidement. Malheureusement pour ses voisins, je hurle presque au moment de jouir.

Un peu plus tard, Adam revient de la cuisine, portant un plateau rempli de nourriture. Mon ventre en profite pour gargouiller. Je vois de la fumée s'échapper de deux assiettes creuses. Ces orgasmes m'ont donné tellement faim.

— Ça sent délicieusement bon, dis-je à Adam, alors qu'il vient s'asseoir sur le lit à mes côtés. Tu as eu le temps de faire tout ça en si peu de temps ?

Je suis impressionnée. Curieuse, je regarde le contenu du plateau. Adam en profite pour me décrire l'ensemble :

— Je nous ai préparé des pâtes au bacon, poivrons et cheddar, et supplément fromage dans ce bol-ci, dit-il en pointant le récipient. En quinze minutes, c'est réglé, il faut juste être bien organisé.

Je soupçonne Ryan de lui avoir donné des cours de cuisine, comme il l'a fait avec moi.

Adam a aussi découpé des morceaux de pastèque et de melon vert, et apporté deux verres d'eau. Il est très attentionné, et ça me plaît.

Attention, Emma, ne franchis pas la limite ! Du sexe, du bon temps, et c'est tout !

Je le remercie et dévore mon assiette de pâtes sous son regard impressionné.

— J'adore ton coup de fourchette, avoue-t-il de sa voix qui me fait tant d'effet.

— Il ne fallait pas me faire jouir… Deux fois…

Il rit et commence à manger, assis sur la couette, tandis que je suis allongée sur le ventre. Nous passons un agréable moment à plaisanter et à partager des anecdotes sur notre enfance.

12

Le lendemain, je me réveille en me demandant où je suis. Il me faut quelques instants pour me remémorer les événements de la veille et comprendre que je suis dans le lit de Sexy Tonton.

Quelle nuit ! Ce n'est pas que j'aie beaucoup dormi. Une fois notre dîner englouti, Adam et moi avons remis le couvert, deux fois. Cet homme est un dieu du sexe. Je n'avais jamais connu quatre orgasmes en une soirée.

J'entends l'eau couler dans la salle de bains. L'idée de rejoindre Adam sous la douche est très tentante, mais il faut que je rentre. Il va bien falloir que je justifie ma nuit à l'extérieur. Je récupère mon string, enfile ma robe blanche et attache mes cheveux en un vulgaire chignon. Je dois faire peur à voir.

— Tu pars comme une voleuse ?

Je me retourne. Adam est dans l'entrebâillement de la porte, vêtu d'une serviette nouée sur ses hanches. Ses cheveux sont encore mouillés. Il est splendide. Je le reluque, la bouche ouverte, puis reprends mes esprits.

— Je t'aurais bien rejoint sous la douche, mais il faut que je rentre. Je n'ai pas prévenu July et Ryan que je ne rentrais pas dormir. Je ne voudrais pas qu'ils s'inquiètent ou qu'ils aient des soupçons.

Il ne bouge pas et me regarde, amusé. Il hausse un sourcil.

— Quoi ?

— Et tu comptes rentrer comment ?

Mince, j'avais oublié qu'on était venus avec sa voiture. À pied, il me faudrait marcher près d'une heure, ce qui ne me tente pas vraiment. Je décide donc d'utiliser mes charmes pour arriver à mes fins. Je lui fais une mine qui ne peut que l'amadouer. Il éclate de rire en penchant la tête en arrière.

— Donne-moi cinq minutes et on y va, capitule-t-il. Tu ne veux même pas boire un café ?

Je décline son offre. Alors que je m'apprête à sortir de sa chambre, il me prend en traître et retire sa serviette. Je ne bouge plus, comme si on venait de me lancer le sort *Petrificus Totalus* - sauf qu'à la différence de Neville Londubat je ne tombe pas par terre. Il jette sa serviette sur le lit et se dirige vers son placard. Il choisit un caleçon, qu'il enfile dans la foulée - à mon plus grand désespoir –, un short décontracté beige et un T-shirt uni blanc. La simplicité lui va si bien. Il se tourne vers moi et réalise que je suis restée plantée là, sans bouger, à le regarder.

— Tu as apprécié le spectacle ? demande-t-il avec un sourire en coin.

— Peut mieux faire, je le taquine.

Il éclate à nouveau d'un rire contagieux. Il s'approche de moi, et, avant que je comprenne ce qui se passe, je suis dans ses bras et bientôt sur le lit. Nous sommes allongés, en train de nous embrasser. Son baiser passionné me rend folle. Je sens son sexe se durcir. J'en veux plus. Mais il faut que je rentre. Je ne dois pas craquer, pas une cinquième fois !

Il s'arrête soudain en si bon chemin et me lance :

— Et, là, c'était comment ?

— Vingt sur vingt.

Il se relève et me tend une main pour que j'en fasse de même. Je reste sur ma faim, mais je sais qu'il s'interrompt pour respecter mon désir de rentrer.

Cet homme est vraiment fabuleux…

J'ouvre discrètement la porte d'entrée. Il est 11 h 30, il y a peu de chances que les trois mousquetaires soient déjà revenus de leur virée hebdomadaire au marché. Autant dire que le spectacle qui m'attend me prend au dépourvu.

Le calme et le bonheur qui emplissent habituellement cette maison ont laissé place à la panique et la colère. July est dans tous ses états, hurlant dans son téléphone en faisant les cent pas dans le salon. J'avance pour la saluer, mais c'est à peine si elle remarque ma présence. Je ne l'ai jamais vue comme ça. Je comprends, entre les jurons, que ça concerne son travail. Je pensais que c'était le genre de femme à rester calme dans n'importe quelle situation ; je me suis visiblement trompée. L'élément zen de la famille est donc Ryan.

Le boulot de July est prenant, je m'en suis déjà aperçue, mais de là à gérer les problèmes le dimanche…

Je vais à la recherche de Ryan et Logan, qui se trouvent dans la cuisine. Ils ont fermé la porte communiquant avec le salon et ont mis de la musique. L'ambiance est beaucoup plus détendue. Ils s'amusent à pâtisser. Ils sont adorables, dans leur petit tablier blanc.

— Salut, Em, dit Ryan. Alors, cette soirée ?

— Super !

Je profite de la situation pour changer de sujet.

— Qu'est-ce qui se passe, là-bas ? je demande en pointant la porte du doigt.

Logan dépose sa spatule sur le plan de travail et vient me faire un câlin, sous le regard attendri de son papa.

— Tu m'as manqué, me souffle-t-il à l'oreille.

Sa remarque me touche beaucoup. Ce petit être de quatre ans ne s'en rend peut-être pas compte, mais ses mots arrivent à point nommé. Je dépose un bisou sur sa tête et réponds :

— Toi aussi, tu m'as manqué, petit monstre.

— Il se passe que July organise une soirée caritative qui aura lieu demain, intervient Ryan. Son fleuriste vient juste de lui annoncer qu'il ne pouvait plus assurer la part de son contrat pour des raisons personnelles.

— Aïe… Pas cool.

— Comme tu dis.

— Je suppose que vous êtes restés ici toute la matinée. Qu'est-ce que vous cuisinez de bon ?

— Des cookies ! s'exclame Logan. Avec du chocolat blanc au lait.

Ryan et moi rions en chœur.

— Tu veux dire du chocolat blanc et du chocolat au lait ? je le corrige.

— Bah oui, c'est ce que j'ai dit.

Ryan lui ébouriffe les cheveux.

Soudain, la maison devient plus calme. On se regarde tous les trois. Que se passe-t-il ? Est-ce le calme avant la tempête ? La réponse à notre question arrive aussitôt. July débarque dans la cuisine, ouvrant la porte à la volée, téléphone à la main, éteint.

— Y a rien à faire, il ne veut pas changer d'avis ! Je suis dans une merde inimaginable ! La soirée a lieu demain et je n'ai même pas de fleurs. Je pense que ce connard avait juste oublié ce contrat. Quand je lui ai dit qu'il pouvait au moins me laisser les fleurs qu'il avait commandées pour la soirée - j'aurais juste eu à trouver une solution pour l'installation –, il a prétendu qu'il ne pouvait pas. Or, s'il les avait réellement commandées, il ne voudrait certainement pas se retrouver avec une centaine de bouquets sur les bras. Ce serait impossible à revendre. Du coup, je vais essayer de joindre un fleuriste qui pourrait me venir en aide. Heureusement qu'on avait fait affaire avec quelqu'un d'autre pour les vases. Mais qu'est-ce que vous voulez que je fasse de vases vides ? Je vais les lui fourrer où je pense, à ce fleuriste à la con. Au fait, salut, Emma.

Son monologue terminé, elle quitte la cuisine, en tapotant l'écran de son téléphone.

— Sacrée tirade, dis-je, impressionnée.

— Et sans respirer. Elle a réussi à me couper le souffle, à moi aussi, se moque Ryan. Logan, ne répète surtout pas les grossièretés que maman a employées. Ce n'est vraiment pas bien.

— On aurait dit Emimen, ajoute Logan.

Son père et moi partons dans un fou rire, sous le regard accusateur de Logan. Nous rigolons sans doute plus de la comparaison que de son erreur de prononciation, car il a vu juste. July ressemblait à une rappeuse qui avait un flow incroyable.

— Je peux vous aider à cuisiner ? dis-je une fois que nous avons retrouvé nos esprits.

À force de les regarder, adossée au plan de travail, je me sens un peu inutile. Et puis j'ai vraiment envie de cuisiner avec eux. En guise de réponse, Ryan sort un tablier d'un tiroir et me le lance.

— À toi de jouer, sous-chef.

Les cookies sortent du four. J'ai envie de tous les manger et de n'en laisser à personne, même pas à Logan.

L'odeur de chocolat et de biscuit a envahi toute la cuisine. Ça me rappelle les après-midis où ma grand-mère me cuisinait des gâteaux. Tous les mercredis, j'avais droit à une pâtisserie. Du brownie au gâteau au yaourt, en passant par des cannelés, je n'étais pas à plaindre. C'étaient probablement les meilleurs moments de mon enfance, depuis le décès de ma mère.

Ryan dispose précautionneusement les cookies dans un plat. Ils sont encore très chauds. Logan reste à côté de moi, sans y toucher. Le temps de faire du rangement dans la cuisine, nous pouvons enfin goûter à ces petits délices, qui ont enfin refroidi. La dégustation est un pur bonheur. Les cookies sont tièdes. Le dessus est croustillant, et l'intérieur, moelleux. Le chocolat fond sur la langue. Ce sont de loin les meilleurs cookies que j'ai mangés de ma vie. Ils battent même ceux de ma grand-mère. Je ne partagerai pas ce détail avec elle, d'ailleurs. Je ne voudrais pas la vexer.

Au bout de notre troisième cookie - oui, nous faisons nos goulus –, Ryan recouvre le plat de papier d'aluminium.

— Allez, ça suffit. C'est bientôt l'heure du déjeuner, il faut garder de la place.

La bouche pleine, j'acquiesce. Logan est moins ravi par cette idée, mais n'en réclame pas un dernier pour autant.

Je décide de sortir les couverts et les assiettes.

— Logan, tu peux m'aider à mettre la table ?

— Bien sûr, répond-il en me montrant ses petites quenottes.

Nous prenons la vaisselle et nous dirigeons vers la terrasse. Pendant ce temps, Ryan sort du réfrigérateur un énorme saladier contenant une salade composée. Très bon choix, car, même si les températures ont baissé, il fait quand même 26 °C dehors.

Dix minutes plus tard, nous sommes assis autour de la table. July nous rejoint et pose son téléphone près d'elle.

— Chérie, dit Ryan, je ne suis pas sûr que ce soit une bonne idée de garder ton téléphone pendant le repas. Tu as besoin d'une vraie coupure.

— Je sais, mais j'attends un coup de fil très important. Je ne peux pas me permettre de le louper. Tu sais qu'il y a beaucoup en jeu, dans cette soirée.

— Ah oui ? je m'intéresse.

Elle acquiesce.

— Cette soirée va permettre à l'entreprise de passer à un niveau supérieur. Tout le gratin sera là ! Si tout se passe bien, on pourra élargir notre clientèle. C'est pour ça que tout doit être parfait. Et, sans fleurs, ça ne pourra pas l'être !

— J'ai confiance en toi et en ton travail, July, tu vas trouver une solution, la rassure Ryan.

Elle le gratifie d'un sourire et appuie le menton sur sa main, comme si elle réfléchissait :

— J'ai besoin de quelqu'un qui s'y connaît dans le domaine floral, qui peut se rendre disponible demain et a assez de contacts pour obtenir des fleurs.

— Tu n'as peut-être pas besoin d'un fleuriste pour ça, alors, dis-je, tu peux trouver quelqu'un de moins qualifié. Sans compter que ça te coûterait moins cher.

July me regarde en hochant la tête. Soudain, une lueur d'espoir illumine ses yeux. Elle se redresse et me dévisage.

— Tu as complètement raison, Emma. Et je sais même qui peut m'aider.

Ryan et moi l'interrogeons du regard, curieux. Nous nous demandons bien à qui elle peut faire allusion. Je saisis mon verre d'eau et bois une gorgée.

— Toi, poursuit-elle.

J'avale de travers et me mets à tousser.

— Moi ?

Je suis apparemment la seule à être surprise autour de cette table. July me regarde comme si cela semblait évident, Ryan hoche la tête en signe d'approbation et Logan sourit. Mais qu'est-ce qu'ils ont tous, dans cette maison ?

— Oui, toi, confirme-t-elle. Tu t'y connais en fleurs, la preuve en est le magnifique bouquet que tu m'as fait pendant notre balade champêtre. Tu peux commencer à travailler dès aujourd'hui. Et, pour demain, tu n'as qu'à emmener Logan avec toi. Je vais te donner des adresses pour trouver les fleurs.

OK, elle est folle.

— Quand je t'ai dit que tu pouvais embaucher quelqu'un de moins qualifié, j'imaginais plutôt une personne qui n'a pas fini sa formation de fleuriste. July, je n'ai jamais fait ça de ma vie.

— Tu m'as dit toi-même que tu avais déjà travaillé chez un fleuriste.

— J'ai vendu quelques fleurs un été, mais mon champ de compétences s'arrête là. Ça n'a rien à voir avec l'organisation de galas mondains.

— Mais bien sûr que si. Tu vas voir, c'est facile.

Je la fixe du regard et hausse les sourcils.

— Bon, d'accord, admet-elle, ce n'est pas si facile que ça. Mais je sais que tu peux le faire. J'ai besoin de toi. Vraiment besoin de toi, me supplie-t-elle.

— Ce n'est pas que je ne veux pas, July, mais cette soirée est très importante pour ta carrière. Je ne veux pas tout gâcher.

— Tu ne gâcheras rien ! s'exclame-t-elle. Au contraire,

tu me sauverais la mise. Est-ce que ça veut dire que je peux compter sur toi ?

Ses mains sont jointes devant elle. Elle me supplie du regard. Comment pourrais-je lui refuser cela ?

— Oui, je capitule en souriant.

Elle saute de joie, se lève et vient me prendre dans ses bras.

— Merci ! Merci ! Merci ! Mille mercis !

— Je t'en prie, dis-je en accueillant son étreinte.

Elle finit par retourner à sa place et jette son téléphone sur le transat.

— Et voilà, mon chéri, dit-elle à l'intention de Ryan. Plus de téléphone à table.

Ce dernier rit de bon cœur, avant que July poursuive :

— Nous avons du pain sur la planche, ma belle. Savoure ce repas, parce que tu vas avoir besoin d'énergie !

C'était un euphémisme… July et moi passons l'après-midi à travailler. Elle me parle de tout : l'objectif de la soirée, l'association à l'origine de l'événement, les clients, les différents intervenants et partenaires, le rôle de son associée, la décoration, l'organisation, la musique et la nourriture.

Une fois que je visualise bien la soirée et tout ce qui s'y rapporte, nous nous focalisons sur ma mission. July me donne tous ses contacts pour obtenir des fleurs. Ensuite, elle me montre les échantillons des nappes et des serviettes qui orneront les tables. Les tons dominants sont le rose et le blanc, pour rappeler l'esprit de l'association, qui lutte contre le cancer du sein. Cette dernière souhaite récolter un maximum d'argent pour développer les campagnes de communication sur le dépistage de cette maladie. Une noble cause, à mon avis !

J'ai déjà quelques idées concernant les compositions

florales, mais le manque de temps risque d'être mon plus grand adversaire. Il faudrait que demain midi j'aie récupéré toutes les fleurs - ce qui implique que les fleuristes aient été livrés - pour réaliser les compositions et l'installation l'après-midi.

Tandis que July règle les derniers détails de la soirée, j'entre dans le vif du sujet. Pour les centres de table, je pense à des petits bouquets de lys blancs, de roses roses et de feuillage vert – steel grass ou chasmanthiums, peu importe, ce qui me tombera sous la main. Je fais des simulations sur un logiciel, que July valide, ravie. Son approbation me donne confiance en moi et me pousse à tout donner.

Sur les grandes tables du buffet, j'envisage de disposer des pétales de roses blancs et roses. Pour parfaire la décoration, j'aimerais trouver des digitales mauves qui pourraient orner le reste de la salle de réception. Ce serait à la fois élégant, féminin et cohérent avec le thème de la soirée.

July approuve tous mes projets. Il ne reste plus qu'à courir après le temps et croiser les doigts pour que les fleurs soient disponibles. Il me faut une stratégie. J'imprime un plan de la ville où je coche l'emplacement des fleuristes ouverts pour tracer le trajet le plus rapide de l'un à l'autre. L'organisation doit être le maître mot de ma journée de demain si je veux y arriver.

Le soleil commence à se coucher. July et moi sommes arrivées au bout de ce que nous pouvions faire pour aujourd'hui. Je suis lessivée et je meurs de faim. Nous avons bien grignoté quelques cookies, mais, avec toute l'énergie que nous avons déployée, je n'ai qu'une envie : dîner et me coucher.

Je me suis rarement sentie aussi stressée. J'espère que

tout se déroulera comme prévu et que la soirée de July sera un succès. Pour que les invités soient généreux, ils devront passer un agréable moment. Le moindre détail est essentiel. D'autant plus que la cause de cette soirée est importante.

Je file au lit après dîner. Le stress fait bientôt place à l'excitation. À vrai dire, j'ai adoré travailler avec July et j'ai hâte de voir tout ça se concrétiser demain. Ça faisait longtemps que je n'avais pas ressenti cet entrain pour un travail.

13

Je me suis réveillée tout excitée à l'idée d'aller dénicher les fleurs et de participer à la mise en place de la soirée. Mon sommeil a été très réparateur : je suis pleine d'énergie pour mener à bien ma mission.

À 9 heures tapantes, Logan et moi sommes prêts à sillonner la ville. Le petit monstre semble presque aussi heureux que moi. Je lui ai dit que je n'y arriverais pas sans lui, et que sa maman comptait sur nous pour l'aider.

Nous prenons l'Audi de Ryan - qui s'est arrangé avec un collègue pour covoiturer - et nous dirigeons vers notre premier fleuriste. À notre grande surprise, il peut nous fournir suffisamment de roses et de lys pour la soirée. La matinée commence bien ! Nous avons d'ores et déjà gagné un temps fou. Les roses blanches sont de petite taille et les roses sont plus volumineuses, ce qui assurera l'harmonie du bouquet. Les lys blancs, quant à eux, sont tout simplement fabuleux. Ils dégagent une odeur divine et sont très doux au toucher. Le fleuriste nous fournit également des pétales que l'on pourra disposer sur les tables.

Avec son aide, nous chargeons le tout dans le coffre de la voiture puis nous rendons à la deuxième croix du plan. Le magasin m'inspire nettement moins que le précédent. Les chasmanthiums ne me plaisent pas et il n'y a pas de steel grass en stock. Les produits ne sont pas bien mis en valeur, et le calme qui règne habituellement dans ce genre de commerces est troublé par les aboiements du chien. Logan prend d'ailleurs peur : raison de plus pour sortir de là.

— Désolé de ne pas avoir été courageux, me dit-il alors que j'attache sa ceinture de sécurité.

— Pourquoi dis-tu ça, mon lapin ? Tu es super et tu m'aides énormément.

— Mais on est sortis du magasin parce que j'avais peur du chien, répond-il avec culpabilité.

Je prends son visage entre mes mains et lui confie :

— C'était surtout une excuse pour partir de là. Je ne sais pas si tu as remarqué, mais le magasin ne sentait pas très bon, le vendeur n'était pas aimable et les fleurs semblaient très tristes.

Il me sourit et reprend confiance.

— D'accord. Mais il ne faut pas perdre de temps, Emma, nous avons beaucoup de travail aujourd'hui.

Je lui rends son sourire, ébouriffe ses cheveux - j'adore faire ça - et ferme sa portière pour aller rejoindre ma place. Logan prend son rôle très à cœur et m'encourage à appuyer sur le champignon. Je simule donc des pics d'accélération pour le faire rire.

L'odeur des fleurs s'est propagée dans l'habitacle de la voiture. Je respire cet air frais si apaisant. À l'arrière, j'entends Logan prendre de grandes inspirations pour m'imiter. Je regarde dans le rétroviseur en souriant. Il est vraiment mignon.

Nous nous entendons si bien, lui et moi, que parfois j'ai plus l'impression d'être une tante qu'une nourrice pour lui. Hormis les premiers jours, quand il a voulu me tester, je n'ai jamais eu à le gronder. Du reste, une fois qu'il a compris que je n'étais pas du genre à céder, il a arrêté. Nous nous amusons beaucoup, même aujourd'hui, malgré la pression, qu'il m'aide d'ailleurs à évacuer, grâce à son entrain. Je crois qu'il comprend l'enjeu et veut m'aider. C'est un vrai bonheur d'être avec lui.

Sur la route vers la boutique du troisième fournisseur, nous passons devant une pâtisserie. Je décide d'arrêter la voiture et propose à Logan de descendre y faire un tour, ce qu'il accepte avec son enthousiasme habituel.

En entrant dans la boutique, je sais d'ores et déjà que Logan va y trouver son bonheur. Les pâtisseries ont l'air succulentes et très généreuses – à l'image des gâteaux canadiens.

— Qu'est-ce qui te ferait plaisir ? je lui demande en me mettant à sa hauteur.

— Je veux celui-là, répond-il en pointant du doigt un énorme cupcake.

La base du gâteau est au chocolat, recouverte d'une épaisse couche de glaçage, elle-même couronnée d'un cône gaufré. Je ne sais même pas si je serais capable de manger un truc pareil, mais Logan insiste.

— Il a l'air drôlement appétissant, je reconnais en me relevant. Nous allons prendre ce magnifique cupcake, une *butter pie* à la framboise et à la noix de coco, et un thé chocolat cannelle, s'il vous plaît, dis-je au vendeur.

— Sur place ou à emporter ? nous demande-t-il.

— À emporter, répond Logan. On a plein de travail, aujourd'hui !

Le vendeur - Tom, comme l'indique son badge - sourit en préparant nos petites gourmandises, qu'il dispose dans une boîte en carton. Je règle l'addition et nous sortons de la boutique, les babines émoustillées.

Nous reprenons la route en savourant notre en-cas.

Le thé est divin, tout comme la *butter pie*. Je jette de petits coups d'œil dans le rétroviseur pour regarder Logan, qui dévore le dessus du gâteau et le cône rempli de glaçage. S'il voulait faire ça discrètement, c'est raté : sa moustache sucrée le trahit.

Je finis ma dernière bouchée de gâteau lorsque nous arrivons chez le troisième fournisseur. J'essuie ma bouche pour enlever les éventuelles miettes, histoire de rester crédible. July m'a dit beaucoup de bien de cette boutique et de son gérant. J'ai hâte d'en découvrir le contenu.

— J'ai trop mangé, me dit Logan tandis que j'ouvre sa portière.

Il me montre son cupcake. Le cône et le glaçage ont disparu, mais le gâteau au chocolat est toujours là, intact. Je lui réponds en riant :

— Je suppose que le glaçage était très bon.

Il hoche la tête et frotte son ventre de sa main tandis que je détache sa ceinture de sécurité.

En entrant dans le local, Logan et moi sommes émerveillés. La boutique est lumineuse, aérée, les fleurs et les plantes sont radieuses. Les odeurs mêlées viennent nous chatouiller les narines. Le petit monstre se tourne vers moi.

— Emma, c'est trop beau, ici ! On dirait le pays d'Alice au pays merveilleux.

Sa phrase me fait sourire.

— Tu as raison, on se croirait dans l'univers d'Alice au pays des merveilles !

Les deux vendeurs sont occupés avec d'autres clients. Le temps que nous fassions un tour dans le magasin, l'un d'eux se libère et nous propose son aide.

J'en déduis d'après son badge qu'il est le gérant. Ce doit être lui, le fameux « M. Pumpkin » dont m'a parlé

July. Ses longs cheveux fins et sa barbe grisonnent. Tout mince, il porte des lunettes rondes, et m'évoque un mélange de Dumbledore et du Père Noël. Bref, un vieil homme sage et sympathique.

Je lui explique la situation du mieux que je peux. Il m'écoute, les bras croisés, hochant la tête de temps en temps. Lorsque je termine ma tirade, il retrousse ses manches et pose ses mains sur ses hanches :

— Je sais exactement ce qu'il vous faut. Suivez-moi.

Logan et moi échangeons un sourire et emboîtons le pas au fleuriste, jusqu'à une allée où de magnifiques steel grass sont exposés.

— Voilà ce que vous cherchez. Malheureusement, je n'en ai pas assez en stock. Je vous propose donc d'ajouter quelques fougères, cela donnera plus de volume aux bouquets. L'assemblage pourrait être intéressant.

J'acquiesce.

— Ça me semble parfait ! Est-ce que vous auriez aussi des digitales mauves ?

— Ah oui, j'allais oublier ! dit-il en rebroussant chemin. Je n'en ai pas de mauves, mais j'ai celles-ci, ajoute-t-il en s'arrêtant un peu plus loin.

Les digitales qu'il nous propose sont spectaculaires. Grandes et fraîches, elles sont d'un rose poudre très élégant, qui conviendrait encore mieux que le mauve. Je les imagine parfaitement liées avec un cordon autour des différents piliers de la salle de réception.

— C'est fabuleux ! Nous prenons le tout ! je m'exclame.

— Et puisque je connais bien July, dit-il, je vous fais une remise de quinze pour-cent sur le montant total.

— C'est très gentil, monsieur, le remercie Logan.

— En effet, c'est très généreux de votre part. Merci beaucoup.

Nous quittons le magasin et célébrons notre victoire en faisant la danse de la joie.

— Tu es définitivement la meilleure, me remercie July, alors que nous terminons l'installation. Tu as fait un travail incroyable. Regarde cette salle, c'est fabuleux ! Je ne m'attendais pas à ce que ce soit si beau.

Je regarde autour de moi. En effet, le résultat est merveilleux. Je suis fière de mon travail, que, grâce à Logan, nous avons pu boucler avec quelques heures d'avance. Notre périple a duré moins longtemps que prévu, ce qui nous a permis de prendre une bonne pause-déjeuner, puis d'attaquer l'installation proprement dite motivés, reposés et joyeux.

— Tu devrais vraiment penser à te reconvertir, reprend-elle. Depuis hier, tu es comme un poisson dans l'eau.

Je hausse les épaules, sans savoir quoi répondre. L'idée me plaît, mais ce n'est pas parce que j'ai réussi une mission que je suis assez douée pour me prétendre fleuriste professionnelle.

— Peut-être, finis-je par lui répondre. On verra bien ce que la vie me réserve.

— Exactement ! Demain est un autre jour. Alors autant cueillir le moment présent. Et maintenant ? Est-ce que tu voudrais profiter de la soirée ?

Sa question me surprend.

— Tu veux dire comme invitée ?

— Oui, tu t'es donné tellement de mal depuis hier pour que tout soit parfait. C'est le moins que je puisse faire.

Je suis très flattée, d'autant que je connais le prix du ticket d'entrée – qui équivaut à deux mois de salaire.

— J'adorerais, mais qui s'occupera de Logan ?

— J'ai demandé à Adam de s'en charger. Il passe la soirée à la maison.

Cette femme est incroyable : elle est capable de tout anticiper ! Avant d'accepter son offre, je réalise que je n'ai rien à me mettre pour la soirée. July lit la contrariété sur mon visage et me demande :

— Qu'est-ce qui ne va pas ?

— Rien... C'est juste que je n'ai pas de robe assez chic pour une soirée pareille.

July se détend et me sourit. J'ai l'impression qu'elle me cache quelque chose. Mon regard se fait plus insistant. Je veux savoir ce qui lui passe par la tête. Au bout de quelques secondes, elle finit par céder.

— Traite-moi de folle du contrôle si tu veux, mais j'ai déjà appelé une amie qui travaille dans une boutique de robes de soirée. Je lui ai demandé de mettre quelques modèles de côté pour toi. Elle t'attend dans vingt minutes, conclut-elle en regardant sa montre noire.

Je suis scotchée ! July est vraiment la femme parfaite. C'est une grande professionnelle, en plus d'être une mère formidable, une épouse aimante et une amie disponible.

En parlant d'amie, Alexie m'a envoyé un message hier. Elle me demandait comment j'allais et s'il y avait du nouveau avec Sexy Tonton. Je décide de prendre le temps de lui répondre avant d'aller chercher ma robe :

> Tout va pour le mieux ! Je suis une jeune fille au pair exceptionnelle et une amante formidable...

Je sais parfaitement que cette réponse ne lui suffira pas. Soit elle va me harceler de questions, soit elle va directement essayer de m'appeler. Je décide de la laisser sur sa faim et de ne pas lui donner plus de détails. Je peux être sadique, parfois.

Je prends July dans mes bras et la remercie une dernière fois avant de lui laisser Logan et de filer au magasin trouver la tenue parfaite. La soirée ne commence pas avant 18 heures, ce qui signifie que j'ai trois heures pour dénicher une robe, rentrer à la maison me préparer et retourner à la salle de réception.

De retour dans ma chambre, j'enfile *la* robe et me regarde dans le miroir de ma salle de bains. L'amie de July a fait du bon travail. C'est le premier modèle qu'elle m'a montré. Je n'ai pas voulu en voir d'autres tant j'étais sous le charme de cette longue robe rouge. Ça me fait penser que je dois remercier July. Elle avait déjà payé d'avance la robe. Sa générosité est sans limites.

Le tissu fluide vient souligner mes courbes. Son contact sur ma peau est très agréable, comme une caresse éternelle. Longue et échancrée dans le dos, la robe est à la fois chic et sexy. Le décolleté est sobre et peu prononcé, afin d'équilibrer l'avant et l'arrière du vêtement.

Je tourne sur moi-même et réalise soudain que je me trouve belle. La confiance me gagne, je me sens capable de tout ! C'est incroyable, comme un simple vêtement peut influer sur notre assurance. Cela vaut même pour les sous-vêtements : lorsque je porte un ensemble sexy, je sais automatiquement que la journée sera bonne. Ça peut paraître absurde, mais c'est véridique.

Je complète ma tenue par mes escarpins beiges et un fin bracelet en argent. Mes cheveux sont regroupés en un chignon updo avec une tresse. Alors que je saisis mon sac et m'apprête à sortir de ma chambre, je sens mon téléphone vibrer. C'est un message d'Alexie.

On dirait bien que j'ai gagné un pari ! Je veux que tu me racontes tout en détail. Je file au lit, là, mais demain, au réveil, j'exige un énorme pavé avec toutes les informations croustillantes que tu peux me donner.

Décidément, rien ne pourra arrêter cette commère. Je range mon téléphone dans ma pochette et descends les escaliers. Adam et Logan jouent aux voitures dans le salon. Quand j'arrive pour leur souhaiter une bonne soirée, ils relèvent la tête et ouvrent grand la bouche.

— Tu ressembles à une princesse, dit enfin Logan.

Je le remercie et dépose un baiser sur sa tête. Adam me fixe toujours. Ce que je lis dans son regard me plaît beaucoup. Il se lève, vient à côté de moi et saisit ma main. Il me fait tourner pour admirer ma tenue.

— Tu es magnifique, Emma.

Sa voix est rauque, sensuelle et pleine de désir. J'ai très envie qu'il retire cette robe et me donne des orgasmes, mais je suis attendue à la soirée. Il s'approche de mon oreille et murmure :

— Si tu savais tout ce que j'ai envie de te faire…

Ses mots me font rougir. Concentré sur ses voitures, Logan ne semble plus nous prêter trop attention.

— Logan, dit soudain Adam. Je vais accompagner Emma à la voiture. Je reviens dans deux minutes. Sois sage.

Ce dernier hoche la tête et simule une course entre le pick-up et le tracteur. À mon grand étonnement, c'est le véhicule agricole qui gagne la partie. L'imagination des enfants me fascine.

Adam me prend par la main et m'entraîne à l'extérieur. Il me plaque contre la voiture et m'embrasse avec fougue. Je tire sur ses cheveux tandis qu'il me serre contre lui. Je sens son érection à travers son jean.

— Tu vois l'effet que tu me fais ? dit-il.

Je hoche la tête et ouvre la bouche pour que nos langues puissent danser ensemble. Ma culotte est déjà mouillée. Comment fait-il pour me rendre comme ça ?

J'ai l'impression d'être à sa merci, qu'il peut obtenir ce qu'il veut de moi. Sa main droite descend dans le bas de mon dos et vient agripper mes fesses. Je gémis et lui mords la lèvre inférieure, non sans le remercier silencieusement de ne pas toucher à mes cheveux. Il m'a fallu un long moment pour réaliser ma coiffure.

— Viens chez moi à la fin de la soirée, suggère-t-il.

Je réfléchis à sa proposition tout en déposant des baisers dans son cou. Je ne sais pas si c'est une bonne idée. Je n'ai pas envie de découcher en semaine. Je ne sais pas si July et Ryan apprécieraient, et, encore une fois, je ne veux pas qu'ils aient des soupçons. Et puis je préfère être sur place pour demain matin. Après tout, je suis ici pour travailler.

— Non, dis-je, pas ce soir. Mais on peut se voir ce week-end, et tu pourras me faire tout ce que tu voudras. Je vois bien que tu en meurs d'envie, j'ajoute en donnant un coup d'œil à son entrejambe.

Il semble d'abord déçu, puis hoche la tête, compréhensif.

— D'accord. On se voit ce week-end, sans faute.

— J'ai hâte, dis-je en saisissant son menton pour l'embrasser.

— Moi aussi. Passe une bonne soirée.

Puis il ouvre la portière de la voiture et la referme dès qu'il s'est assuré que je suis bien installée. Je lui fais un signe de la main et démarre le moteur. Il retourne à l'intérieur, tandis que la voiture s'éloigne de la maison.

J'arrive à la soirée en même temps que les premiers invités. July est en train de tout superviser lorsque j'entre dans la salle. Elle est magnifique dans sa robe bustier noire qui s'évase et lui arrive au-dessus du genou. La semelle rouge de ses escarpins m'indique qu'ils sont signés Louboutin. En daim noir et à bout arrondi, ils sont grandioses. J'ai toujours rêvé de porter des chaussures aussi chics.

Lorsqu'elle remarque ma présence - après avoir donné des consignes à un serveur –, elle s'exclame :

— Emma ! Je suis tellement contente de te voir. Regarde-toi, tu es magnifique.

— Merci ! Et merci pour la robe, mais ça me gêne. C'est beaucoup trop.

— Cette robe n'est qu'une petite compensation pour le travail formidable que tu as fourni. Tu nous as sauvé la mise. C'était la moindre des choses.

— Oh ! je t'en prie ! Je me suis tellement amusée aujourd'hui.

— Logan m'a dit la même chose quand je l'ai raccompagné à la maison, me répond-elle. Bravo : tu as su t'occuper de lui tout en gérant notre problème de fleurs ! C'est digne des plus grandes businesswomen, tu sais, s'amuse-t-elle.

Un serveur vient nous voir, un plateau de coupes de champagne à la main. Nous en saisissons chacune une et trinquons à cette soirée qui s'annonce magnifique. Au-delà du décor, tout est parfait. Les amuse-bouche qui nous sont proposés, à base de homard et de tomates, sont divins. Les accords de violoncelle, dont joue un jeune musicien installé sur une petite scène, me font littéralement frissonner. Les invités, qui commencent à affluer, semblent ravis de ce qu'ils découvrent.

July retourne vaquer à ses occupations, me laissant profiter de la soirée. J'erre entre les différents groupes, jusqu'à ce que je remarque un visage familier. C'est Krystin, la maman avec qui j'ai sympathisé à la piscine. Elle me remarque aussi et m'offre un grand sourire.

— Emma !

— Salut, Krystin, dis-je en la prenant dans mes bras. Qu'est-ce que tu fais ici ?

Je suis aussi surprise que ravie. Je commençais à me sentir un peu seule au beau milieu de toutes ces grosses fortunes.

— Mon mari représente une boîte de marketing qui souhaite faire un gros chèque à l'association. Tu sais comment ça marche, ici. Ce n'est pas seulement une question de générosité. Ils ont souvent des intérêts cachés derrière ces dons, comme redorer leur image, par exemple.

— Au moins, cet argent est utilisé pour une bonne cause.

— C'est sûr. Et toi, que fais-tu ici ?

— Tu vois toutes ces fleurs autour de toi ? Eh bien, j'en suis à l'origine ! C'est moi la fleuriste de la soirée.

— Waouh ! déclare-t-elle en tournant sur elle-même pour admirer la salle. Quel beau boulot ! Comment as-tu fait pour passer de jeune fille au pair à décoratrice d'intérieur ?

— July, la maman de Logan, est l'organisatrice de la soirée. Son fleuriste a annulé hier à la dernière minute, alors je m'en suis occupée… J'avais déjà une petite expérience comme fleuriste, c'est pour cette raison qu'elle a pensé à moi comme remplaçante.

— Eh bien, crois-moi, on dirait que tu as fait ça toute ta vie, dit-elle en saisissant ma main. C'est fabuleux !

Je suis très flattée, mais j'ai sincèrement adoré faire ça. À dire vrai, j'ai considéré ma mission comme un plaisir plus que comme un travail. Peut-être que July a raison. Peut-être que je devrais penser sérieusement à me reconvertir dans le domaine floral. Je garde ça dans un coin de ma tête et décide de profiter de la soirée. Après tout, j'ai rempli ma part du contrat. À présent, je peux relâcher la pression et m'amuser.

Le mari de Krystin est occupé une grande partie de la soirée à discuter avec des confrères. Pour leur sortie de couple, c'est raté. Mais pour une soirée entre copines c'est parfait ! Nous passons la quasi-totalité de la soirée ensemble. Nous buvons quelques coupes - non alcoolisées, car nous devons toutes les deux conduire –, profitons du buffet et parlons des enfants. Nous nous amusons comme des folles. July vient nous voir de temps en temps. Krystin et elle se sont déjà vaguement croisées auparavant, j'en profite donc pour officialiser les présentations. Le courant semble très bien passer entre elles.

Krystin me confie qu'elle a évoqué l'idée de travailler à son mari.

— Qu'est-ce qu'il a répondu ?

— Figure-toi qu'il m'a surprise. Il m'a dit que c'était une très bonne idée et qu'il me soutiendrait quoi que je fasse.

Je saute de joie et la prends dans mes bras.

— C'est merveilleux ! Je suis tellement contente pour toi. Tu te sens prête, alors ?

— Plus que jamais ! J'ai déjà commencé à prospecter en ville.

— Je suis certaine que tu trouveras très vite le poste idéal.

Son mari choisit ce moment pour nous interrompre, et dire à sa femme qu'il est fatigué et aimerait rentrer à la maison. Krystin en profite pour nous présenter. Il a l'air charmant. Nous échangeons quelques plaisanteries jusqu'à ce qu'ils partent tous les deux.

— N'oublie pas notre soirée piña colada ! s'exclame-t-elle alors qu'elle est à dix mètres de moi.

Je lui souris et hoche la tête. Autour de nous, les gens nous dévisagent. Cette population guindée n'aime visiblement pas que l'on hausse le ton. Je me demande comment fait July pour se sentir aussi à l'aise parmi eux.

Je décide d'ailleurs d'aller la retrouver. Elle fait le point sur la soirée avec ses clients. Ils semblent ravis de la prestation et lui confient que les dons ont largement dépassé leurs espérances.

— Justement, voilà la fleuriste en question, annonce July en m'adressant un signe de la main.

Je m'approche et tends la main à l'homme qui discute avec elle.

— Enchantée, je suis Emma.

L'homme a une trentaine d'années. Il est vêtu d'un costume bleu marine et d'une chemise blanche. Ses cheveux prématurément poivre et sel lui donnent un certain charme. Il saisit ma main et me sourit.

— Beau travail, mademoiselle Emma. Je suis Richard Gauthier, l'un des représentants de l'association.

— Enchantée, dis-je en lui rendant son sourire.

— Qu'est-ce qu'une jeune et jolie Française comme vous vient faire ici ?

Ses yeux marron me dévisagent. J'échange un regard avec July, hésitant sur la réponse à donner. D'un petit signe de tête, elle m'indique que je peux dire la vérité. Je décide cependant de rester vague.

— Je suis là pour aider July et sa famille. Ce sont des gens adorables et très accueillants.

— Je n'en doute pas. Le charme canadien a-t-il eu raison de vous, ou bien souhaitez-vous rentrer en France ?

— Je dois rentrer chez moi à la fin du mois.

« Chez moi »... En les prononçant, je m'aperçois soudain que ces deux petits mots ont perdu un peu de leur sens. Je ne suis plus certaine de savoir où est mon « chez-moi », désormais.

M. Gauthier sort de la poche de sa veste une carte de visite et me la tend :

— Si jamais vous changez d'avis, appelez-moi. Nous pourrions aller boire un verre.

Puis il tourne les talons et rejoint un groupe d'hommes, me laissant bouche bée.

— Je rêve ou il vient de te draguer ? demande July.

— Pire que ça ! Il vient de m'inviter à sortir, dis-je en brandissant la carte.

Nous rions toutes les deux.

— Je ne sais pas si on peut dire « pire », il est vraiment pas mal.

— Il a du charme, c'est vrai. Mais je le trouve un peu trop sûr de lui ! Il suffit de voir sa façon de m'inviter à sortir avec lui.

— Tu n'as pas tort ! Allez, rentrons à la maison, dit-elle en me prenant par le bras.

J'acquiesce. J'espère qu'Adam sera encore là.

14

J'ai attendu le week-end avec impatience. Adam et moi allons enfin nous retrouver. Il m'a dit qu'on sortirait avec ses amis. J'espère tout de même qu'on pourra avoir un petit peu d'intimité. Je ne l'ai pas revu depuis ce fameux soir du gala de charité. Ce qu'il m'a laissé entrevoir m'a fait saliver toute la semaine.

J'espérais le croiser au retour de la soirée, mais il était déjà parti. Au lieu de quoi July et moi avons découvert Ryan et Mambo en train de ronfler sur le canapé. La scène était très comique, à tel point que nos gloussements ont réveillé Ryan.

Adam m'a envoyé un message disant que je devais le rejoindre chez lui. July me laisse les clés de sa voiture. Elle a décidé de passer la fin d'après-midi et la soirée à se reposer avec Logan. Ryan, lui, est au travail.

J'ai opté pour un jean slim, mes compensées rouges et un petit top blanc. J'ai sorti ma plus belle lingerie noire pour l'occasion. Le soutien-gorge met ma poitrine en valeur avec des détails en dentelle, et le string est sobre, légèrement transparent.

Tout excitée, je grimpe dans la New Beetle jaune de July, que je décapote pour mieux profiter du soleil radieux. Contrairement aux autres jours, la chaleur n'est pas étouffante. Un petit vent vient rafraîchir l'air. Je me prends pour une star de film hollywoodien, les cheveux au vent, prête à retrouver l'homme qui va me donner de multiples orgasmes.

Je frappe deux fois à la porte d'entrée. Adam m'ouvre quelques secondes plus tard. Il est torse nu, vêtu d'un simple maillot de bain. Sa peau est encore mouillée, ce qui fait ressortir son teint hâlé. Il est sublime. Je le verrais bien jouer les surfers ou les jardiniers sexy dans une pub pour un quelconque soda.

— Quel timing, dit-il en m'attirant vers lui. Je reviens tout juste de la plage.

Il ferme la porte derrière moi et commence à m'embrasser. Ses lèvres sont chaudes et ont un goût de sel. Je dépose un baiser sur son épaule. Elle est brûlante. Mes mains se baladent sur son torse et dans son dos. Je sens quelques grains de sable glisser sous mes doigts, ce qui a quelque chose de terriblement excitant. Ses mains agrippent mes hanches avec fermeté. J'enroule mes bras autour de son cou, et m'y accroche comme si ma vie en dépendait.

— J'ai attendu ce moment toute la semaine, je lui confie.

Je lui mords le lobe de l'oreille.

— Et moi donc ! Je n'avais qu'une envie, lundi, c'était de te prendre contre la voiture et de te faire jouir tellement fort que les voisins t'auraient entendue. J'ai rêvé de toi et de ta robe rouge toutes les nuits.

— Et qu'est-ce qui se passait, dans tes rêves ? dis-je en glissant la main vers son entrejambe.

Je caresse son sexe à travers le tissu de son maillot de bain. Il est déjà au garde-à-vous.

— Accompagne-moi sous la douche et tu le sauras, répond-il dans un gémissement.

Je ne me fais pas prier. Je hoche la tête en ôtant mon

top blanc. Il me reluque et passe une main dans le bonnet de mon soutien-gorge. Il joue avec mon téton jusqu'à ce que je le supplie d'arrêter. Il va me rendre folle.

— Tu es tellement sexy, comme ça, susurre-t-il en me contemplant de bas en haut.

Les espadrilles compensées me font de longues jambes et la coupe de mon jean affine ma taille. C'est drôle, le regard d'Adam sur mon corps ne m'intimide pas. J'assume mes formes et me trouve belle.

Ses yeux s'arrêtent sur ma poitrine et il se lèche les lèvres. Si seulement sa langue pouvait être ailleurs. Il me soulève par la taille. Je cale mes jambes autour de ses hanches et l'embrasse avec passion. Puis il prend la direction de la salle de bains et me dépose sur le carrelage, contre le mur. D'une main, il dégrafe mon soutien-gorge. Il détache le bouton de mon jean et fait glisser la fermeture Éclair, posant une main sur mon sexe au passage. Je gémis et lui tire les cheveux.

Il s'accroupit et descend mon jean sur mes chevilles, puis tire sur le ruban rouge de mes chaussures et me les ôte doucement.

Ses mains viennent caresser la peau douce de mes jambes, et remontent dangereusement vers mon sexe. Il s'attarde sur l'intérieur de mes cuisses, puis tire sur l'élastique de mon string. Quelques secondes plus tard, je suis entièrement nue.

Sa paume vient exercer une pression contre mon clitoris, puis il me pénètre de deux doigts. J'essaie en vain de retenir mes gémissements.

— Tu es tellement mouillée, souffle-t-il contre ma cuisse. Tellement prête pour moi.

Ses doigts explorent mon sexe tandis que son souffle chaud se rapproche. Il lèche la surface, tout autour, jusqu'à ce que sa langue vienne humidifier mon clitoris. Je commence à bouger le bassin, jusqu'à trouver le rythme parfait entre les mouvements de ses doigts et de sa langue. J'agrippe sa chevelure et gémis son nom. L'orgasme s'approche à grands pas. Ma respiration s'accélère et mes gémissements sont de plus en plus forts. Ses doigts intensifient la cadence et sa langue exerce une pression plus ferme contre mon sexe. Mon corps se raidit et mes muscles se contractent. Je jouis instantanément en perdant tout contrôle. Adam continue de me lécher et de me masturber jusqu'à ce que mon corps soit parcouru de spasmes.

Je suis debout contre le mur, haletante, pantelante, vidée de toute mon énergie. Adam dépose quelques baisers sur mon sexe et en remontant vers mon nombril. Il se relève et me sourit, visiblement fier de sa performance. Il retire son maillot de bain, libérant son érection. Je prends son sexe dans ma main et ignore ses gémissements. Mes caresses se font de plus en plus fermes, à mesure que je récupère de l'énergie. Mais Adam m'arrête.

— Si tu veux savoir ce qui se passe dans la suite de mon rêve, il faut que l'on aille sous la douche.

Je me mords la lèvre inférieure et le pousse dans la cabine à l'italienne. Il prend au passage un préservatif, que je lui arrache des mains pour l'ouvrir à sa place. Il me regarde, fou de désir, tandis que j'enfile la capote sur sa verge. Il ouvre le robinet. L'eau est d'abord tiède, mais se réchauffe vite. La vapeur envahit la salle de bains. J'embrasse son cou, le mords et le lèche. Le mélange de l'eau de la douche et du sel sur sa peau est divin.

Adam saisit ma jambe droite, la soulève et l'écarte légèrement. Il vient frotter son sexe contre le mien. Nous gémissons tous les deux et nous embrassons langoureusement. Lorsqu'il décide qu'il en veut plus, il prend son sexe en main et le guide vers le mien. La pénétration m'arrache un cri, à la fois de douleur et de plaisir. C'est si bon de le sentir en moi. Ses coups de bassin deviennent de plus en plus intenses. Je le sens au plus profond de moi. Nos corps mouillés se coordonnent à la perfection.

Adam décide ensuite de me porter. J'enroule mes jambes autour de lui, qui se retourne pour que je prenne appui contre la paroi de la douche. Le carrelage est un peu frais, au début, mais je me fais rapidement à la température. J'ondule sur son membre en lui arrachant un gémissement. Ses pupilles sont dilatées, son regard est brûlant. Il accélère le rythme pour me faire frôler l'extase. Il est proche de l'orgasme, je le sens, mais il en veut plus. Il se retire brusquement et me tourne contre le mur, les paumes à plat de part et d'autre de mon corps. J'écarte les jambes pour qu'il puisse me prendre par-derrière. Je sens son sexe contre moi. Son souffle chaud vient caresser ma nuque et mon oreille. Il m'embrasse sur la joue puis me mord le cou lorsqu'il me pénètre. Ma tête tombe en arrière, venant buter contre son torse. Il commence ses va-et-vient, attrape ma poitrine, mes hanches, la chair de ma cuisse, jusqu'à mon clitoris. Il vient y tracer des cercles avec ses doigts, sans cesser de me pénétrer. Je crie lorsqu'il donne un coup de reins plus puissant que les autres. Mes synapses ont du mal à interpréter toutes les sensations de plaisir. Mon corps semble au bord de ses capacités. Je me raidis encore et mes mains glissent contre la paroi de la douche. L'orgasme me saisit et mon vagin se contracte sur sa verge. Il n'en faut pas plus à Adam pour m'accompagner dans ce bonheur ultime. Il crie mon nom à son tour et me serre contre lui, tandis que son sperme se déverse dans le préservatif.

L'eau chaude détend nos muscles. Nous nous embrassons puis, à moitié remis de nos émotions, nous savonnons mutuellement. Son gel douche mousse entre ses mains et ma peau. Il s'attarde plus que nécessaire sur ma poitrine et mon entrejambe, et sourit en me faisant gémir une énième fois.

— Des rêves érotiques comme ça, j'en veux toutes les nuits, dis-je.

— Reste au Canada et tu pourras t'endormir tous les soirs avec un orgasme, répond-il dans un sourire.

Le ton de sa voix me laisse perplexe. Il a fait mine de plaisanter, mais je perçois comme une pointe de vérité dans sa remarque. J'ai l'impression, en le regardant, qu'il veut que je lui dise que je ne vais pas rentrer en France. Peut-être que je me fais un film. Sûrement. De toute façon, nous nous sommes fixé des règles. Si l'un de nous commence à avoir des sentiments, nous arrêtons tout.

Dans le doute, je décide de le tester.

— Si je devais rester ici, j'ai déjà des plans, dis-je en souriant.

— Ah oui ? demande-t-il, intéressé.

— Oui. Un homme m'a donné sa carte de visite lundi soir. Il m'a dit que si je voulais rester je n'avais qu'à l'appeler.

Son sourire s'estompe. C'est à mon tour de le savonner. J'attrape la fleur de douche et y laisse couler un peu de gel transparent. Je la frotte contre la peau d'Adam, qui se laisse faire, mais ne me quitte pas des yeux. En relevant la tête, je reste bouche bée. Il est sérieux, bien trop sérieux. La seule fois où je l'ai vu comme ça, c'est quand il m'a parlé de sa mère. Il brise le silence gênant qui s'est installé au bout de quelques instants.

— Il s'est passé quelque chose entre vous ?

Une part de moi est vexée qu'il puisse penser que j'en serais capable.

— Absolument pas. Et puis les règles sont les règles. Toi et moi, on est exclusifs, même si c'est sans attaches.

Je me dis qu'une piqûre de rappel ne lui fera pas de mal. Je ne sais pas comment je réagirais si je découvrais qu'Adam a des sentiments pour moi. Mais il n'en a pas, j'en suis certaine. Enfin, j'espère.

Il acquiesce, rassuré, mais semble toujours contrarié. J'espère de tout cœur que je me fais des films et qu'Adam ne s'est pas trop attaché à moi. Je n'ai pas envie que notre arrangement se complique.

Nous finissons par sortir de la douche, la peau lavée, rincée, embrassée et caressée. Adam me tend une serviette bleue. Je m'y enroule et apprécie le contact du coton sur ma peau. Il s'essuie à son tour et vient m'entourer de ses bras. Nous sommes face au miroir. Je dois avouer que nous sommes plutôt mignons à regarder.

Je ramasse mes vêtements étalés sur le carrelage de la salle de bains et me dirige vers sa chambre. Il me suit et s'attarde un instant face au placard, pour choisir des vêtements. Assise sur le lit, je le regarde. Il laisse tomber sa serviette sur le sol. J'ai encore envie de lui.

J'ôte à mon tour ma serviette et la lance à ses pieds pour attirer son attention. Il se retourne, hausse un sourcil et sourit. Je le nargue tandis que j'ondule tout en m'habillant. Il ne me quitte pas des yeux. J'aime l'effet que je lui fais. Je ne me suis jamais sentie aussi sexy et désirée qu'avec lui. Je prends mon temps pour agrafer mon soutien-gorge, remue mes cheveux plus que de raison et lui jette des regards équivoques. Adam se prend au jeu et en fait de même. Une fois vêtus, nous nous reluquons et éclatons de rire.

— Avec toi, impossible de s'ennuyer, déclare Sexy Tonton.

Toutes les tables du bar sont occupées. Adam et moi regardons autour de nous pour repérer ses amis. Je remarque une fille qui nous fait signe d'approcher. Elle est à une table plutôt isolée, dans un coin du bar, entourée de plusieurs personnes. Ses cheveux roux me sont familiers. Soudain, je tilte. C'est Maddy ! Je ne l'ai pas reconnue tout de suite, car elle a lissé ses cheveux. Elle est très jolie, coiffée ainsi. Je regarde les gens à côté d'elle. Il y a Tim, Jonathan, Ana, Mike et Lucas.

Je tapote l'épaule d'Adam et lui fais un signe de tête en direction de ses amis. Il me sourit et me prend par la main. Au début, ce geste me semble naturel et évident. Mais plus on se rapproche de ses amis, moins je me sens à l'aise. Lorsque nous sommes face à eux, Ana jette un coup d'œil intéressé à nos mains. Gênée, je lâche son étreinte et commence à prendre ses amis un par un dans mes bras.

— C'est génial, que tu aies pu venir ! s'exclame Maddy quand vient son tour. Je ne savais pas si on aurait l'occasion de se revoir avant ton départ.

Je lui souris.

— Quand Adam m'a proposé de vous rejoindre ce soir, je n'ai pas pu refuser.

— Et puis on n'a pas eu le temps de se dire au revoir la dernière fois, intervient Ana. Vous êtes partis comme des voleurs ! À croire que vous étiez pressés de rentrer.

Elle a un sourire en coin et le ton de sa voix m'indique qu'elle en sait plus que je ne le pensais. Je rougis, bien évidemment, et bégaie :

— Euh... C'est que je... J'étais fatiguée.

— Tu m'étonnes, lance Ana, hilare.

Je pince les lèvres et baisse le regard, prise en flagrant délit. Heureusement pour moi, Maddy est occupée à envoyer un message sur son téléphone. Adam, en véritable prince charmant, vient à ma rescousse. Il pose sa main dans le bas de mon dos et m'invite à prendre un tabouret. Je le remercie et consulte la carte des cocktails posée sur la table. Fuir leur regard me semble une très bonne idée. Tiens, pourquoi pas une piña colada ? Autant opter pour une valeur sûre. Le serveur vient prendre nos commandes. Bizarrement, tous les garçons optent pour une pinte de bière tandis que les filles choisissent des cocktails.

Nous passons un agréable moment. Mike nous fait rire avec ses anecdotes sur son séjour en France, et Tim semble être le roi de la gaffe. Il essaie de draguer la serveuse, mais c'est un échec absolu.

Ana, Maddy et moi évoquons les préparatifs du mariage, tandis que les garçons font une partie de fléchettes. À mon grand désespoir, Maddy me questionne sur ma relation avec Adam.

— Il ne s'est toujours rien passé entre vous ?

Ses pommettes rouges font ressortir ses taches de rousseur.

— Non, je prétends.

Je bois une gorgée de mon cocktail à la paille pour tenter de couper court. Mais la vilaine ne compte pas en rester là. Elle insiste :

— Tu as vu comment il te regarde, au moins ? Ça se voit comme le nez au milieu de la figure, que tu lui plais.

— Ah oui ? Tu as dû mal interpréter.

— Non, non, non ! Je ne l'ai jamais vu regarder une fille de cette manière. On croirait presque qu'il est amoureux de toi.

Pitié, faites qu'elle se trompe ! Je ne veux pas que mes soupçons soient fondés. Peut-être qu'elle voit de l'amour partout à cause de ses fiançailles... J'essaie de me rassurer comme je peux.

Soudain, je sens une présence derrière moi. Des bras virils viennent m'entourer. Je reconnais cette odeur qui m'est devenue si familière. Adam dépose un baiser sur le haut de ma tête et dit à l'intention de ses amies :

— J'espère que vous ne la traumatisez pas trop.

Même si j'aime la proximité d'Adam, son timing est très mal choisi. Je ne me sens pas à l'aise. Je me tortille sur ma chaise. Maddy me lance un regard du genre « Je te l'avais bien dit ». En revanche, Ana me surprend en lui lançant :

— Bas les pattes, mâle ! Nous passons un moment entre filles.

Il retire ses bras et les lève en signe de capitulation. Il secoue la tête en riant et retourne à sa partie de fléchettes. J'adresse un sourire reconnaissant à Ana.

Maddy s'absente pour aller aux toilettes. Ana et moi décidons de rejoindre les garçons et de leur montrer de quoi nous sommes capables. Je vole le tour de Mike et lui pique une fléchette au passage. Je me concentre sur la cible, recule mon bras et lance du mieux que je peux. Pas terrible : la fléchette n'a même pas touché la cible. Elle s'est écrasée contre le mur pour tomber par terre. Tout le monde éclate de rire, moi la première.

— Je n'ai jamais dit que j'étais bonne à ça !

— Tes talents au bière-pong sauvent ta dignité, se moque Mike. Allez, viens par là, je vais t'expliquer comment faire.

Il me place juste devant lui, pile en face de la cible. Il prend mon bras, m'indique la posture à adopter et la façon dont je dois lancer la fléchette. Il accompagne mon geste de son bras, et j'atteins presque le centre de la cible. Tim m'applaudit.

— Belle progression, Emma, me félicite Lucas en me tendant sa main, que je frappe.

Seul Adam ne réagit pas. Il ne me quitte pas des yeux, mais son regard est indescriptible. Je ne sais pas s'il veut me mettre dans son lit ou bien casser la gueule de Mike. Tout ça me paraîtrait un peu extrême. Mais plus la soirée passe, plus Adam se montre froid avec lui.

Nous commandons une deuxième tournée et retournons nous asseoir à notre table. La soirée passe beaucoup trop vite. Nous décidons tous de rentrer vers minuit. Le bar est à présent plein à craquer et l'atmosphère devient irrespirable. C'est à peine si l'on peut s'entendre par-dessus les conversations et la musique qui a monté de plusieurs crans. Je fais mes adieux à tout le monde, très émue. Je ne pense pas que j'aurai l'occasion de les revoir avant mon départ. Le dernier que je prends dans mes bras est Mike.

— C'est un plaisir de t'avoir rencontrée, me dit-il.

— Plaisir partagé ! Et, si tu retournes en France, fais-moi signe.

— Il n'y manquera pas, nous interrompt Adam.

Il me saisit par la taille et m'éloigne de lui. Je rêve ou il veut marquer son territoire ? Dois-je lui rappeler que nous ne sommes pas en couple et que nous ne voulons pas que notre relation soit rendue publique ? Je décide de me taire devant ses - ou devrais-je dire « nos » ? - amis.

J'attends qu'il ait démarré la voiture pour demander :

— Qu'est-ce qui t'a pris, Adam ?

Il regarde droit devant lui. Je ne sais pas s'il est vraiment concentré sur la route ou s'il n'ose simplement pas me regarder dans les yeux.

Il fait mine de ne pas comprendre.

— Quoi ?

— Tu sais très bien ce que je veux dire, je réponds le plus calmement possible. J'ai l'impression que tu étais jaloux quand j'ai dit au revoir à Mike.

— Je n'ai juste pas aimé la façon dont il t'a touchée quand vous jouiez aux fléchettes.

Sa voix reste neutre. Il continue de fixer la route. C'est donc bien ce que je pensais. Je ris nerveusement, un peu désemparée.

— Il m'a juste touché le bras pour me montrer le bon geste, Adam. C'est tout. C'était purement amical.

— Tu ne connais pas Mike, se borne-t-il à répondre.

— C'est vrai, je ne l'ai vu que deux fois. Mais, toi, j'espère que tu commences à me connaître, maintenant.

Il sourit. Oui ! L'atmosphère semble enfin se détendre. La dernière chose dont j'ai besoin, c'est une dispute avec lui. Je pose une main sur sa cuisse et la remonte lentement vers son entrejambe. Il frémit.

— Tu sais, notre accord stipule bien qu'il n'y a que toi qui puisses me toucher en ce moment.

Il se mord la lèvre inférieure et me jette un bref coup d'œil. Je continue de le caresser, joueuse.

— Si tu ne veux pas rester dormir chez moi ce soir, il va falloir que tu arrêtes ça tout de suite, m'annonce-t-il alors que son sexe se durcit sous les pressions de mes doigts.

Sa réflexion me fait rire. Il est vrai que je lui avais fait part de mon souhait de rentrer dormir à la maison. Enfin, chez July et Ryan. J'ai trop peur d'éveiller les soupçons une fois de plus. Logan a déjà failli nous surprendre…

Adam allume la radio, qui diffuse un vieux tube de Keane.

Oh simple thing, where have you gone ?

I'm getting old and I need something to rely on,

So tell me when you're gonna let me in,

I'm getting tired, and I need somewhere to begin

La chanson m'évoque tellement de choses. J'ai l'impression qu'elle a été écrite pour moi. J'ai besoin d'aller à l'essentiel dans ma vie, de faire ce que j'aime et de me sentir bien. C'est tout ce qui importe, en fin de compte. J'ai comme l'impression que cette aventure au Canada m'emmène là où je veux aller. Je commence à me poser de véritables questions sur mon avenir et sur ce que j'attends de la vie.

Nous arrivons devant chez Adam. Je détache ma ceinture et me tourne vers lui. Une question me taraude.

— Tu as parlé de nous à quelqu'un ?

Il a un sourire en coin. Je m'en doutais !

— Allez, crache le morceau, petite commère. Tu l'as dit à qui ?

— Ana, avoue-t-il, tout penaud.

— Je comprends mieux, maintenant…

— Qu'est-ce que tu comprends ? demande-t-il, paniqué.

J'ai un petit rire.

— C'est juste qu'elle a dit quelque chose qui m'a mise sur la voie. Rassure-toi, tu peux lui faire confiance. Elle ne m'a même pas dit qu'elle était au courant.

Il semble rassuré.

— Et toi ? Tu en as parlé à quelqu'un ?

— À Alexie. C'est ma meilleure amie. Je suis sûre que tu l'aimerais beaucoup, d'ailleurs.

— Si elle est aussi géniale que toi, j'en suis certain.

Flattée, je secoue la tête, faisant voler mes cheveux.

— Et qu'est-ce qu'elle t'a dit ?

— Elle avait déjà parié dessus avec son copain.

Il éclate de rire.

— T'as vraiment de super amis, ironise-t-il.

— Pour être honnête, quand je l'ai appelée, cette semaine, pour le lui raconter, elle n'a pas montré beaucoup d'enthousiasme. Alors qu'elle me harcelait pour que je couche avec toi, j'ajoute en exagérant le ton de ma voix.

— Je suppose que je dois la remercier de t'avoir mise sur le bon chemin.

Je ris à mon tour et lui donne une petite tape sur l'épaule. Adam n'a probablement pas tort. Si Alexie ne m'avait pas encouragée à baisser la garde, je n'aurais sûrement pas franchi le pas avec Adam. Je garde ces pensées pour moi. Je dépose un baiser sur sa joue et sors de la voiture.

— Emma, dit-il avant que j'atteigne la New Beetle. Si son comportement t'inquiète, tu devrais peut-être appeler ton amie. Peut-être qu'il se passe quelque chose.

Je prends note de son conseil. Il doit avoir raison. Alexie m'a déjà dit que sa relation avec Thomas n'était pas au beau fixe. C'est peut-être plus grave que je ne le pensais. Je souris à Adam, heureuse de voir que je peux compter sur lui. C'est ce que les amis font, après tout. Nous vivons une sorte d'amitié améliorée, disons. Enfin, je crois…

15

Le téléphone sonne quatre fois avant que mon interlocutrice ne se décide enfin à décrocher.

— Allô ?

— Alexie ! Enfin, je m'exclame, rassurée. J'ai essayé de t'appeler toute la semaine. J'étais très inquiète.

— Je suis désolée. J'ai eu beaucoup de travail cette semaine…

Elle marque une pause et reprend :

— Et je n'avais pas le moral.

— C'est ce que je craignais, ma poulette. Qu'est-ce qui ne va pas ? C'est à cause de Thomas ?

— Oui…

J'entends les sanglots dans sa voix. Je déteste savoir que ma meilleure amie va mal. Et puis elle n'est pas du genre à pleurer, c'est pourquoi je suis très inquiète. J'aimerais être près d'elle, la prendre dans mes bras et lui dire que tout ira bien.

— Je suis là, Alexie, tu sais. Je ne suis peut-être pas sur le même continent, mais tu sais que je suis là pour toi, peu importe la raison. Dis-moi ce qui se passe, ma chérie.

Elle ne répond pas. Je l'entends essayer de contrôler sa respiration et de réprimer ses sanglots. J'ai compris. Elle au bord de la crise de larmes et elle a peur de craquer si elle me déballe tout.

— OK, j'ai une idée, dis-je après réflexion. Tu vas me répondre par oui ou non. Tu t'en sens capable ?

J'attends sa réponse quelques instants.

— Oui.

— Super. Alors, commençons. Ça concerne Thomas ?

— Oui.

— Il est toujours aussi distant ?

— Oui.

— Est-ce qu'il a tenu des propos qui te font penser qu'il voudrait mettre un terme à votre relation ?

— Non.

— Est-ce qu'il agit étrangement quand il rentre chez vous ?

— Oui.

J'hésite à poser la question suivante, mais il faut que je sache. Je me lance :

— Est-ce que tu le suspectes de te tromper ?

La voix d'Alexie se brise. Oh non, ce n'est pas vrai ! Je m'en veux instantanément d'avoir posé la question.

— Je suis là, Alexie, je murmure. Je reste là. Prends le temps qu'il te faut pour pleurer.

Ma voix douce semble l'apaiser un peu. Ses sanglots diminuent et elle retrouve bientôt une respiration normale. Je poursuis :

— Tu me dis stop quand mes questions vont trop loin, ma belle.

— Ce n'est plus un oui ou non, alors, se moque-t-elle d'une petite voix fragile.

L'entendre dire autre chose que oui ou non me fait sourire.

— Bécasse ! Tu veux poursuivre les questions fermées ?

— Non, c'est bon. Ça va un peu mieux, dit-elle avant de prendre une grande inspiration.

— D'accord. Je t'écoute.

— Par où commencer ? ironise-t-elle. Alors je t'ai dit que je le trouvais distant ces derniers temps, n'est-ce pas ?

— Oui, je réponds, sachant qu'il s'agit d'une question rhétorique.

— J'ai décidé de le confronter pour mettre les choses à plat. Je lui ai demandé s'il y avait un problème, mais il m'a répondu que non. Ensuite, je l'ai attendu en lingerie fine, sur tes conseils.

Je hoche la tête, même si elle ne peut pas me voir. Elle poursuit :

— La soirée a été merveilleuse. Ça m'a rappelé nos premières années. Tous nos problèmes ont disparu le temps d'une nuit. Le lendemain, il m'a même apporté le petit déjeuner au lit. Et tu sais à quel point j'adore ça !

Et comment. Après nos soirées pyjama, je fais toujours en sorte de me réveiller la première pour lui apporter ses tartines, son café et son jus d'orange au lit. La dernière fois a fait exception puisqu'elle est partie de bonne heure pour aller au mariage de sa cousine.

— Bref, tout était parfait ! Mais, les jours qui ont suivi, il a commencé à se montrer nerveux. Je ne l'ai jamais vu comme ça. Il posait des questions bizarres sur notre avenir.

— Par exemple ?

— Je ne sais plus ! Il me parlait de l'appart, il disait qu'il en avait marre de vivre ici. Il m'a demandé comment je me sentais avec lui, il m'a posé des questions à ce sujet.

— C'est vrai que c'est étrange, surtout venant de Thomas. Mais, Alexie, ça ne veut pas dire qu'il veut te quitter ou qu'il voit quelqu'un d'autre. Peut-être qu'il se sent bien avec toi et qu'il veut juste passer un autre cap. Peut-être qu'il a juste envie de déménager.

— Attends, je n'ai pas fini ! Samedi dernier, il a reçu un appel. J'ai voulu décrocher, mais il s'est empressé de me prendre le téléphone des mains et il est parti s'isoler dans la chambre.

— C'était peut-être pour son travail.

— C'est ce qu'il m'a dit. Mais, Emma, soyons honnêtes. Tu ne réagis pas de cette manière quand tu attends un coup de téléphone pro. Je t'assure, il a eu l'air paniqué à l'idée que je découvre qui essayait de l'appeler.

Elle marque un point. Je reconnais que tout ça est vraiment très étrange. Mais j'ai du mal à imaginer Thomas en train de tromper Alexie. Il l'aime tellement. Une fois, je lui ai même demandé s'il pensait que c'était la bonne. Il s'est contenté de rire et de me faire un clin d'œil, comme si ça n'était un secret pour personne. Et puis c'est une personne loyale et fidèle. Je refuse de croire qu'il l'a trompée. Je suis consciente que même les couples qui semblaient heureux peuvent malheureusement se séparer. Tant qu'on ne vit pas avec eux, on ne peut pas connaître leur intimité. Mais quand même ! Ces deux-là sont faits l'un pour l'autre. C'est une évidence.

Je retourne à la pêche aux informations pour essayer de comprendre ce qui se trame.

— Tu as eu le temps de voir le numéro ?

— Non, je sais juste que c'était un portable. Je n'ai pas pu retenir les chiffres.

— Maintenant, je veux que tu sois honnête avec moi. Et je te promets que je ne te jugerai pas, quoi qu'il arrive. Est-ce que tu as regardé dans son téléphone pour retrouver le numéro ?

Silence au bout de la ligne.

— Alexie ?

— Oui ! Oui, j'avoue. Mais, comme par hasard, il n'y était plus.

J'essaie de me faire l'avocat du diable, mais la tâche se révèle plus compliquée que prévu. Disons que les preuves ne jouent pas en ma faveur. Thomas n'est vraiment pas très aidant. Je fais une nouvelle tentative pour le disculper :

— Peut-être qu'il veut te faire une surprise et t'emmener en vacances. Vous allez bientôt fêter vos six ans, je me trompe ?

— La semaine prochaine, oui. Mais, pour la surprise, tu peux oublier. Il m'a déjà prévenue qu'il allait devoir bosser ce soir-là. Je vais donc me retrouver toute seule.

Aïe, ça craint !

— Si ça se trouve, il a beaucoup de pression au travail en ce moment. Dès que les choses seront plus calmes pour lui, il n'agira plus comme un extraterrestre.

Je me raccroche à cette dernière idée. Alexie semble être dans le même état d'esprit que moi. Je lui raconte ensuite plus en détail ce qui se passe entre Adam et moi. Je me dis que ça ne peut que lui changer les idées.

— Mais alors vous êtes ensemble ? demande-t-elle dès que je termine mon récit.

— Non, pas vraiment. On vit plutôt une sorte d'amitié améliorée… Exclusive… Sans sentiments.

J'ai du mal à trouver les mots justes.

— Et tu es sûre qu'il a compris ce que tu attendais de lui ? Parce que, s'il commence les démonstrations d'affection en public, je mettrais ma main à couper qu'il a des sentiments pour toi.

Alexie dit exactement ce que je redoutais. Elle a la même impression que moi. Ce n'est pas bon du tout, surtout qu'elle est sur un autre continent et qu'elle a juste eu besoin d'entendre les faits.

— C'est ce qui me fait un peu peur…

— Peur ? Carrément ? s'étonne-t-elle. Et toi, tu sens que tu t'attaches à lui ?

— Eh bien, on s'entend vraiment bien. J'aime passer du temps avec lui, surtout quand on finit au lit. Si tu savais à quel point je prends mon pied avec lui !

Alexie simule un bruit de dégoût qui me fait rire.

— Oh ! ça va, je ne te dis rien quand tu me parles des talents de ton homme au lit !

— Ce n'est pas faux, admet-elle. Mais, au-delà de ça, il t'apporte quelque chose d'autre ?

Je réfléchis à sa question. Qu'est-ce qu'Adam m'apporte, en fin de compte ? Est-ce que je tiens à lui d'un point de vue physique uniquement ? Non. Je dois être honnête envers moi-même.

— Je suis moi-même avec lui, je n'ai pas besoin de tricher. Je me sens plus sûre de moi, plus désirée. Et je sais que c'est un homme loyal, qui a des valeurs. Je peux lui faire confiance et lui parler de mes projets - ou de leur absence - sans soucis. Je lui ai déjà parlé de mon enfance.

— Vraiment ? Même du décès de ta mère ?

— Même du décès de ma mère, je confirme.

— Tu es consciente que tu n'en parles jamais ? Il t'a fallu combien d'années avant d'aborder le sujet avec moi ? Ce n'est pas rien, ce que tu me dis là !

Je ne réponds rien. Je ne sais pas quoi lui dire.

Après un long moment de silence, elle me demande :

— Tu as des sentiments pour lui, Emma ?

— Je ne sais pas. Tu sais que je ne suis pas du genre relation amoureuse.

— Et si c'était justement le moment que ça change ?

— Je ne sais pas ce que c'est, être amoureuse. Je ne l'ai jamais été.

— Alors le jour où tu penseras à lui sans arrêt, où tu auras envie de partager avec lui les moments les plus importants comme les plus insignifiants de ta vie, où ton cœur battra la chamade chaque fois que tu le verras ou que tu entendras sa voix, et quand tu imagineras un avenir avec lui, crois-moi, ça signifiera que tu es amoureuse.

— Waouh, rien que ça ! dis-je, impressionnée. Et c'est toujours le cas pour toi et Thomas ?

— Je l'espère.

— Moi aussi. Vous deux êtes faits l'un pour l'autre. Je crois en votre couple.

— C'est gentil, me remercie-t-elle.

Je n'arrête pas de penser à ce que m'a dit Alexie. Je ne suis pas amoureuse d'Adam, enfin, je ne pense pas. Mais l'idée que je pourrais l'être m'effraye. D'abord, je rentre bientôt en France, ensuite, il est l'oncle de Logan, et enfin je ne sais pas si je suis faite pour une vraie relation. Je sais que je me mets des barrières avec les hommes, ça a toujours été le cas. Mais je ne me suis jamais posé de questions là-dessus jusqu'à ce que je rencontre Adam. Qu'est-ce que j'attends de la vie, au fond ? Professionnellement parlant, je commence déjà à avoir une idée. Mais, côté vie privée, c'est une tout autre affaire…

Demain, nous partons en week-end avec toute la petite famille – y compris Adam. C'est fou, à quel point il se rend disponible pour sa sœur, son neveu et son beau-frère. Je vois bien que la famille est primordiale pour lui. C'est ce que j'aime particulièrement chez lui. Il fait passer ceux qu'il aime avant tout. Ne pourrait-il pas être égoïste ou bien méchant ? Ça me ferait une raison de ne pas m'attacher à lui.

July tenait à ce que l'on fasse quelque chose de spécial avant mon départ. Nous allons donc dans leur maison de campagne, qui se trouve près d'un lac. D'après ce qu'elle m'a décrit, l'endroit semble très reposant. Ce sera peut-être le moment pour moi d'approfondir mes questionnements existentiels.

16

Jamais je n'aurais cru que ce serait si beau. La « maison de campagne » est en réalité un chalet en bois, surplombant une colline verdoyante qui se jette directement dans le lac. Le cadre est idyllique. L'étendue d'eau scintille sous les rayons du soleil. Il est clair que July avait minimisé la beauté de ce lieu.

Le chalet est spacieux, l'intérieur est illuminé par les grandes baies vitrées. La décoration est plus rustique que celle de leur maison de ville, mais elle a un charme fou. Un vieux canapé en cuir marron fait face à la cheminée. Au milieu s'étale un immense tapis, ou plutôt devrais-je dire une peau de bête. Je reconnais la fourrure d'un zèbre. Reste à savoir si elle est authentique.

Dans la grande pièce à vivre, je remarque l'absence de télévision, ce qui me convient parfaitement. Ce genre d'endroits est fait pour se ressourcer. Je suis certaine qu'il n'y a pas Internet non plus. Il est important de pouvoir déconnecter de temps en temps – ce que je ne fais jamais, mais je devrais m'y mettre.

Des photos de famille sont exposées un peu partout dans la maison : au-dessus de la cheminée, sur les murs, et même sur le réfrigérateur de la cuisine. On voit surtout July et Adam sur les anciennes photographies, tandis que, sur les plus récentes, Logan est le plus présent. Il est aux côtés tantôt de ses parents, tantôt de son oncle. Mais une photo attire plus particulièrement mon attention. Logan semble avoir environ un an, il est endormi dans les bras de sa grand-mère. Elle le couve d'un regard empli d'amour. Ses yeux pétillent de bonheur. Malgré son visage fatigué et sa peau pâle, c'est une très belle femme. Je suis même certaine qu'elle était exceptionnelle.

Ryan me fait visiter l'étage tandis que July, Logan et Adam vont jouer dans le jardin. Naturellement, Mambo est aussi de la partie. Je suis ravie que nous ayons pu l'emmener avec nous. Ce chien est une vraie source de joie et d'affection. Moi qui redoutais sa présence à mon arrivée au Canada, désormais, je ne peux plus me passer de lui. Il est drôle et terriblement affectueux.

Je dépose mon sac de voyage dans la chambre qui m'est attribuée. Une multitude de coussins reposent sur le lit, qui a déjà été fait avec soin.

Ryan me confie que la chambre d'Adam se trouve juste à côté de la mienne. Je nous imagine déjà tous les deux sur mon lit, moi allongée sur le ventre et mordant l'oreiller tandis qu'il me pénètre…

— Emma ?

Ryan me tire de ma rêverie. Je m'excuse et me concentre sur ce qu'il me dit.

— Tu as tout ce qu'il faut ici pour la douche, m'explique-t-il en ouvrant un placard.

Une serviette de bain, un peignoir et des échantillons de shampoing et de gel douche sont à ma disposition.

— C'est encore mieux qu'à l'hôtel ! Qui s'occupe de faire tout ça ? je lui demande, impressionnée.

— D'après toi ?

Il me faut peu de temps pour trouver la réponse. Je ris

en imaginant July ranger la maison pour que les invités puissent avoir tout ce dont ils ont besoin à portée de main.

— Ta femme est incroyable, je réponds en secouant la tête. C'est Wonder Woman en personne, il n'y a pas de doute.

— C'est vrai qu'elle trouve toujours le moyen de m'impressionner, dit-il, les yeux pétillants.

L'amour qu'il éprouve pour sa femme me fait rêver. J'ai l'impression qu'il l'aime un peu plus chaque jour. J'adore les regarder se prendre dans les bras. Parfois, ils dansent tous les deux, le soir, après le dîner. Ils me font presque croire qu'une relation comme la leur est possible.

Après avoir visité chaque pièce de la maison, nous rejoignons la tribu, qui s'amuse dehors. Adam propose une partie de pétanque. Je ne savais pas que les Canadiens pratiquaient ce sport. J'étais persuadée qu'il s'agissait d'une spécialité française, particulièrement appréciée par les Marseillais. Nous nous séparons en deux équipes, les filles contre les garçons. Nous jouons dans la partie la plus plate de la colline, pour que les boules n'atterrissent pas dans le lac. Le score est très serré, mais les garçons finissent par remporter la partie, ainsi que la revanche. Nous passons du temps dans l'herbe, à rouler jusqu'en bas de la colline. J'ai l'impression de retomber en enfance. Je me reconnecte à la nature et savoure le moment présent. C'est très ressourçant.

Logan et moi en profitons pour tremper nos pieds dans l'eau. Je passe le plus de temps possible avec ce petit monstre, car mon départ approche à grande vitesse.

Le soleil et les 28 °C nous déshydratent. Je cours à la cuisine chercher des rafraîchissements. Lorsque je reviens, Ryan et Adam sont en train de sortir les planches de paddle. Je suis excitée comme une gamine à l'idée d'en faire.

Seules trois planches sont utilisables. July nous informe qu'elle préfère rester au bord de l'eau avec Logan. Nous finissons donc notre verre de limonade cul sec et enfilons notre maillot de bain. Nous sommes fin prêts.

— Les gars, il faut que je vous avoue quelque chose, dis-je alors que j'avance les pieds dans l'eau. C'est la première fois que je monte sur un paddle.

L'eau est très bonne. Elle a dû être réchauffée par les rayons de soleil de ces deux derniers mois.

— Ça s'annonce amusant, répond Ryan.

— Merci du soutien, dis-je en riant.

Adam s'approche de moi, deux planches sous un bras et deux pagaies sous l'autre. Il les met à l'eau et m'explique quelques règles de base.

— Sur un paddle, le plus important, m'informe-t-il, c'est l'équilibre. Tout est dans le positionnement de tes pieds.

Nous nous enfonçons un peu plus dans le lac, jusqu'à ce que l'eau m'arrive au-dessous de la poitrine. Adam ne se prive pas de la regarder, d'ailleurs, ce qui me fait sourire. Je lui fais les gros yeux pour qu'il comprenne qu'il a manqué de discrétion sur ce coup.

— Quoi ? répond-il en haussant les épaules, comme s'il ne voyait pas ce que j'insinue.

Je secoue la tête en signe de désapprobation, mais ne peux m'empêcher de rire face à sa mine innocente.

Il m'aide à monter sur ma planche, en me prenant par les hanches. Il me met même une main aux fesses lorsque j'essaie de me mettre debout. Il me le paiera ! Je regarde autour de nous, mais Ryan est en train d'éclabousser sa femme et son fils. L'excitation du secret se transforme peu à peu en stress, ce qui me dérange. Je voulais éviter toute prise de tête. Il faudra que j'en touche un mot à Adam. S'il veut que l'on continue à se fréquenter jusqu'à mon départ, il doit arrêter ces démonstrations en public.

Adam me montre comment placer mes pieds. Lorsqu'il estime que j'ai une bonne posture, il me tend la pagaie. J'essaie d'avancer en la plongeant dans l'eau. Rapidement, je comprends le principe et prends de l'assurance. Adam m'applaudit et Ryan nous rejoint.

— Et si on pimentait notre petite balade ? suggère Adam. Le premier qui tombe de sa planche devra servir des cocktails aux gagnants toute la soirée.

Sans hésiter, Ryan accepte. Je suis un peu plus réticente, considérant mon niveau, mais je décide quand même de relever le défi. Ça pourrait être amusant, après tout.

— Pari accepté, dis-je en les éclaboussant avec ma pagaie.

Ils montent sur leur planche et nous prenons le large. Le lac est plutôt vaste. À l'horizon, je remarque des collines, mais à cette distance je suis incapable de dire si elles sont habitées ou non.

J'ai l'impression que le lac nous appartient. Je ne vois pas l'ombre d'une silhouette humaine, hormis les nôtres. Cela renforce encore plus la sensation de sérénité que cet endroit dégage.

Les rayons du soleil viennent caresser ma peau et sécher les gouttes d'eau qui coulent le long de mon corps. Je sens les muscles de mes bras travailler. Je me sens bien.

— Tu te débrouilles comme un chef, s'étonne Ryan, qui se tient à ma droite. La première fois que j'ai fait du paddle, je suis tombé quatre ou cinq fois.

— C'est sûrement parce que t'étais bourré, se moque Adam, qui a pris la tête du groupe.

— C'est vrai que ça n'a pas aidé, répond-il.

— Belle leçon de responsabilité, je le réprimande. Bon, puisque personne ne semble vouloir tomber à l'eau, on pourrait peut-être corser le jeu.

Adam pivote sur sa planche pour mieux m'écouter, intéressé. Ryan aussi, mais il semble moins sûr de lui.

— Et si on essayait de pagayer sur un pied ?

— Tu veux faire le flamant rose ? dit Adam en riant. Trop facile !

— Quelle arrogance ! s'exclame Ryan en arrêtant de pagayer. Tu mérites de perdre, tiens.

Je hoche la tête en signe d'approbation. Adam nous regarde, faussement outré.

— Messieurs, à trois, nous levons tous un pied. Un… Deux… Trois !

Nous nous concentrons tous pour trouver l'équilibre. Je manque de tomber à l'eau, mais me gaine et parviens à reprendre le contrôle de mon corps. Ryan et Adam n'ont pas cette chance. Sexy Tonton penche dangereusement, tandis que le père de famille joue avec ses bras pour tenter de rester droit.

Preuve que le karma existe, Adam tombe à l'eau dix secondes plus tard. Ryan et moi reposons l'autre pied sur la planche, soulagés. Nous rions et nous tapons la main.

— Fait chier, fulmine le perdant en tapant sa main contre l'eau.

— Garde ton énergie pour tout à l'heure, je l'avertis. J'ai déjà très soif.

— J'ai une préférence pour le punch, ajoute Ryan.

— Vous n'êtes pas drôles, nous informe-t-il.

— Oh que si !

— Mon cher beau-frère, il ne fallait pas te la raconter en prétendant que c'était trop facile.

Ryan continue de rire, à tel point qu'il perd l'équilibre à son tour et tombe à l'eau. La scène est hilarante. Je pars dans un fou rire tout en essayant de rester sur ma planche. Je ris tellement que je ne les vois pas saisir ma planche et la faire basculer. Je les rejoins dans l'eau plus vite que je ne l'avais prévu. Elle est délicieuse.

— Ça, ce n'était pas fair-play ! je me lamente une fois remontée à la surface.

Je me passe les mains sur le visage et décide de me venger en les éclaboussant et en tentant de les faire couler. Mais j'oublie que je suis face à deux hommes musclés, bien plus grands que moi. C'est donc moi qui me retrouve une deuxième fois la tête sous l'eau.

Joueuse, j'en profite pour tripoter Adam. Ma main vient frôler son entrejambe puis agripper ses fesses. Ryan est derrière lui et ne peut rien voir. Mon Sexy Tonton essaie de contrôler ses réactions, mais son visage le trahit. Il me lance un regard qui me signale que je ne perds rien pour attendre. J'ai hâte…

La nuit tombe rapidement. Logan va se coucher en même temps que le soleil, tandis que nous trinquons à la bière au bord d'un feu de camp improvisé. Adam et moi avons préparé un festin, dont l'incontournable chamallow, à faire griller au feu. Nous avons également apporté des crudités - tomates cerises, bâtonnets de carottes et de céleri - ainsi que des roulés de jambon blanc au fromage préparés par mes soins, qu'Adam a littéralement dévorés lorsque nous étions en cuisine. Notre serveur attitré nous fournit en boissons. Nous abusons un peu de la situation en nous montrant très exigeants. Lorsque nous ne réclamons pas plus de glaçons, nous exigeons une tranche de citron coupée très finement.

Adam nous envoie bouler, mais nous lui rappelons sa défaite de l'après-midi.

Nous chantons, rions et partageons des anecdotes autour du feu, assis sur des rondins de bois. Ces moments vont terriblement me manquer. Le froid commence à se faire sentir. Mes bras dénudés frissonnent. Adam le remarque et dépose son gilet sur mes épaules, en prenant soin de relever mes cheveux. Son attention me touche, mais Ryan et July nous regardent avec curiosité. Je vire rouge écrevisse dans la seconde.

— Merci, dis-je en essayant de prendre un ton détaché.

Je lui tapote maladroitement l'épaule, mais mon geste prétendument amical n'a rien de naturel. Adam remarque le malaise qui s'est installé et se racle la gorge.

— Je t'en prie.

Il faut vraiment qu'il fasse un effort et arrête de me toucher en public. Combien de fois dois-je lui dire que July et Ryan ne doivent pas découvrir notre relation ? Si ça se trouve, c'est déjà trop tard. La façon dont ils nous ont regardés prouve bien qu'ils ont eu la puce à l'oreille.

Je bois une gorgée de ma bière pour paraître détendue, ou plutôt pour me détendre. Ryan plante un chamallow dans sa brochette, mais July me regarde toujours avec un sourire en coin. J'espère qu'elle ne s'imagine rien. Mon séjour arrive à sa fin et je ne voudrais pas gâcher les derniers jours qu'il me reste à passer en leur compagnie.

Mambo vient dans mes pattes à la recherche de caresses. Je lui donne ce qu'il attend et joue un peu avec lui. Nous avons passé beaucoup de temps ensemble depuis mon arrivée. À travers nos balades au bord de la plage, nos jeux dans le jardin et nos moments de tendresse, je me suis attachée à lui. Lui aussi va me manquer quand je serai de retour en France. Il me fait presque oublier mon lapin. Ce qui me fait songer que je n'ai pas eu de nouvelles de Marc depuis qu'il m'a envoyé la photo de lui et de Bacon. Il faudrait que je pense à lui écrire, ou même à l'appeler, à l'occasion.

La fraîcheur et la fatigue nous gagnant, nous décidons de tous aller nous coucher. Je file me démaquiller et me brosser les dents dans la salle de bains, puis rejoins ma chambre et enfile mon pyjama. J'ai emporté un petit short en satin vert émeraude et un top beige en dentelle. Ces couleurs font ressortir mon bronzage. Notre séance de paddle n'est pas pour rien dans la teinte de ma peau. Nous sommes restés debout longtemps sur notre planche, malgré la chaleur du soleil.

J'hydrate ma peau avec une crème à l'huile de karité et détache mes cheveux. J'envoie ensuite un message à Adam :

Viens dans ma chambre, je t'attends.

OK, poupée.

« Poupée » ? D'où ça sort, ce vocabulaire de dragueur ringard ? Je souris en imaginant Adam m'appeler ainsi. Ça ne lui correspond tellement pas.

Deux minutes plus tard, la porte s'ouvre. Sexy Tonton se faufile sur la pointe des pieds et referme derrière lui. Il est simplement vêtu d'un large caleçon à rayures blanches et roses. Qu'est-ce qu'il est sexy ! Comment puis-je lui faire des remontrances lorsqu'il se pavane devant moi avec ses abdominaux sculptés et sa ligne de poils qui descend de son nombril jusqu'à son pubis ? Je me lèche les lèvres en le reluquant. Il me rejoint sur le lit et me fait m'allonger. Il m'embrasse sur la bouche, dans le cou, entre les seins, juste au-dessus du nombril, puis en dessous, et enfin à la frontière entre mon top et mon short.

— Adam, dis-je en le repoussant légèrement. Il faut qu'on parle.

— Ça ne peut pas attendre ? J'ai tellement envie de toi, là. Tu sens si bon ! Serait-ce de l'abricot ?

Je lui souris et hoche la tête. Il reprend la course de ses baisers, mais je l'arrête une deuxième fois.

— S'il te plaît, dis-je sérieusement.

Il analyse mon visage. Il doit voir que je ne plaisante pas, puisqu'il se redresse et vient s'allonger à côté de moi.

— Qu'est-ce qu'il y a, Emma ?

— Il faut que tu arrêtes de me toucher devant July et Ryan. Je sais que tu voulais bien faire, ce soir, mais ils ne sont pas dupes. Tu as vu comment ils nous ont regardés ?

— Je sais, je suis désolé. Je n'ai pas fait attention.

— C'est bon, mais ne recommence pas. Et arrête de me toucher les fesses en leur présence aussi !

— Ne me dis pas que tu n'as pas aimé, lance-t-il en riant.

Quelle audace !

— La question n'est pas là, Adam, je réponds sans pouvoir dissimuler mon sourire.

— Promis, je serai plus vigilant à l'avenir, m'annonce-t-il en déposant un baiser sur mon front.

Je le gratifie d'un autre sourire. Bientôt, la conversation est derrière nous et nous partons au septième ciel dans une symbiose parfaite.

17

Des bruits de pas et de conversation dans le couloir me réveillent. Je me demande quelle heure il peut bien être. Je me retourne dans le lit et passe mon bras autour… d'Adam ?

Oh merde !

Adam !

Mais qu'est-ce qu'il fait dans mon lit ?

— Adam ! je m'exclame en m'efforçant de chuchoter.

Ce dernier marmonne quelque chose dans son sommeil et remue dans le lit. Je ne vais pas le laisser s'en sortir comme ça. Je le secoue et retire la couette.

— *A-dam*, j'insiste.

— Hmm, quoi ?

Il ouvre légèrement les yeux puis les referme. Il se frotte le visage des deux mains, et semble enfin se réveiller. Je le trouve beau, même si je suis furieuse contre lui.

— Qu'est-ce qu'il y a ? demande-t-il en se redressant.

— Tu n'as pas l'impression de t'être endormi dans mon lit ?

— Bien vu, Sherlock, répond-il en bâillant.

Il ne semble pas voir où je veux en venir. Je lui explique donc - le plus calmement possible - la situation :

— Tu es dans ma chambre, au petit matin, et toute

la maison est réveillée. Comment comptes-tu faire pour sortir d'ici sans te faire repérer ?

— Relax, poupée, tu feras diversion pour moi.

— Poupée ? Mais pourquoi tu m'appelles comme ça ? Je ne suis pas une poupée !

Visiblement, j'ai parlé un peu trop fort, mais je déteste qu'il m'appelle de cette façon. Adam commence à rire. Ce Serpentard le fait exprès. Il joue volontairement avec mes nerfs.

— Salut, Emma !

La porte de ma chambre vient de s'ouvrir. Logan se tient sur le seuil.

Je suis dans un cauchemar. Il faut que je me réveille. Je me pince le bras, mais rien n'y fait, je reste coincée dans cette scène cataclysmique. La fureur se transforme en panique.

— Salut, tonton, ajoute-t-il. Qu'est-ce que tu fais dans le lit d'Emma ? Elle te lit une histoire ? Je peux venir avec vous ?

Je reste bouche bée. Mon corps est paralysé. J'ai perdu l'usage de la parole. C'est une horreur. Comment va-t-on se sortir de ce pétrin ? Adam semble moins paniqué que moi et prend les choses en main.

— Salut, Logan. Oui, c'est ça, Emma voulait me raconter l'histoire des trois petits cochons. Tu pourrais fermer la porte, s'il te plaît, champion ?

Pendant qu'il s'exécute et qu'il nous tourne le dos, nous remettons un peu d'ordre dans le lit. Heureusement que nous nous étions rhabillés avant de nous endormir. Logan nous rejoint sur le lit.

— Moi aussi, je veux entendre l'histoire des trois petits cochons.

Je dépose un baiser sur son crâne. Il est si mignon avec

ses cheveux ébouriffés et ses petits yeux du matin. Adam le prend dans ses bras et le dépose entre nous deux. Je rajuste les coussins pour qu'il soit confortablement installé.

— Avant que je commence l'histoire, j'ai quelque chose à te demander.

Il me regarde avec intérêt. Je décide de me lancer en prenant le temps de choisir mes mots :

— Est-ce que tu as compris ce que faisait tonton dans mon lit ?

— Bah oui, tu allais lui raconter une histoire.

Je souris. La naïveté enfantine… Adam et moi échangeons un regard satisfait, puis il lui caresse les cheveux.

— Exact. Il s'est réveillé ce matin et est venu frapper à ma porte parce qu'il s'ennuyait.

Logan hoche la tête au fur et à mesure de mes explications.

— J'ai une idée, intervient Adam. Et si on gardait ça pour nous ? Ton papa et ta maman ne doivent pas savoir que l'on était tous les trois ici. Sinon, ils vont être jaloux et voudront venir écouter l'histoire.

— Mais le lit est trop petit pour nous cinq ! dis-je.

— Même Mambo voudrait venir avec nous. Mais il est trop gros, nous dit Logan.

J'éclate de rire.

— C'est vrai !

— C'est notre petit secret, alors, déclare Adam en mettant sa main entre nous.

Ma main et celle de Logan viennent rejoindre la sienne. Nous fermons imaginairement la bouche et jetons la clé dans l'espace.

L'idée d'Adam est brillante. Je suis certaine que Logan ne dira rien. Les enfants adorent que les adultes partagent des secrets avec eux. Ils se sentent plus grands, mis dans la confidence.

Me voilà donc en train d'improviser l'histoire des trois petits cochons. Je m'en sors plutôt pas mal, à en juger par les réactions de mon public. J'imite le loup qui souffle sur la maison ou qui essaie de passer par la cheminée. Logan est tantôt hilare, tantôt faussement effrayé. Adam et lui participent même à la mise en scène.

Je pourrais peut-être en faire mon métier. Conteuse d'histoires pour enfants… Enfin, je doute que ce genre de métier rapporte suffisamment pour vivre. Si tant est qu'il existe.

Je repense à la mission que j'ai accomplie pour July ; l'idée de devenir fleuriste fait son chemin. Depuis cette fameuse soirée caritative, je n'arrête pas d'y songer. J'ai même fait quelques recherches : je pourrais suivre une formation tout en travaillant en parallèle. Il faut juste trouver les bons contacts.

Je sors de la chambre avec Logan. Nous avons convenu avec Adam, d'un simple regard, qu'il sortirait plus tard.

Lorsque nous descendons les escaliers, une odeur de bacon et d'œufs brouillés vient ravir nos narines.

— Hmm, fait Logan.

— J'ai tellement faim, j'ajoute.

Pas étonnant, avec la partie de jambes en l'air d'hier soir ! J'ai dû prendre sur moi pour ne pas faire de bruit, mais Adam ne s'est pas montré très fair-play. Son cou et l'oreiller ont été marqués par mes morsures. J'espère d'ailleurs qu'il est parvenu à les dissimuler.

Nous rejoignons July et Ryan, qui s'embrassent dans la cuisine.

— Bonjour, les amoureux, dis-je.

— Salut, les enfants, répond Ryan.

Sa réflexion me fait rire. Logan fait d'abord un câlin à son père, puis à sa mère.

July le serre fort dans ses bras tandis que Ryan me tend une tasse de thé bien chaude. Je le remercie d'un sourire.

— Maman ? intervient Logan.

— Oui, mon chéri ?

— J'ai un secret.

OH... MON... DIEU ! Je croise les doigts et les orteils pour qu'il ne répète pas ce qui s'est passé quelques minutes plus tôt. Je baisse les yeux vers ma tasse, trop effrayée à l'idée d'affronter ce qui risque d'arriver. Dans quel pétrin me suis-je fourrée ?

— Qu'est-ce donc ? demande July en relâchant son étreinte et en le regardant avec curiosité.

— Je ne peux pas te le dire, maman, sinon, ce ne serait plus un secret.

Ryan et July rient de bon cœur. Quant à moi, je reprends mon souffle et relève la tête. Je l'ai échappé belle.

— Bien dormi ? demande soudain Ryan en souriant.

Il me semble un peu trop enthousiaste au vu de la question, mais je fais abstraction tant bien que mal.

— Oui, très bien, et vous ?

— Très bien aussi, dit July. On se demandait si une petite randonnée vous tenterait, ce matin. Nous connaissons un endroit qui devrait te plaire, Emma.

— Je suis partant, annonce Adam en entrant dans la cuisine.

Il n'a même pas pris la peine d'enfiler quoi que ce soit. Monsieur est toujours en caleçon à rayures blanches et roses. Visiblement, il n'est pas complexé. De quoi pourrait-il l'être, en même temps ? Il a un corps parfait.

Je me surprends à le reluquer, puis m'intéresse au contenu de ma tasse pour me distraire.

— Moi aussi, je réponds.

Logan sautille sur place. Il semble le plus excité à l'idée d'aller se promener.

— Même qu'on pourra faire la course, dit-il à son oncle.

— Bien évidemment, lui confirme celui-ci.

Nous empruntons un chemin qui borde le lac. Le ciel est d'un bleu parfait, et le soleil, au beau fixe. La nature est en mouvement grâce au vent. Les arbres discutent entre eux, les oiseaux chantent et l'eau du lac clapote contre les pontons de bois.

Nous sommes tous habillés léger pour la balade. Adam porte le sac qui contient les bouteilles d'eau et la crème solaire. En bon professionnel, il ne sentira pas la différence entre marcher avec sac à dos et marcher sans. Du moins, c'est l'argument que nous lui avons avancé lorsque nous avons décidé qu'il serait le mulet de la randonnée.

Nous empruntons un sentier pédestre ombragé. Il ondule entre les arbres, pour notre plus grand plaisir. Logan semble tenir le coup. Ce petit ne s'épuise jamais. Il ne se plaint pas et bavarde avec son oncle. Ces deux-là sont vraiment adorables !

Le sentier disparaît, remplacé par une plaine asséchée par le soleil. L'herbe y est jaune et cassante. Quelques rochers portant des flèches rouges indiquent le chemin. Nous suivons les indications jusqu'à tomber sur un autre chemin, qui suit un cours d'eau. Ça me donne soif ! Je suggère une petite pause. Adam pose le sac à dos par terre et distribue les bouteilles. Logan a même le droit de croquer dans une barre de céréales.

Une fois réhydratés, nous reprenons la marche. Adam récupère le sac et annonce :

— Il est bien plus léger, maintenant !

— Ne fais pas ta chochotte, réplique Ryan.

July et moi rions. Adam semble le prendre bien et adresse un grand sourire à son beau-frère. Il faut dire que, quand ce n'est pas l'un, c'est l'autre. L'expression « qui aime bien châtie bien » s'applique parfaitement à Ryan et Adam. Ils n'arrêtent pas de se taquiner. Parfois, on dirait deux gamins dans un corps d'homme.

Le sentier se fait de plus en plus étroit et ardu. Les arbres sont plus denses autour de nous. Nous devons faire attention où nous mettons les pieds, car des pierres de toute taille parsèment le chemin. Nous marchons en file indienne tandis que la pente devient raide. Ryan porte son fils sur son dos.

— On y est presque, nous encourage July.

Nous redoublons d'efforts et franchissons la ligne d'arrivée. La vue est à couper le souffle. Elle valait largement cette suée. Nous sommes tous les cinq debout, en ligne droite, pour admirer le paysage. Nous nous tenons au sommet d'une colline qui domine le lac et la forêt. Le soleil illumine la nature fabuleuse qui s'étale sous nos yeux. Je prends une profonde inspiration et expire l'oxygène dans ce havre de paix. Aucun bruit ne vient troubler ce moment. Je profite de l'instant et ferme les yeux pour que les images s'impriment et restent gravées en moi à jamais. La main d'Adam effleure la mienne. Je ne sais pas si c'est volontaire ou non, et je m'en fiche. Je savoure ce moment de bonheur, et le contact de sa peau ne peut que le sublimer.

Les oiseaux chantent toujours, l'eau semble se reposer et les arbres chuchotent entre eux, désormais. Les érables sont plus beaux que jamais. Je sors mon téléphone pour immortaliser la scène, puis propose à toute la famille que nous fassions un selfie. Nous nous regroupons tous pour la photo. Le cliché est parfait, avec le lac en contrebas. Pour une fois, je me félicite de ne pas avoir bougé ni fermé les yeux. D'ordinaire, c'est ma spécialité.

Nous prenons un moment de repos assis sur l'herbe. Adam distribue à nouveau les bouteilles d'eau, que nous vidons presque. Nous en gardons juste un petit peu pour le trajet du retour, qui sera moins épuisant puisqu'il descend. Nous profitons de la vue encore quelques instants, puis décidons de rentrer au chalet.

July prend la tête du troupeau, suivie de près par Logan et Adam. Ryan et moi fermons la marche. Je tends une oreille pour tâcher de savoir ce que Sexy Tonton raconte à son neveu. Il lui narre une version particulièrement effrayante de l'histoire du Petit Poucet. Pauvre Logan ! Je le vois qui scrute les bois autour de lui pour vérifier que nous ne comptons pas l'abandonner ici.

— Mais je n'ai pas pris de petits cailloux, moi, s'exclame-t-il, paniqué.

— Ne t'en fais pas Logan, on ne va pas t'abandonner ici, dis-je. J'ai besoin de travailler, moi ! Si tu n'es pas là, de qui je vais m'occuper ?

Il semble rassuré et me sourit. Adam rit dans sa barbe, tandis que Ryan compatit.

— Bah, de tonton Adam, répond Logan.

Je ne peux pas m'empêcher d'éclater de rire. Je m'estime surtout heureuse qu'il n'ait pas mentionné l'épisode de ce matin.

— C'est vrai que j'aurais bien besoin d'un coup de main pour tout ce qui est tâches manuelles, déclare Adam.

Ryan éclate de rire à son tour, ce qui attire l'attention de July. En ce qui me concerne, je me contente de rougir et de m'offusquer.

— Qu'est-ce qui vous fait rire ? nous demande July en se retournant.

— Rien, juste ton frère et ses blagues en dessous de la ceinture, répond vaguement Ryan.

Elle se contente de cette réponse et reprend la marche.

En ce qui me concerne, je cherche par tous les moyens à faire dévier la conversation. Ryan et moi discutons de son travail. Il me raconte comment il en est venu à posséder son propre restaurant.

— J'ai surtout eu beaucoup de chance, conclut-il.

— Je ne suis pas d'accord. Tu as su saisir les opportunités qui se présentaient.

— Peut-être bien, concède-t-il.

— Je t'envie tellement. J'aimerais aller travailler en me disant que je vais juste passer ma journée à faire ce que j'aime, et à avoir plus l'impression de m'amuser que de travailler.

— Et cette idée de te reconvertir comme fleuriste ? Tu y penses vraiment ? me demande Ryan avec intérêt.

— De plus en plus, oui. À vrai dire, j'ai même commencé à me renseigner sur les formations que je pourrais suivre en France. Mais il faudrait que je trouve une entreprise qui puisse me former en parallèle.

— Tu n'as qu'à rester ici. Je suis certain que July pourrait t'arranger un contrat.

— Tu sais très bien que je ne peux pas rester ici. Mes proches sont en France. Et puis j'ai un appartement et un lapin là-bas.

Nous ralentissons le rythme. L'écart se creuse entre nous et le reste du troupeau. Ryan compte sur les doigts de sa main les raisons pour lesquelles je devrais rester :

— Premièrement, tu n'es pas propriétaire de ton appartement, dit-il en relevant un premier doigt. Deuxièmement, tu peux ramener ton lapin ici. Troisièmement, tu peux rendre une visite annuelle à tes proches en France, et je suis sûr qu'ils viendront aussi te voir ici. Et enfin nous sommes là pour toi. On peut t'aider à trouver un employeur, et, toi, tu peux rester chez nous le temps que tu voudras. Logan serait vraiment heureux, sans parler d'Adam !

Il brandit toujours ses quatre doigts devant moi. Quatre bonnes raisons de rester… Attends ! Quoi ? Qu'est-ce qu'il a dit au sujet d'Adam ? Mes yeux s'écarquillent de surprise. Je tourne la tête vers lui pour analyser son expression. Il a juste un sourire en coin, que je n'arrive pas à interpréter. Est-ce que j'ai bien compris ce qu'il vient de dire ?

Distraite, je trébuche sur une racine et me rattrape in extremis.

Il faut que je clarifie la situation :

— Je te demande pardon ?

— Oh ! je t'en prie, dit-il en souriant. Je suis au courant, pour vous deux. Et n'ose pas nier, je le prendrais mal.

Il me donne un petit coup de coude dans les côtes. J'ai bien compris qu'il ne m'en voulait pas de coucher avec son beau-frère. Mais qu'est-ce que je peux bien lui dire pour ma défense ?

— Je… Je… Je suis désolée, je bégaye.

— De voir Adam en cachette ou de t'être fait prendre ? se moque-t-il.

— Peut-être un peu des deux, j'avoue timidement. Comment tu es au courant ?

— Tu veux dire entre les insinuations de mon fils, la discrétion de mon beau-frère quand il se faufile dans ta chambre avant de se coucher, et le fait que tu rougisses chaque fois que tu le reluques ? C'est assez mignon, d'ailleurs !

Eh mince ! J'en étais sûre. Même s'il semble bien le prendre, je m'en veux et me sens mal vis-à-vis de lui. Et de July…

— Elle est au courant ?

Ryan fronce les sourcils, comme s'il ne voyait pas de quoi je parle. Je précise donc ma pensée.

— July. Elle est au courant, pour Adam et moi ?

— Non. En tout cas, elle ne m'a rien dit.

Je suis soulagée. Décidément, c'est la journée de l'ascenseur émotionnel.

— Tu sais, poursuit Ryan, si elle l'apprenait, ça ne la dérangerait pas. Elle aurait juste peur que l'un de vous deux se retrouve avec le cœur brisé.

— Il n'y a pas de risque. Ce n'est pas sérieux, entre nous. Et puis je rentre bientôt en France.

— Es-tu sûre de ça ?

Je ne sais pas s'il fait allusion à notre relation ou au fait que je quitte le pays. Dans tous les cas, ma réponse est la même.

— Oui, oui. Enfin, je pense.

— Adam est différent depuis que tu es là, m'avoue-t-il après une courte pause.

— Comment ça ?

Je suis sincèrement curieuse d'entendre sa réponse. Je n'imagine pas Sexy Tonton autrement que comme il est lorsque nous sommes ensemble. Pour moi, il est toujours drôle, séduisant, attachant et attentionné.

— Disons que le décès de sa mère l'a beaucoup affecté. Il a perdu un peu de sa joie de vivre. Je ne sais même pas s'il a fréquenté quelqu'un depuis – hormis toi, bien sûr ! s'empresse-t-il d'ajouter. Et, depuis que tu es là, je retrouve le Adam que j'ai connu il y a quelques années : débordant d'énergie, joyeux, toujours prêt à s'amuser. Je ne sais pas si tu as remarqué, mais quand il te regarde il a les yeux qui pétillent.

— Mais non, tu fais erreur…

— Si, je t'assure. C'est pour ça que j'ai du mal à te croire quand tu dis que ce n'est pas sérieux entre vous. Et j'ai moi-même peur que l'un de vous deux se retrouve avec le cœur brisé.

« Le cœur brisé ». Ses mots résonnent dans ma tête. Il semblerait que le karma se retourne contre moi. J'ai voulu jouer avec le feu en fréquentant Adam, et me voilà punie. Mais qui de nous deux aura le cœur brisé ? Voilà la vraie question. J'aurais dû écouter ma conscience et ne pas céder à la tentation, ça aurait simplifié les choses.

Je dois parler à Adam. Peut-être vaut-il mieux tout arrêter maintenant, avant qu'il ne soit trop tard. Si, en bonus, nous pouvions éviter que July découvre le pot aux roses, ce serait encore mieux.

Le retour au chalet se fait en silence, pour ma part. Ma conversation avec Ryan a laissé de nombreuses questions en suspens. Je n'ai plus l'énergie de participer aux activités de groupe. Je me force, pour ne pas éveiller les soupçons, mais je n'y prends pas plaisir. J'évite Adam le plus possible. Je ne veux surtout pas me retrouver seule avec lui. Je ne sais pas encore quoi lui dire. J'ignore totalement ce que je dois faire. L'idée de mettre un terme à notre relation plus tôt que prévu ne m'enchante pas vraiment. Peut-être que je me suis attachée à lui, ces dernières semaines, après tout. Peut-être que moi non plus je n'ai pas respecté les termes du contrat.

Nous emballons nos affaires avant de nous coucher. Tout doit être prêt pour demain, car nous rentrons à la première heure. Je dis bonne nuit à tout le monde et retourne dans ma chambre. J'en profite pour écrire à Marc.

Salut, le ringard ! Comment se porte mon lapin ?

Salut, la chieuse ! Bacon se porte à ravir. Et toi, comment vas-tu ?

Très bien. On est dans un magnifique chalet au bord d'un lac, ce week-end ! C'est magnifique.

Mais encore ?

Il a fait très beau.

EMMA ! On ne me la fait pas. Tu ne m'as pas écrit depuis plusieurs semaines, et soudain tu veux me parler de la pluie et du beau temps. Ne perds pas ton temps à tourner autour du pot et dis-moi plutôt ce qui se passe.

Tu as raison. Je me suis foutue dans un sacré pétrin. Je ne sais pas quoi faire. J'ai flirté avec le tonton de Logan. Quand je dis flirté, ça veut dire qu'on a couché ensemble, plusieurs fois. On s'était mis d'accord pour passer du bon temps sans s'attacher. Mais apparemment il a des sentiments pour moi.

Il n'y a que toi pour te mettre dans des situations pareilles ! Qu'est-ce que tu ressens pour lui ?

Je n'en sais rien. Je ne m'étais pas vraiment posé la question. Je pensais qu'on restait sans attaches. Et maintenant je suis perdue.

Il met plusieurs minutes à me répondre, ce qui ne m'arrange pas. Je reste seule dans ma chambre, à ressasser la situation. J'ai vraiment besoin de ses conseils. Je l'imagine se tenir le menton et tripoter sa moustache en réfléchissant.

Ne le fais pas souffrir. Mets un terme à cette relation, sauf si tu te sens prête à t'engager et à t'investir dans une relation longue distance ou à rester au Canada.

Je savais qu'il me dirait ça. Marc est la voix de la sagesse. Il a bien compris que cette situation ne mènerait nulle part. Peut-être que j'attendais juste un coup de pied au derrière.

Je remercie Marc pour ses conseils, prends quelques nouvelles de lui et de sa femme et lui dis que je le verrai à mon retour.

Il ne me reste plus qu'à affronter Adam.

J'ôte mon sac de voyage de mon lit et vais me nicher sous la couette. Je programme l'alarme de mon téléphone quand on frappe à la porte.

— Entrez.

La poignée s'abaisse et la porte s'ouvre légèrement. Adam passe sa tête dans l'entrebâillement.

— Je peux entrer ? me demande-t-il.

Je hoche la tête. Il ferme la porte derrière lui et vient s'asseoir à côté de moi.

— Qu'est-ce qui ne va pas ? me questionne-t-il.

J'esquisse un bref sourire. Il est perspicace. Je baisse la tête et fais une moue boudeuse. Il me prend la main et commence à la caresser avec son pouce. Je trouve ce geste très affectueux. Il cherche mon regard. Je relève la tête et me lance. Inutile de faire durer le suspense plus longtemps.

— Je crois qu'il vaut mieux qu'on arrête de se voir.

Son pouce s'arrête net. Je lis de l'incompréhension dans son regard. Il ouvre la bouche pour parler, mais s'abstient et la referme. Il baisse les yeux à son tour, sans lâcher ma main.

— Pourquoi ? me demande-t-il enfin.

Je prends une grande inspiration, me redresse et essaye de me justifier du mieux que je peux :

— Parce que.

Quelle explication ! Si j'étais lui, je me détesterais.

Il relève la tête et me sourit tristement.

— Ça, c'est de l'argument.

Mes épaules s'affaissent.

— Parce que Ryan est au courant, dis-je, et je n'ai pas envie que July le découvre aussi. Parce que je rentre en France bientôt et qu'on devra arrêter de se voir tôt ou tard.

— Et si tu restais ? me propose-t-il, plein d'espoir.

— Je ne peux pas. J'ai une vie en France. Et puis tu sais à quel point c'est compliqué d'obtenir un visa ?

Tiens, voilà un bon argument que j'ai oublié de donner à Ryan.

— Ce n'est pas si dur que ça.

Il en profite pour lâcher ma main et passer la sienne dans ses cheveux. Il cligne des yeux plusieurs fois.

— Tu sais ce que je crois ? reprend-il. Je crois que tu as peur d'aimer. Tu te mets des barrières toute seule. C'est toi qui as fixé les limites de notre relation. C'est toi qui brides tes sentiments. C'est toi qui refuses l'éventualité qu'il puisse se passer quelque chose de sérieux entre nous. Tu te prives de tellement de choses en agissant ainsi. As-tu déjà aimé, au moins ?

Sa question me vexe, mais j'évite de le lui montrer.

— Parce que toi oui, peut-être ?

— Oui. Deux fois. Ma première copine à l'université et…

Il hésite. J'insiste pour qu'il termine sa phrase.

— Et ?

— Et toi.

Mon cœur s'accélère. Mes pensées s'emmêlent dans ma tête. Je ne me sens pas bien. Pourquoi me l'a-t-il dit ? Je m'attendais à « une collègue » ou « une fille que j'ai rencontrée en vacances ».

Je préférais nier l'inévitable, et voilà que ça me tombe dessus. Je fixe ses yeux sans vraiment le regarder.

— Pourquoi ? finis-je par demander.

Il rit, comme si je venais de dire une absurdité. Mais j'ai besoin de savoir. Peut-être qu'il se fait des illusions. Si ça se trouve, il pense juste aimer l'idée qu'il se fait de moi. Je le regarde vraiment, cette fois.

— Pour cette raison, justement. Parce que tu ne te rends pas compte de la personne extraordinaire que tu es. Tu es la femme la plus drôle, attendrissante et séduisante que j'aie jamais connue. Parce que tu as le goût de l'aventure et que tu savoures tout ce que la nature a à t'offrir. Et n'essaie pas de nier, j'ai bien vu le regard que tu avais ce matin quand on est arrivés au sommet de la colline. Parce que tu mets toujours les besoins de tes proches avant les tiens. Regarde, tu préfères qu'on arrête de se voir avant que July le découvre. Mais ton bonheur est tout aussi important, Emma, si ce n'est plus. Et puis je sais que July ne verrait pas d'inconvénient à ce qu'on se fréquente. N'oublie pas que c'est ma sœur et que je la connais par cœur. Ah oui, et tu ne l'as peut-être pas remarqué, mais tu me rends fou. Ton corps entier me rend fou : tes lèvres, ta poitrine, tes hanches, tes fesses… Je pense à toi sans arrêt. J'ai envie de te faire l'amour chaque fois que je te vois. Par-dessus tout, j'aime passer du temps avec toi, que tu me fasses rire, qu'on se raconte nos journées et qu'on parle de tout et de rien. Voilà pourquoi je t'aime. Parce que tu es toi, tout simplement. Et qu'être avec toi me comble de joie et me rend meilleur.

Une larme coule le long de ma joue. Je l'essuie avec le revers de ma main. C'est la première fois que quelqu'un me fait une déclaration pareille. Qu'est-ce que je raconte ? C'est la première fois qu'un homme me dit qu'il m'aime.

— Je…

Les mots ne me viennent pas. Je suis confuse. Au fond de moi, je sais que je ressens quelque chose pour Adam, mais je ne peux pas le définir.

Il attend ma réponse. Une lueur d'espoir traverse ses yeux, mais s'éteint face à mon silence. Je dois lui parler. Je ne peux pas le laisser comme ça, il vient de m'ouvrir son cœur. Mais je ne peux pas. Je ne suis pas prête. Les larmes coulent abondamment.

— Je suis désolée, finis-je par dire.

18

Je n'ai pas dormi cette nuit-là, j'étais trop occupée à pleurer et à me demander ce que j'attendais de la vie. Adam a quitté ma chambre sans dire un mot. Il ne semblait pas fâché, juste triste. Je ne lui ai pas parlé le lendemain, excepté pour la forme. « Salut, merci » et « On s'en va » doivent être les seules choses que je lui ai dites. Le trajet en voiture a été terriblement long et silencieux. J'ai été soulagée en arrivant à la maison. J'ai trouvé une excuse pour m'isoler dans ma chambre.

Ça fait trois jours que nous sommes revenus du chalet. Je n'ai pas parlé à Adam depuis. Je regarde sans arrêt sur mon téléphone s'il a essayé de me joindre. Mais je ne vois pas pourquoi il le ferait : c'est moi qui ai décidé de mettre un terme à notre relation. Et c'est moi qui n'ai pas pu répondre à sa déclaration d'amour.

Je m'occupe de Logan, mais le cœur n'y est pas. Je ne sais pas où il est, d'ailleurs. Je pense sans arrêt à mon Sexy Tonton. Il m'arrive de regretter ma décision, mais je finis toujours par me dire que c'est pour le mieux. J'ai cherché un peu de soutien auprès d'Alexie, mais elle est injoignable. J'espère que tout va bien pour elle et que les choses s'arrangent avec Thomas.

Logan veut jouer aux explorateurs de la mer, cet après-midi. Je me force et trouve l'entrain nécessaire pour l'accompagner. Je me transforme tant bien que mal en dresseuse d'orques. Il me reprend à plusieurs reprises pour corriger mes propos ou mes actes. Il faut dire que je manque d'imagination, aujourd'hui. Au bout de la quatrième fois, il me dit, avec une petite mine triste :

— Si tu ne veux pas jouer avec moi, Emma, tu peux me le dire.

Je culpabilise. J'ai déjà rendu triste son oncle, je ne vais pas faire pareil avec lui. D'autant plus que je ne serai bientôt plus là pour jouer avec lui. L'imminence de mon départ me perturbe beaucoup. Je devrais me réjouir à l'idée de retrouver mes proches, mais je pense plus à ceux que je vais quitter.

— Je suis désolée, mon lapin. Bien sûr, que j'ai envie de jouer avec toi. C'est juste que je n'ai pas le moral, ces derniers jours. Mais ça n'a rien à voir avec toi !

— C'est à cause de tonton ? Lui aussi, il a l'air triste, dit-il en posant sa petite main douce sur mon bras.

— Il n'y est pour rien non plus, c'est juste moi. Mais je vais faire des efforts.

— Tu veux un câlin, pour aller mieux ?

Il me tend les bras et dévoile toutes ses dents en un sourire adorable. Cet enfant est vraiment un petit ange tombé du ciel. J'accepte son étreinte et le serre fort dans mes bras. J'en profite pour lui faire plein de bisous dans la nuque, dans le cou et sur ses joues dodues, ce qui le fait rire.

— Attaque de bisous ! je m'exclame.

— Oh non !

Il prend la fuite et court dans le salon en hurlant de rire. Je le pourchasse en prenant des airs de sorcière maléfique.

C'est incroyable à quel point Logan peut me changer

les idées et me procurer de la joie. Son mélange d'innocence et de maturité fait de lui un être exceptionnel. Il est un antidépresseur à lui tout seul.

Ce petit monstre court vraiment très vite ! Ma dignité en prend un coup jusqu'à ce que j'arrive à le piéger près de la table de la salle à manger. Je l'emprisonne de mes bras et le dévore de bisous. Il rit, avant de me serrer fort dans ses bras. Je me demande ce qui lui vaut cet élan d'affection.

— Tu vas beaucoup, beaucoup me manquer, Emma, dit-il alors que son visage est proche du mien. J'aimerais que tu restes chez nous à Halloween, à Noël et tous les jours du reste de la vie.

J'embrasse la pointe de son nez.

— Tu vas me manquer aussi, mon lapin. Je suis triste à l'idée de rentrer en France, même si j'ai hâte de revoir mes amis.

— Alors, reste ici, me supplie-t-il. Tu pourras jouer avec moi tout le temps, comme ça.

Je le regarde droit dans les yeux. Je ne veux pas le rendre triste, mais je ne veux pas non plus qu'il se fasse de faux espoirs.

— Tu sais, tu vas aller à l'école, après mon départ. Tu ne passeras plus autant de temps dans ta maison. Tu joueras avec tes nouveaux copains, et ensuite papa ou maman viendront te chercher, à la fin de la journée.

— Mais je veux que ce soit toi qui viennes me chercher à l'école !

Ses petits yeux suppliants s'emplissent de larmes. Je lui donne le plus gros et le plus long câlin qu'il ait jamais reçu. J'attends que ses sanglots s'éteignent pour lui répondre :

— Même si je retourne en France, je serai toujours là

pour toi, Logan. Si tu veux me parler de quoi que ce soit, tu n'as qu'à juste le dire à tes parents, ils m'appelleront. On pourrait même se voir en vidéo, qu'en penses-tu ?

Son visage s'adoucit.

— Tu me montreras ton lapin, alors ?

— Bien sûr ! Bacon va beaucoup te plaire.

— D'accord, conclut-il, satisfait de notre arrangement.

Soudain, une idée me vient, que je partage avec lui.

— Hé, est-ce que ça te dirait qu'on retourne chez le super fleuriste de l'autre jour ?

— Celui où il fait beau et où ça sent bon ?

— Celui-là même, je réponds en souriant.

Logan acquiesce avec excitation.

Je sors le vélo du garage. Un bel après-midi s'offre encore à nous. Logan met son bob et ses lunettes de soleil. Je fais de même avec mon chapeau de paille. J'ai rempli un sac de nourriture, d'eau et de crème solaire. Je le dépose dans le panier, puis installe Logan dans le siège enfant. Après plusieurs vérifications, nous sommes prêts à pédaler. J'essaie de me remémorer le trajet pour rejoindre la piste cyclable qui conduit directement aux commerces du bord de mer. Je me trompe une première fois de rue. La deuxième est la bonne. Le chemin est ombragé et calme, loin de la route. Une odeur de pin embaume les environs, ce qui me rappelle les forêts de l'ouest de la France.

Nous chantons ce qui nous passe par la tête. Le répertoire musical de Logan est plus restreint que le mien, mais nous nous amusons beaucoup. Je redécouvre des comptines pour enfants, comme *Au clair de la lune* ou *Pomme de reinette*. Je termine le refrain de *Single Ladies* de Beyoncé lorsque nous arrivons à destination.

M. Pumpkin, le gérant de la boutique, nous accueille

à bras ouverts. Il prend de nos nouvelles et me demande comment s'est passé le gala de charité.

— Ça a été un véritable succès ! La salle de réception était magnifique et tous les invités étaient ravis. Les dons ont été incroyablement élevés.

— C'est fabuleux. Quand vous m'avez expliqué votre projet, ce jour-là, j'étais certain que vous alliez y arriver. Vous avez la même détermination que July.

Ce compliment me flatte, sans parler de la comparaison. July est une fonceuse, un bulldozer qui garde la tête haute face aux obstacles et reste une bonne personne en toutes circonstances. Je ne l'ai jamais entendue prononcer aucune méchanceté à l'égard de quelqu'un – excepté le fleuriste qui lui a fait faux bond, mais, ça, on lui pardonne aisément.

Je lui montre quelques photos de la soirée. Il s'émerveille devant mes créations.

— Réalisez-vous que vous avez réussi à faire tout ça en une seule journée ? dit-il en pointant du doigt l'écran de mon portable.

— J'ai eu l'aide d'un petit lutin, à vrai dire, dis-je en penchant la tête vers Logan.

Ce dernier admire les bégonias de M. Pumpkin. Il relève la tête lorsqu'il comprend que nous parlons de lui. Il nous gratifie d'un sourire et retourne à son exploration florale.

— Alors, dites-moi, quel bon vent vous amène, ma chère Emma ? me demande le fleuriste.

Le magasin est désert. Je profite de cette chance et me lance :

— À vrai dire, c'est un petit peu étrange. Je ne sais même pas trop moi-même pourquoi je suis venue…

Il sourit et me laisse le temps nécessaire pour formuler ma réponse.

— Disons que je ne suis pas venue au Canada par hasard. J'avais besoin de savoir ce que je voulais faire de ma vie. Il se trouve que la demande de July est particulièrement bien tombée. Elle m'a fait ouvrir les yeux sur une chose. Je me suis rendu compte que l'art floral a toujours été ma passion, mais que je ne l'ai jamais vraiment exploré… Je crois que j'aimerais en faire mon métier, mais j'ai besoin d'être formée.

— Eh bien, laissez-moi vous contredire, ma chère. C'est un art que vous maîtrisez déjà.

J'ouvre grand les yeux. Mon ego se regonfle soudainement, même si je ne suis pas convaincue à cent pour-cent.

— Ce n'est pas parce que j'ai accompli une mission que je peux réussir à chaque fois. J'ai eu de la chance, et vous m'avez beaucoup aidée avec vos suggestions.

— L'art n'a rien à voir avec la chance ; gérer un business, cela dit, un peu plus.

— C'est entre autres pour ça que je voulais vous voir… Comment vous en êtes venu à faire cela ? Quel est votre parcours professionnel ? Qu'est-ce que vous me conseillez de faire ? Je suis consciente qu'en France les cursus peuvent être différents, mais votre histoire pourrait m'aider.

Il me sourit. La gentillesse de cet homme m'épate. Il dégage une bienveillance et une sincérité qui inspirent la confiance. C'est sûrement pour cette raison qu'il fait si bon se trouver dans son magasin. En réalité, c'est lui qui envoie toutes ces bonnes ondes, pas seulement les fleurs.

Il m'invite à m'asseoir sur un tabouret vert qui traîne dans l'allée principale, et s'installe lui-même sur un marchepied.

— Au risque de vous décevoir, je dois vous avouer que je ne suis pas comme vous. J'ai été bercé dans les fleurs depuis ma plus tendre enfance. Mon grand-père maternel possédait ce magasin. Il l'a ensuite légué à ma mère, qui me l'a confié lorsqu'elle est partie à la retraite. C'est le seul domaine que je connaisse. Je n'ai jamais travaillé ailleurs.

Je l'écoute attentivement, une main sous le menton.

— Tout ce que je peux vous dire, Emma, reprend-il en repositionnant ses lunettes sur le bout de son nez, c'est de suivre vos rêves. Ils connaissent le chemin : à vous de leur faire confiance. Après, l'apprentissage peut se faire sur le tas. Diplôme, pas diplôme, formation, pas formation, il y a tellement de moyens d'y parvenir.

— Je vous remercie, M. Pumpkin, vous êtes très inspirant.

— Je vais vous confier un secret, Emma, ajoute-t-il en levant l'index. C'est que, comme dans tout art, l'amour a une grande place ici. Les fleurs et vos compositions seront le reflet de vos émotions.

Il ouvre les bras pour désigner son magasin afin d'appuyer son propos. Je regarde autour de moi. Les fleurs sont belles et la plénitude règne autour de nous. S'il dit vrai, alors cet homme est heureux et amoureux. Il n'y a pas de doute.

Notre discussion terminée, j'erre dans les rayons de la boutique pour trouver l'inspiration. Je sélectionne quelques fleurs - des roses blanches et des myosotis bleus - et fais une jolie présentation dans un petit panier tressé. Le résultat me plaît beaucoup. Je compte l'offrir à Ryan et July pour les remercier de s'être montrés aussi formidables avec moi.

— C'est exactement ce que je vous disais, déclare le

fleuriste au moment de régler la note. Regardez de quoi vous êtes capable ! Je n'aurais jamais eu l'idée de combiner ces deux fleurs, et encore moins de les présenter dans un panier. C'est très réussi, ajoute-t-il avec un clin d'œil.

Je le remercie pour tout et récupère Logan, qui s'amuse avec des petits moulins en plastique. M. Pumpkin m'a regonflée à bloc. Je veux vivre de ma passion, comme lui. Je peux le faire. Je sais que j'en suis capable. Je ressors de son magasin pleine d'énergie et des projets plein la tête. Mais l'euphorie est de courte durée…

Au bout de la rue, un homme ressemblant comme deux gouttes d'eau à Adam attire mon attention. Il est dos à nous, grand, brun, et semble revenir d'une séance de sport. Il a l'air très séduisant, comme mon Sexy Tonton. Il n'est pas tout seul. Une femme est avec lui, plus précisément dans ses bras. Ils partagent une étreinte qui a l'air plus qu'amicale. Leurs lèvres finissent par se toucher un bref instant. Il lui glisse quelque chose à l'oreille. Elle se met à rire en penchant la tête en arrière, comme si elle jouait dans un film à l'eau de rose. Cette femme pourrait être actrice, en fait. Elle est grande, blonde, mince, et semble très belle, de loin.

L'homme pose une main dans le bas de son dos - comme Adam avait l'habitude de me faire –, et ils reprennent leur marche. Je découvre enfin le visage de cet homme. Bien sûr, qu'il ressemble comme deux gouttes d'eau à Adam…

C'est Adam.

19

Le bonheur qui m'avait emplie ces dernières heures disparaît en un claquement de doigts. La colère arrive la première. Sa copine la tristesse la rejoint peu après. Pour compléter le trio, la déception vient faire un tour avec elles.

Je reste debout sur le trottoir opposé, à tenir la main de Logan. Sans m'en rendre compte, je serre de plus en plus fort ses petits doigts. La clé de l'antivol est dans mon autre main, mais cette dernière n'est pas décidée à bouger.

Adam n'a pas perdu de temps. Trois jours après notre rupture - qui n'en était pas vraiment une, puisque nous n'étions pas ensemble –, il va voir ailleurs. Si ça se trouve, il fréquentait déjà cette femme quand il couchait avec moi. Mangemort ! Détraqueur ! Un soupçon de haine vient rendre visite à mes autres émotions. Il faut que je me calme et que je retrouve mes esprits.

Qui est cette pouffe ? Je la déteste. Je le déteste. J'espère qu'un camion va passer à côté d'eux, rouler dans une immense flaque d'eau et les arroser.

Ils continuent leur chemin sans nous apercevoir. Ce n'est pas plus mal ! Je dois ressembler à une folle, en train de les dévisager.

— On dirait tonton Adam, là-bas, me dit Logan en le pointant du doigt.

— Ah oui, où ça ? je lui demande en baissant la tête pour déverrouiller le cadenas.

Je mens terriblement mal. Il faudrait que je songe à prendre des cours de théâtre. Mais ce n'est pas ma priorité pour l'instant. Je n'en reviens pas qu'Adam soit avec une autre femme ! Alors tout ce qu'il m'a dit, sa déclaration, son « je t'aime », tout ça, c'était du vent ? J'ai l'impression d'être dans un mauvais rêve. Qu'est-ce que j'ai fait pour mériter ça ? Même si notre relation était basée sur le sexe, j'attendais un peu plus de respect que ça. Nous vivions une sorte d'amitié améliorée.

Ou peut-être que j'ai mal interprété ce que j'ai vu. Si ça se trouve, ils ne se sont pas embrassés. C'est peut-être juste une amie.

Mes yeux commencent à me piquer. Je ne veux pas pleurer ! Je ne vais pas pleurer. Une boule se forme dans ma gorge. J'ai la nausée.

Il faut que je me ressaisisse.

Je prends une grande inspiration, ignore cette envie de vomir et fais disparaître cette désagréable sensation dans ma gorge. C'est moi qui ai mis un terme à notre relation. Adam ne me doit rien du tout. S'il veut fréquenter quelqu'un d'autre - même si c'est trois jours après –, alors qu'il en soit ainsi. C'était tout l'intérêt de ne pas s'impliquer émotionnellement. Ainsi, il est plus facile de passer à autre chose. Alors pourquoi je réagis comme ça ?

Soudain, l'idée de coucher avec un autre homme me dégoûte. J'espère que ça va passer, je n'ai pas envie de finir ma vie seule et aigrie, entourée de chats qui combleront le vide de ma vie sentimentale.

La façon dont j'ai traversé les cinq phases du deuil en si peu de temps est incroyable. Le déni, la colère, la négociation, la dépression et l'acceptation se sont enchaînés très rapidement. J'ai une certitude : ma relation avec Adam est bel et bien finie. Je dois tourner la page, désormais. Mais je n'en reste pas moins affectée pour autant.

J'installe Logan dans le siège enfant et nous reprenons le chemin de la maison. Il faut que j'appelle Alexie. J'ai besoin d'entendre sa voix.

Une sonnerie, deux sonneries, trois sonneries, quatre sonneries… « Bonjour, vous êtes bien sur le répondeur d'Alexie. Comme vous pouvez le constater, je ne suis pas joignable pour le moment. Laissez-moi un message et je vous rappellerai dès que possible. Bip ! »

Je suis donc les consignes de son répondeur et lui laisse un message, lui demandant de me rappeler dès que possible.

Je retourne dans le jardin pour jouer avec Logan. Il essaye de sortir son vélo *Pat'Patrouille* de la cabane en bois. Je file à sa rescousse et saisis l'engin. Je le dépose sur les dalles en bois qui forment une allée de la terrasse jusqu'à l'autre bout du terrain.

— Notre petite balade t'a donné envie de faire du vélo ? je lui demande en m'accroupissant.

— Oui. Je veux en faire tout seul. Tu peux m'apprendre ?

— Bien sûr !

Je suis ravie que Logan veuille partager cette expérience avec moi. Ça me touche énormément.

Je l'aide à attacher son casque bleu à motifs de petits chiens. Je lui tiens ensuite le vélo pendant qu'il s'installe confortablement sur la selle. Avant de commencer, je lui donne quelques consignes et règles de sécurité. Je prends mon rôle de monitrice très à cœur. C'est la première fois que j'apprends à un enfant à faire du vélo, alors j'essaie de faire aux mieux.

— Tu es prêt ?

Il hoche la tête. Il semble nerveux et excité à la fois.

— Ne t'en fais pas, Logan, je reste à côté de toi. Tu ne peux pas tomber.

Il tourne la tête pour me sourire puis se concentre sur l'allée. Je me relève sans lâcher le guidon. Logan pose ses pieds sur les pédales et je commence à avancer. Il saisit peu à peu la méthode et prend confiance en lui. Il accélère le rythme, m'obligeant presque à courir à côté de lui. Mon dos n'apprécie guère ce que je lui fais faire, mais j'ignore ses plaintes. Logan s'amuse beaucoup, c'est le plus beau des cadeaux. Je lis de la fierté sur son visage. Il ressemble plus à un garçon de sept ans que de quatre.

Devant cet élan de confiance, je décide de lâcher légèrement l'emprise que j'ai sur le guidon. Plus nous avançons, plus Logan contrôle le vélo. Je finis même par faire semblant de faire quelque chose. Sans qu'il s'en aperçoive, je lâche complètement le vélo et continue de marcher - ou plutôt courir - à côté de lui. Je l'applaudis :

— Bravo, Logan ! Maintenant, essaie de freiner doucement.

Il s'exécute jusqu'à l'immobilisation du vélo. Je reste à côté de lui tandis qu'il repose ses deux pieds au sol.

— Tu t'es débrouillé comme un chef. Tu peux être fier de toi, Logan.

— Merci, Emma ! C'était génial ! On peut recommencer ?

Mon téléphone vibre dans la poche arrière de mon jean. Je le saisis et regarde qui essaie de me joindre. C'est Alexie.

— Je dois prendre cet appel, désolée. Mais dès que j'ai fini on recommence. Ça te va ?

Il acquiesce, un peu déçu.

— Je fais au plus vite, je lui promets en effleurant la touche verte qui apparaît sur l'écran de mon téléphone.

Je me dirige vers la maison en prenant l'allée en sens inverse.

— Allô ? finis-je par dire.

— Salut, Emma ! Désolée de ne pas avoir pu t'appeler plus tôt. Ces derniers jours ont été complètement fous !

Je pense immédiatement à sa relation avec Thomas et ses doutes sur sa fidélité.

— Qu'est-ce qui s'est passé ?

— Figure-toi que Thomas n'était pas du tout en train de me tromper !

Une vague de soulagement me submerge. Même si j'avais du mal à imaginer Thomas infidèle, c'est toujours bon d'en être certaine.

— Je suis rassurée et contente pour toi. Mais pourquoi il était si distant, alors ?

Elle prend une grande inspiration et m'annonce :

— S'il agissait comme un vrai trou du cul, c'est seulement parce qu'il me préparait une surprise et qu'il était stressé à l'idée de me la dévoiler.

Alexie a retrouvé sa bonne humeur, et je crois même déceler une pointe d'excitation dans sa voix.

— J'en étais sûre ! je m'exclame. C'est un voyage, alors ? Où est-ce qu'il t'emmène ?

— Devant l'autel ! s'écrie-t-elle dans le combiné.

— L'hôtel ? Quel hôtel ? Venise ? Séoul ? Puerto Plata ? Hawaï ?

— Mais non, pas ce genre d'hôtel, dit-elle en rigolant.

J'avoue que je suis un peu perdue. Je ne comprends pas bien ce qu'elle essaie de me dire.

— Quel genre d'hôtel, alors ? je m'impatiente.

— Le genre d'hôtel qui nécessite une bague au doigt !

— …

— …

— Oh ! mon Dieu ! Il t'a demandée en mariage ! Tu as dit oui ! Oh ! mon Dieu ! C'est génial ! Félicitations ! Je suis tellement contente pour vous. Comment est-ce qu'il s'y est pris ?

— Hier, quand je suis rentrée du travail, il m'attendait à la maison, en costard. Il avait cuisiné et préparé la table avec des bougies. Il avait mis un fond musical romantique. C'était parfait ! Il n'a pas arrêté de me dire pendant tout le repas qu'il m'aimait, et, au moment du dessert, il a sorti l'écrin de sa poche et s'est mis à genoux.

— C'est si romantique ! Qu'est-ce qu'il t'a dit ?

— Toutes les raisons pour lesquelles il m'aimait, qu'il voulait passer le restant de sa vie avec moi et qu'il me voyait comme la mère de ses enfants. Et il a fini par « Veux-tu m'épouser, ma chérie ? »

Je les imagine tous les deux autour de cette table, à se regarder avec tant d'amour dans les yeux. Je suis tellement heureuse pour eux. Ils le méritent.

— J'en suis presque jalouse.

Je l'entends sourire à l'autre bout du téléphone.

— Je lui ai dit que j'avais des doutes sur sa fidélité. Il s'est senti affreusement coupable et m'a juré que non, qu'il avait juste peur que je refuse.

— Il est fou ! Et ce coup de fil mystère ?

— C'était la bijouterie, pour l'informer que la bague était arrivée au magasin.

J'explose de rire. Les femmes sont vraiment tordues.

Mais les hommes ne sont pas mal non plus, dans leur genre. Ce malentendu aurait pu ruiner leur relation. Heureusement, leur amour est si fort que rien ne peut le détruire.

— J'ai quelque chose à te demander, me dit-elle soudain avec le plus grand sérieux.

— Je t'écoute.

— Tu voudras bien être mon témoin ? Tu as toujours cru en notre relation et tu m'as toujours soutenue, même quand j'ai eu des doutes. Je t'aime et je ne veux personne d'autre à ce poste. C'est toi, ma meilleure amie. Ma sœur.

Je retiens ma respiration. Une larme coule sur ma joue. Je suis très émue, un peu par sa demande, mais surtout par les raisons de son choix. J'ai toujours considéré Alexie comme une sœur. Elle est toute ma famille. Sans elle, je ne serais pas devenue la femme que je suis aujourd'hui. Je la considère comme mon âme sœur.

— Bien sûr. Ce serait un honneur.

Elle hurle littéralement de joie dans le téléphone. Ses cris sont tellement aigus que je dois éloigner l'appareil de mon oreille jusqu'à ce qu'elle se calme.

— J'ai déjà plein d'idées pour ton enterrement de vie de jeune fille, je m'exclame.

— J'ai hâte de les entendre ! Passe à la maison dès que tu rentres, hein, tu me manques trop.

— Toi aussi, tu me manques.

— Au fait, pourquoi tu as essayé de m'appeler ?

J'en avais presque oublié Adam.

— La version courte, c'est qu'on a couché ensemble, encore et encore. Nous avions convenu qu'il n'y aurait rien de plus que du sexe et de l'amitié. Mais il m'a dit qu'il m'aimait, et j'ai paniqué.

— Oh... Je vois. Et comment tu te sens, maintenant ?

— Minable ? Il me manque, mais je ne suis pas prête à m'engager. Je ne veux pas…

Je m'arrête, car un bruit étrange me parvient de l'extérieur. Je demande à Alexie de patienter pour aller voir ce qui se passe. J'entends comme une sorte de gémissement. J'essaie de le localiser. Je crois que ça provient du jardin. Mince, Logan est seul dehors ! Je cours pour retourner à l'extérieur. Je trébuche sur Mambo, qui fait une sieste dans le salon, et ouvre la baie vitrée.

— Je te rappelle, dis-je à Alexie.

— Qu'…

Je raccroche avant de la laisser terminer - ou plutôt commencer - sa phrase. Logan pleure au fond du jardin. Il est allongé par terre, près de son vélo. Je me précipite pour le rejoindre. Mon cœur bat à cent à l'heure. J'espère qu'il ne s'est pas fait mal, je m'en voudrais tellement.

J'arrive à ses côtés et m'accroupis. Ses pleurs sont mêlés à des cris. Je réalise qu'il maintient son bras gauche à l'aide de sa main droite. Pitié, faites qu'il ait juste une égratignure.

— Qu'est-ce qui se passe, Logan ? Tu es tombé du vélo ?

Il hoche la tête en pleurant.

— OK. Calme-toi, mon chéri. Je suis là. Tu as mal à ton bras ? je lui demande en caressant sa tête.

Ses cris cessent, mais ses pleurs persistent. Il hoche de nouveau la tête. J'essuie ses larmes à l'aide de mon pouce et lui caresse les joues. J'essaie de rester calme malgré la panique qui a pris possession de mon être.

— Je vais tenir ton bras, d'accord ? Ça va peut-être me permettre de voir ce qui ne va pas.

Énième hochement de tête de sa part…

Je pose délicatement mes deux mains sur son bras.

Je le mobilise à peine que Logan pousse un hurlement de douleur, similaire à un cri de détresse. Ses pleurs redoublent. Je ne sais pas quoi faire pour le soulager. Je ne peux pas le rassurer, je suis moi-même terrifiée. J'essaie de ralentir ma respiration, qui est devenue saccadée, et de réfléchir. Qu'est-ce que je dois faire ? Est-ce que j'appelle July ? Ryan ? Je me concentre pour essayer d'y voir plus clair. Non, il faut d'abord que j'appelle le 911.

20

Les urgences sont bondées. Certains patients pleurent, d'autres ont peur. Les familles s'impatientent, râlent, se plaignent. D'autres attendent en silence que leur tour vienne. Les soignants courent dans tous les sens, essaient de répondre aux demandes de tout le monde. Ils font preuve d'un sang-froid inimaginable face aux urgences, aux plaintes, à l'agressivité parfois et à la surcharge de travail. Des chariots empiètent sur les couloirs. Dans la cohue, les soignants se cognent et font tomber différents instruments. L'impression de vacarme est aussi bien auditive que visuelle.

Du fait de son jeune âge, Logan est pris en charge rapidement. Il a été très brave depuis l'accident. J'ai appelé le 911, qui m'a dit d'aller aux urgences, car son bras était probablement cassé. Je leur ai expliqué que je n'avais aucun moyen de transport, excepté un vélo. Ils ont donc envoyé une ambulance, qui est venue nous chercher au bout de cinq minutes. Ça m'a laissé le temps de prendre mon sac, le doudou de Logan et ses papiers d'assurance. J'ai même pensé à emporter des biscuits. Quand les ambulanciers sont arrivés - un jeune homme d'une vingtaine d'années et une femme d'environ quarante ans –, ils l'ont installé sur un brancard et m'ont emmenée avec eux. Ils ont fait preuve de beaucoup de gentillesse et de délicatesse. Ils ont réussi à détourner la douleur de Logan en le faisant rire et chanter. Ils nous ont dit que tout allait bien se passer, ce qui m'a rassurée autant que Logan. Cependant, ils nous ont déconseillé les biscuits, en cas de chirurgie.

Pitié ! Pas de chirurgie !

J'ai appelé Ryan et July dès que j'ai pu, c'est-à-dire depuis l'ambulance. Bien évidemment, aucun d'eux n'a répondu. Je leur ai laissé à chacun un message vocal, en leur expliquant ce qui s'était passé sans trop les inquiéter. Difficile d'être rassurante alors que je suis moi-même inquiète et stressée.

Je m'en veux terriblement. C'est ma faute si Logan s'est blessé. Je l'ai laissé sans surveillance pour répondre au téléphone. Je suis une fille au pair minable, une amie minable et une amante minable. Cette famille doit me détester, à l'heure qu'il est.

Nous sommes dans un box plutôt bien isolé de l'effervescence des urgences. Le coin est sobre. Un lit, un tabouret, une chaise, une petite table et un chariot servent de mobilier. Aucune décoration, mais, pour un hôpital, ce n'est déjà pas si mal. L'odeur si particulière de ces locaux n'arrange rien à mon anxiété. Elle me rappelle la maladie, la mort…

Une infirmière fait inhaler un gaz à Logan pour le soulager, et le prépare pour la radiographie. Je reste à côté de lui, la main dans la sienne, et lui raconte des histoires. J'essaie d'inclure des animaux marins dans mon récit pour le divertir le plus possible. L'infirmière m'adresse un clin d'œil. J'en déduis que je ne me débrouille pas trop mal. Le gaz antalgique est efficace, Logan voit même des éléphants roses. Je les ajoute eux aussi dans mon histoire, qui commence à partir dans tous les sens.

Un brancardier et une autre soignante l'emmènent ensuite dans la salle de radiologie, qui est interdite aux familles.

— Je t'attends ici, je lui promets en déposant un baiser sur sa petite main.

— À tout de suite, répond-il, un petit peu vaseux.

Je reste seule dans le box, avec mes pensées. Je rumine et me refais la scène en boucle. Mais je parviens toujours à la même conclusion : j'aurais dû rester avec lui. Il allait forcément vouloir remonter sur son vélo tout seul, mais j'étais trop préoccupée par mes propres problèmes pour anticiper le danger. Ça n'aurait jamais dû se produire. Je suis trop nulle… Je consulte mon téléphone et remarque un appel manqué de Ryan. Un message suit.

On arrive.

C'est certain, ils me détestent.

Logan revient dix minutes plus tard, tout sourire. Il rigole avec le brancardier, ce qui me rassure. À l'heure qu'il est, le petit monstre est beaucoup plus détendu que moi. L'infirmière et le médecin les suivent de près.

— Alors ? je m'empresse de demander.

— Alors c'est cassé ! déclare le médecin en blouse blanche. Mais monsieur Logan a été très courageux pendant la radio, donc je lui ai promis qu'il aurait le plus génial des plâtres.

— Tu te rends compte, Emma ? Je pourrai avoir des dessins dessus ! s'exclame-t-il.

Je souris et demande au médecin :

— Donc pas de chirurgie ?

— Non, m'annonce-t-il. Juste six semaines de plâtre, et tout rentrera dans l'ordre.

Je souffle de soulagement tandis que le médecin quitte

le box. La pression qui s'était accumulée sur mes épaules disparaît petit à petit. Je me détends presque. Nous n'avons plus qu'à attendre que le plâtre se fasse et nous pourrons ensuite rentrer à la maison. Je suis soulagée, mes nerfs se relâchent. J'essuie du revers de la main une larme qui s'échappe.

— Je peux avoir mes cookies, maintenant ? demande Logan.

Je ris tandis que l'infirmière lui donne la permission. Je m'empresse de sortir le sachet de biscuits de mon sac et de lui en donner un, qu'il engloutit en deux bouchées. J'en propose à l'infirmière et au brancardier, qui acceptent volontiers.

— C'est de la folie, ici, vous avez beaucoup de mérite, dis-je, pleine d'admiration, en posant le sachet de cookies sur la petite table. Je vous remercie de vous être aussi bien occupés de Logan.

— Il n'y a pas de quoi. C'est vrai que ce n'est pas toujours facile, mais nous aimons notre métier. C'est ce qui nous fait tenir, me confie-t-elle de sa voix douce.

Je lui souris. Elle dégage une telle bienveillance. Je suis heureuse de savoir que c'est elle qui s'est occupée de Logan. Ce bout de chou mérite le meilleur !

— J'ai quelques papiers à vous faire signer, ajoute-t-elle. Vous pouvez me suivre ?

J'acquiesce et fais un signe de la main à Logan.

— Oui, mais je ne suis pas une parente, dis-je en la suivant dans le couloir. Est-ce que cela pose problème ?

— Non. Vous allez juste compléter ce que vous pouvez, et quand ses parents arriveront ils prendront la relève. Nous n'avons pas fait d'actes invasifs, donc ça rend la paperasse moins importante.

Je la suis tant bien que mal. Elle marche vraiment très

vite, c'est tout juste si je ne dois pas trottiner derrière elle. Elle s'arrête à un grand bureau et me tend les papiers en question. Je la remercie avant qu'elle prenne la poudre d'escampette. Je prends un crayon qui traîne et commence la lecture. Je complète les informations du genre nom, prénom, date de naissance, adresse, etc. Je saute les questions auxquelles je ne peux pas répondre.

— Emma ?

Je me retourne. July et Ryan se précipitent vers moi, très inquiets.

— Tout va bien. Il est dans ce box, dis-je en le désignant du doigt. Nous attendons juste qu'ils lui mettent son plâtre.

July me touche le bras et court rejoindre son fils. Ryan reste à mes côtés et me dit :

— Merci, Emma.

Je ne comprends pas pourquoi il me remercie. C'est ma faute si Logan est tombé.

— Je suis désolée, je lui réponds.

Une boule se forme dans ma gorge et les larmes me montent aux yeux.

— Mais non, il ne faut pas. Ça aurait très bien pu arriver avec July ou moi. Tu as eu le réflexe d'appeler les urgences, c'est l'essentiel, déclare-t-il pour me rassurer. N'oublie pas que Logan est un petit coquin.

Il me prend dans ses bras. Je m'interdis de pleurer devant lui, même si les larmes commencent à couler. Son étreinte est chaleureuse et amicale, tout ce que je ne mérite pas…

— Je vais peut-être aller voir mon fils, maintenant, dit-il en riant doucement et en relâchant son étreinte. Je viendrai t'aider après pour les papiers.

Il se dirige vers le box que je lui ai indiqué un peu plus tôt. Il s'arrête en chemin et se retourne :

— Emma ! Merci encore.

Je lui souris timidement et me penche à nouveau vers mes écritures.

Le monde continue de tourner autour de moi. Les soignants travaillent méthodiquement, les patients patientent et les râleurs râlent.

Lorsque j'arrive au bout de mes capacités d'écrivain, je remets les papiers à la secrétaire et lui dis que le père viendra compléter les informations manquantes. C'est tout juste si elle me regarde en prenant les documents, mais je ne l'en blâme pas. Elle aussi est débordée, entre le téléphone qui ne cesse de sonner et les familles qui lui demandent des informations.

Je laisse Logan seul avec ses parents encore quelques instants. Ils en ont besoin. Et puis, honnêtement, je ne me sens pas prête à les affronter, même si Ryan m'a clairement fait comprendre qu'il ne m'en voulait pas.

Ma culpabilité me pousse à m'asseoir sur une chaise dans un coin un peu plus calme, mais cela ne parvient pas à me réconforter. Je sens la fraîcheur du siège sous mes fesses et mes cuisses. Je me penche en avant, les mains jointes. J'ai probablement l'air de prier. Peut-être qu'inconsciemment c'est ce que je fais. Peut-être que je prie pour me réveiller de ce mauvais rêve ou pour avoir une deuxième chance et ne pas répéter mes erreurs ; autant vis-à-vis de Logan que d'Adam.

Quelqu'un vient s'asseoir à côté de moi, en silence. Je n'y prête pas attention, trop occupée par mes pensées et rongée par les remords. À voir ses chaussures de sport, j'en déduis juste que c'est un homme.

July doit tellement m'en vouloir. Son petit garçon, la

chair de sa chair, le sang de son sang, s'est blessé alors qu'il était sous ma surveillance. Et Logan… C'est à cause de moi qu'il a dû faire face à cette douleur et cette peur.

Une main vient soudain me sortir de mes pensées en me caressant le dos. Je tourne la tête et découvre avec surprise que l'inconnu aux baskets est Adam. Je le regarde attentivement. Ses yeux expriment de la compassion, et son sourire, de la réassurance. L'espace d'une minute, j'oublie tout ce qui s'est passé entre nous et la blonde de cet après-midi. Je pose la tête sur son épaule. Son parfum boisé et la chaleur de son corps me réconfortent. Il me caresse la tête et joue avec mes cheveux à l'aide de ses doigts.

— Arrête de t'en vouloir, Emma. Tu te fais du mal pour rien.

J'enfouis un peu plus ma tête contre lui. Je ne veux pas qu'il remarque les larmes qui coulent sur mes joues. Je prends une grande inspiration, sèche discrètement mes joues du revers de la main et réponds :

— C'est quand même ma faute.

— Emma, tous les enfants tombent de vélo ! s'exclame-t-il. C'est comme un rite de passage.

Il n'a pas tort, mais si j'avais été là j'aurais pu empêcher cette chute. Quelle idée de répondre au téléphone et de le laisser seul avec son vélo !

— Oui, mais je n'étais plus dehors avec lui à ce moment-là, dis-je à voix basse, honteuse.

— Parce que tu crois que July et Ryan sont toujours avec lui quand il joue ? Ce sont des choses qui arrivent, c'est tout. Une fois, je suis parti faire les courses avec lui et je l'ai perdu au rayon légumes. J'étais complètement paniqué. J'ai cru qu'un psychopathe l'avait kidnappé. J'ai fait tous les rayons, j'ai interrogé tous les gens que je croisais, jusqu'à ce que j'entende dans le micro du magasin : « Le petit Logan a perdu son tonton. Il l'attend à l'accueil. »

Adam a pris une voix efféminée pour imiter celle de l'hôtesse. Je me redresse et le gratifie d'un sourire. Son partage d'expérience me fait beaucoup de bien. Je me sens moins minable et essaie d'être plus indulgente envers moi-même. Je me permets même une pointe d'humour.

— Au moins, il va garder un souvenir de moi. Six semaines de plâtre…

— Là, je ne peux pas te battre. T'es une championne, se moque-t-il.

Je le regarde droit dans les yeux. Qu'est-ce qu'il est beau !

— Qu'est-ce que tu fais là ?

— July m'a appelé dès qu'elle a reçu ton message. Elle s'est dit que je pourrais arriver le premier. Elle ne voulait pas te laisser toute seule ici. Malheureusement, j'étais en plein cours, alors je n'ai pas entendu mon téléphone sonner.

Je repense immédiatement à la blonde que j'ai aperçue avec lui. En plein cours ou en pleine drague ? Je garde ma réflexion pour moi et demande :

— Ce que je veux dire, c'est qu'est-ce que tu fais là, assis avec moi ?

Il me questionne du regard en haussant un sourcil.

— Tu n'es pas obligé de faire ça. Tu ne me dois rien.

— Je sais, mais j'en ai envie. Ce n'est pas parce qu'on ne se voit plus que je n'ai plus envie de te parler… Ou de te consoler quand tu ne vas pas bien, ajoute-t-il en posant une main sur mon genou.

Mon cœur s'arrête de battre quelques secondes. Ma respiration se coupe également. Mes yeux se tournent vers sa main, puis reviennent vers son visage. Il ne le sait peut-être pas, mais il vient de m'apporter un grand réconfort. Il a même réussi à me faire relativiser ce qui s'est passé. Cela dit, je ne me sens toujours pas prête à affronter July, mais je suppose que c'est déjà pas mal.

Son pouce caresse mon genou. Le contact de sa peau contre mon corps m'avait manqué, même si c'est à travers le tissu de mon jean. Je dois être honnête avec lui et l'arrêter avant que mes pensées ne dérapent et que je veuille que ses caresses aillent plus loin. Je retire donc délicatement sa main de mon genou et la repose sur sa propre cuisse. Je lui souris nerveusement et avoue :

— Je t'ai vu cet après-midi… Avec une femme.

Il baisse les yeux et hésite avant de répondre. Je n'attends pas forcément qu'il le fasse, je voulais juste qu'il sache que je suis au courant. Qu'il n'a pas à jouer un double rôle.

— Ce n'est pas… Ce n'est pas ce que tu crois.

— Je ne crois rien, dis-je rapidement. Tu fais ce que tu veux, Adam.

Je le pense sincèrement. Après ce que je lui ai fait, il n'a aucun compte à me rendre. Il m'a avoué ses sentiments, m'a dit qu'il m'aimait, et je l'ai ignoré. J'ai préféré mettre un terme à ce que nous avions. Cette décision me hante à chaque instant depuis…

— Vraiment, Emma, ce n'est pas ce que tu crois, répète-t-il en relevant les yeux. Je ne sais pas ce que tu as vu exactement, mais il s'agit d'une cliente qui aime flirter avec moi. Aujourd'hui, elle a essayé de m'embrasser, mais je l'ai repoussée.

Il semble honnête. Je décide de le croire. Après tout, il n'a aucune raison de me mentir. J'esquisse un sourire.

— OK.

Adam semble surpris par ma réponse. Peut-être s'attendait-il à devoir se justifier plus longuement.

— Merci, j'ajoute.

Il me sourit avant de se lever. Il me tend une main, que je saisis pour me relever à mon tour. Nous nous tenons debout, face à face. J'oublie que nous sommes dans un hôpital, que Logan s'est blessé et que ma vie personnelle et professionnelle est sens dessus dessous. Je ne pense à rien et me perds dans ses yeux verts. Son regard change peu à peu. La compassion et la sympathie font place à la séduction et au désir. J'avale ma salive et m'efforce de revenir à l'essentiel.

Je montre du doigt le box où Logan et ses parents se trouvent et bégaye :

— Il… Il faudrait peut-être que… Euh… qu'on y aille.

Adam hoche la tête et pose sa main dans le creux de mon dos. Qu'est-ce que ce geste m'avait manqué ! Je me dis que, s'il agit ainsi, c'est qu'il m'a pardonnée. Je souris à l'idée de profiter de mes derniers jours avec lui, et que nous soyons en bons termes lorsque je rentrerai en France.

Quand nous entrons dans le box, Ryan est en train de dessiner sur le plâtre de Logan. Ce dernier me voit et s'écrie :

— Emma ! Regarde comme c'est trop cool !

— En effet, dis-je avec un petit rire.

Adam salue les trois mousquetaires un par un. Il termine par le petit monstre et le félicite d'avoir été si courageux. July en profite pour s'approcher de moi, car je suis restée à l'entrée de la pièce.

— Je te connais, Emma. Je sais que tu t'en veux, me dit-elle d'une voix douce.

Un rire nerveux s'échappe de ma bouche. Elle me connaît mieux que je ne le croyais.

— Alors arrête ça tout de suite, s'il te plaît, reprend-elle. Je ne vais pas te faire le chapitre de « ça arrive à tout le monde », même si c'est vrai. Ce que je peux te dire, en revanche, c'est que tu as eu les bons réflexes et que la culpabilité que tu ressens actuellement fait de toi une bonne personne. Tu n'aurais pas pu mieux faire, conclut-elle.

Je la prends dans mes bras. Parfois, les gestes surpassent la parole. Je pense que cette étreinte a plus d'impact qu'un banal « merci ».

Je surprends Adam et Logan en train de nous regarder et de sourire bêtement. July me caresse le dos et nous relâchons notre étreinte.

— Qui est partant pour une pizza, ce soir ? demande Ryan.

— Moi ! nous écrions-nous tous en chœur.

Quelques minutes plus tard, nous prenons le chemin du retour à la maison. Adam se joint à nous.

— Au fait, félicitations, Logan, lui dit son oncle. Tu sais faire du vélo, maintenant. Il faudra que tu me montres ça lorsque tu n'auras plus ton plâtre.

— Oui ! Tu peux dessiner dessus, si tu veux, en attendant.

Adam lui dit qu'il a hâte tandis que nous sortons de l'hôpital.

Je suis soulagée que cette journée touche à sa fin. Elle a été riche en émotions et m'a épuisée. J'ai besoin de me reposer et de vivre demain plus sereinement. Rien de tel qu'une part de pizza et une nuit de sommeil réparateur pour cela.

21

Ryan et July ont organisé un barbecue pour mon départ. Krystin et sa famille sont de la partie, ainsi que M. Pumpkin, sa femme, et bien évidemment Adam.

Logan joue avec la fille de Krystin. Ils s'amusent à poursuivre Mambo. Ce dernier ne semble pas trop apprécier et vient se réfugier sous la table après les avoir péniblement semés.

L'odeur de la viande grillée me donne terriblement faim. July a préparé un filet de porc mariné dans du sirop d'érable et un jus de pommes. Ryan s'est occupé de la salade de pommes de terre et du dessert. La table offre un vrai festin. Les apéritifs, les saladiers, les bouteilles de vin et la tarte à la cerise la recouvrent complètement.

Nous sommes protégés du soleil par le grand parasol couleur taupe. Je profite de ce temps magnifique avant de rentrer en France affronter un automne grisâtre. Je sais que ce n'est que le début du mois de septembre, mais c'est ainsi que je me suis imaginé mon retour. Grisâtre.

Je bois une gorgée de vin rouge lorsque Ryan ramène le plat de viande sur la table. Nous nous extasions devant cette belle pièce qui semble cuite à la perfection, et les félicitons tous les deux. Je choisis ce moment pour porter un toast à toutes les personnes qui sont autour de cette table. Je me racle la gorge, me lève et annonce :

— Je voulais juste vous remercier pour tout ce que vous avez fait pour moi. Chacun de vous, à votre façon, avez rendu mon séjour ici inoubliable. Il a été riche en émotions, dis-je en jetant un coup d'œil à Logan, qui se tient désormais à côté de sa maman. Riche en rires, en découvertes culinaires et florales. Mais, ce que ces deux mois m'ont surtout apporté, c'est la sensation d'avoir un nouveau chez-moi et d'appartenir à quelque chose, à une famille. Et, pour cela, je ne vous remercierai jamais assez, je conclus en levant mon verre devant moi.

Ils se joignent à moi pour trinquer. July essuie une larme sur sa joue et se lève de sa chaise. Elle fait le tour de la table pour me prendre dans ses bras.

— Tu vas terriblement me manquer, me chuchote-t-elle à l'oreille.

— Toi aussi, je réponds en déposant un bisou sur sa joue.

En me rasseyant, je lance un bref regard à Adam. Il me fixe dans les yeux et sourit tristement. J'espère qu'il a compris que je l'incluais dans mon speech. Il a été très important pour moi, m'apportant - au-delà du plaisir - un soutien émotionnel sans faille. Il a été d'une écoute et d'une tendresse incroyables, même lorsque je n'ai pas répondu à sa déclaration d'amour. Je ne pourrai jamais l'oublier. Je ne veux pas l'oublier. Ces derniers jours m'ont permis de réaliser que j'avais des sentiments pour lui. J'ai essayé de les camoufler, mais il a bien fallu que je me rende à l'évidence. Peut-être qu'il avait raison en disant que j'ai peur d'aimer. Mais, même si cela est vrai, nous ne pouvons pas être ensemble. Je rentre en France - non que l'idée m'enchante - et July n'est pas au courant pour lui et moi. Je veux que cela reste ainsi.

Nous passons le début de l'après-midi à jouer au

football américain. Ryan m'a appris les règles quelques semaines auparavant. Elles sont beaucoup plus complexes qu'il n'y paraît. Pour me simplifier la tâche, je n'ai retenu que l'essentiel. En réalité, je me souviens seulement que pour marquer des points il faut réaliser un *touchdown*.

Logan est exempté de sieste pour aujourd'hui, à titre exceptionnel, comme le lui a dit son papa. Il joue avec nous dans les limites de ses capacités, pendant que la fille de Krystin cueille des fleurs dans le jardin. La femme de M. Pumpkin, Rose, s'avère être dynamique et sportive. Elle est une adversaire redoutable.

Je joue contre Adam, qui a malheureusement décidé de me prendre pour cible. Dès que j'attrape le ballon, il me plaque au sol – ce qui n'est pas pour me déplaire. Je savoure ces derniers contacts entre nous.

Nous sommes allongés dans l'herbe, lui au-dessus de moi. Nous rions et échangeons un regard chargé de sens. Une dernière partie de jambes en l'air n'aurait pas été de refus, à dire vrai. Mais les récents événements ont joué en notre défaveur. Logan et moi sommes restés à la maison ces derniers jours pour qu'il se repose. Je l'ai bichonné comme un prince.

Avant qu'il me regarde de cette façon, je ne savais même pas qu'Adam avait encore envie de moi. Peut-être qu'il a réussi à mettre ses sentiments de côté. Je suis ravie que nous puissions profiter de cette dernière journée ensemble, à rire plutôt qu'à nous éviter, gênés. Mais, pour être honnête, je ne sais pas si je nous laisserais céder à la tentation une ultime fois. J'aurais l'impression d'abuser de lui et de ses sentiments. J'ai bien trop d'affection et de respect pour lui, je ne pourrais pas lui faire un coup pareil.

— La partie continue, les tourtereaux, dit Ryan en nous sortant de notre rêverie.

Sans surprise, mes joues rougissent. Adam se relève et m'aide à faire de même. Je le remercie d'un sourire, et retourne courir après le ballon. Logan, qui est dans mon équipe, m'encourage. Il est adorable. Il m'a confié hier qu'il ne voulait pas que je parte. Il s'est mis à pleurer dans mes bras, tandis que j'essayais tant bien que mal de le consoler. Nous avons fini par faire un pacte. Nous sommes les seuls au courant. Nous nous appellerons ou nous enverrons des photos toutes les semaines. Et je lui ai promis que je reviendrais un jour. Je lui ai juste dit que je ne savais pas quand ce jour viendrait.

L'après-midi touche à sa fin. Krystin et son époux partent les premiers, car leur fille commence à fatiguer. Pauvre petite ! Ce n'est pas étonnant, Logan a puisé toute son énergie. Un bras cassé ne l'arrête pas. Il l'a fait courir dans tout le jardin, chanter, danser et même jouer à cache-cache. Elle risque d'apprécier le confort et le calme de son lit, ce soir.

Nous prenons un thé glacé avec M. Pumpkin et sa femme, avant qu'ils ne partent à leur tour. Il me fait plein d'allusions au fait de suivre ses rêves, ce qui me fait sourire. J'aime sa façon de vivre, de regarder sa femme et de toucher les fleurs. Tous ses gestes sont passionnés. J'aime sincèrement cet homme. Il est tellement inspirant. Malgré notre différence d'âge, nous avons beaucoup en commun. J'aurais aimé avoir un père comme lui, sage, aimant, qui me pousse à suivre mes rêves…

Nous les raccompagnons à la porte.

— C'était un plaisir de te rencontrer, Emma, dit Rose en me prenant dans ses bras. Bon retour en France.

— Plaisir partagé. Vous avez un mari exceptionnel, dis-je à voix basse comme si je lui confiais un secret.

Elle se penche en avant pour me chuchoter :

— Ne lui dis surtout pas, il risquerait de prendre la grosse tête.

Je ris à sa remarque.

Vient le tour de M. Pumpkin. Je lui tends mes bras grands ouverts :

— Oh ! Emma, Emma, Emma ! Je te souhaite tout le bonheur du monde, s'exclame-t-il en acceptant mon étreinte. Et n'oublie pas, le secret de tout, c'est l'amour.

— C'est noté, M. Pumpkin.

— Par pitié, appelle-moi Aimé ! exige-t-il en passant une main dans sa barbe.

Aimé… Ce prénom lui va si bien. Il m'évoque bien évidemment l'amour, mais aussi la gentillesse et la bienveillance. Ses parents avaient vu juste lorsqu'ils l'ont baptisé ainsi.

Un jour, je m'étais amusée à regarder la signification de mon prénom. L'étymologie ne m'évoquait pas grand-chose, mais je m'étais retrouvée dans le caractère général des Emma : autonome, débrouillarde, passionnée, à la recherche de perpétuel mouvement et aimant séduire. Plutôt ressemblant, non ?

— Alors merci d'être venu, Aimé. Et prends bien soin de Rose, j'ajoute à voix basse.

Il me fait un clin d'œil avant de partir. Ils sont si beaux, à se tenir la main pour rejoindre leur voiture. Adam en profite pour passer un bras au-dessus de mon épaule. Je me dis que cela peut être interprété comme un geste amical et ne m'occupe pas de ce que peut en penser July. Je cale même ma tête contre son épaule.

— Je comprends pourquoi tu l'apprécies tant, déclare-t-il en les regardant partir. Il dégage quelque chose de…

— De pur, dis-je pour lui venir en aide. C'est la personne la plus passionnée et la plus vraie que j'aie rencontrée.

— Tu oublies mes talents au lit, me susurre-t-il à l'oreille. Je suis plutôt passionné, moi aussi, quand je veux.

Je lui donne un coup de coude dans les côtes en guise de réponse, ce qui le fait à la fois rire et gémir de douleur. Mais il a raison. C'est un vrai dieu du sexe !

Nous emboîtons le pas au reste de la famille, qui décide de regagner l'intérieur de la maison. Nous passons dans le hall, où ma valise attend patiemment. Je la contemple quelques secondes. Dire que deux mois plus tôt je la remplissais de vêtements durement sélectionnés. La voir aujourd'hui, prête à fouler le sol français, me peine énormément. Mais pourquoi ? J'ai trouvé ce que je cherchais en venant ici. Je me suis reconnectée à moi-même, à mes désirs. J'ai compris ce que ça faisait, d'appartenir à une famille. Alors quoi ? Y a-t-il quelque chose d'autre que je n'ai pas accompli ?

Logan et moi jouons une dernière fois aux aventuriers de la mer. Il est l'expert des fonds marins tandis que j'endosse le rôle de la dresseuse de dauphins qui veut les sauver des braconniers. July, Ryan et Adam participent à notre mise en scène, en jouant tantôt les méchants, tantôt les gentils. J'en profite pour prendre quelques photos. Nous n'avons pas eu l'occasion d'en prendre beaucoup pendant mon séjour, alors c'est maintenant ou jamais.

Le moment tant redouté est finalement arrivé. Nous sommes à l'aéroport, prêts à nous dire au revoir. Ma valise est enregistrée, il ne me reste plus qu'à passer les contrôles de sécurité. C'est là que nos chemins se séparent. Je prends d'abord Logan dans mes bras et le couvre de baisers.

— Je t'aime fort, je lui confie.

— Je t'aime encore plus, s'exclame-t-il. N'oublie pas notre pacte.

Je lui tends mon auriculaire. Il le saisit avec le sien. Nous les secouons et les embrassons. Je me relève ensuite et ébouriffe ses boucles blondes. Il va me manquer terriblement. J'ai envie de pleurer, mais j'essaie de me contenir devant eux.

Ryan est le suivant.

— Merci pour les cours de cuisine, dis-je en riant nerveusement tandis qu'il me serre fort dans ses bras.

J'essaie de garder un ton léger, mais tous les membres de cette famille vont affreusement me manquer. Ces adieux sont très éprouvants pour moi.

— Prends bien soin de toi, Emma. Et donne-nous de tes nouvelles régulièrement.

— Promis, je réponds en essuyant une larme qui coule sur ma joue.

July est en pleurs. Dès que je le remarque, impossible de me retenir. Je fonds en larmes à mon tour. Tant pis pour le contrôle des émotions ! Nous nous faisons un câlin qui dure une éternité, tout en continuant à pleurer. Nous rions ensuite de la situation. Nous n'échangeons pas vraiment de mots, le regard suffit.

July est l'une des plus belles personnes que j'ai rencontrées dans ma vie. Elle est forte, bienveillante, généreuse et touchante. Ces deux mois avec elle ont tout simplement été fabuleux. J'ai trouvé une amie en elle, une confidente. Et je sais que malgré la distance elle sera toujours là pour moi. Et réciproquement.

July fait ensuite une chose qui me surprend. Elle se

retire discrètement, emmenant Logan et Ryan avec elle, et dit à mon intention et à celle d'Adam :

— Nous vous laissons vous dire au revoir.

La petite famille me fait des signes de la main et m'envoie des bisous avant de quitter le hall de l'aéroport.

Je regarde Adam, confuse. Ce dernier me sourit et prend mes mains dans les siennes. Il a un regard malicieux.

— Je lui ai peut-être avoué que nous nous sommes fréquentés pendant ces deux mois.

Ma confusion disparaît et fait place au choc. J'ouvre grand la bouche, mais je suis incapable de prononcer un seul mot. Mes pensées fusent. J'ai d'abord envie de l'engueuler, puis me sens soulagée à l'idée de ne plus avoir de secret pour July. Soudain, je réalise.

— Tu me dis qu'elle est au courant, mais elle n'a pas eu l'air de m'en vouloir…

— Parce qu'elle s'en fiche complètement ! Je te l'avais dit, je connais ma sœur par cœur. Tout ce qui lui importe, c'est que nous soyons heureux.

Je suis complètement secouée. Adam le comprend et reprend la parole :

— Écoute, Emma. Je sais que l'opinion de July était l'une des raisons pour lesquelles tu ne voulais pas que ce soit sérieux entre nous.

J'essaie de parler, mais il m'en empêche et poursuit :

— Mais il n'y a pas que ça. Tu as besoin de mettre de l'ordre dans ta vie et de savoir ce que tu veux. Moi, je sais ce que je veux. C'est toi. Et je suis prêt à t'attendre. Je vais t'attendre, parce que je t'aime et, depuis que je te connais, je me sens différent, comme une meilleure version de moi-même. Dès que tu auras décidé ce que tu veux faire, dis-le-moi. Et, si c'est moi que tu veux, alors nous ferons en sorte que ça marche.

Une larme coule sur ma joue – décidément, c'est ma journée. Mais je ne suis pas triste. Je suis émue, heureuse, touchée. Adam a vu juste, depuis le début. C'est à croire qu'il me connaît mieux que moi-même. Tout prend soudain un sens. J'ai des sentiments pour lui, ça ne fait aucun doute. Mais je dois effectivement d'abord découvrir ce que j'attends de la vie.

Nous restons debout, face à face, main dans la main, à nous sourire pendant un long moment. Je me blottis contre lui. Je me sens bien. Le temps s'arrête quand je suis avec lui.

Au micro, une voix féminine annonce que l'embarquement de mon vol va bientôt commencer. Adam dépose un baiser sur mon front avant que je m'éloigne en direction des contrôles de sécurité.

Ce n'est pas un adieu. C'est un au revoir. Mieux que cela, c'est une promesse.

Alexie est magnifique dans sa robe bleue satinée. Thomas a lui aussi sorti le grand jeu, en portant un costume trois pièces gris et blanc. Les invités les félicitent tour à tour.

Ils ont décidé de fêter leurs fiançailles deux semaines après mon retour. Il doit y avoir environ vingt personnes dans leur appartement, dont la famille et les amis les plus proches.

Je suis ravie de les voir heureux. Quand Alexie a eu des doutes sur la fidélité de Thomas, je me suis sentie mal pour elle. Savoir qu'elle nage dans le bonheur aujourd'hui me soulage énormément et me rend heureuse pour elle. Mais je ne peux m'empêcher de penser à Adam. Il me manque cruellement depuis que je suis rentrée, et voir les fiancés ce soir me rend nostalgique, presque jalouse. J'ai eu beau retrouver ma meilleure amie, Marc, mes grands-parents, mon lapin et mon appartement, je ne me sens pas comblée. J'envie le bonheur d'Alexie.

Je chasse ces pensées de mon esprit pour me focaliser sur la soirée. Je prends mon rôle de témoin très à cœur et passe entre les différents invités, un plateau à la main, pour leur proposer des petits-fours. Mais Adam revient au galop dans mon esprit, jusqu'à ce qu'Alexie me tire par le bras et m'emmène dans sa chambre. J'essaie de ne pas faire tomber le plateau au passage.

— Qu'est-ce qui se passe, Emma ? me demande-t-elle en fermant la porte derrière nous et en venant s'asseoir sur le lit.

— Rien, je prétends. Pourquoi tu me dis ça ?

Elle penche la tête de côté et me lance un regard du genre « ne joue pas à ça avec moi ». Je la rejoins sur le lit en laissant tomber dramatiquement mes bras contre moi.

— Je n'arrête pas de penser à lui.

— Je sais, dit-elle en posant une main réconfortante sur mon genou. Tu l'aimes ?

Je tourne la tête vers elle et lui souris :

— Oui.

Elle me sourit en retour.

— Qu'est-ce que tu attends, alors ? s'exclame-t-elle. Rejoins-le !

— Mais il m'a dit que je devais d'abord savoir ce que j'attendais de la vie !

— Et qu'est-ce que tu veux ?

— Je ne sais pas trop, dis-je, hésitante. Lui, c'est sûr. Et puis je veux travailler dans le domaine floral. Je me suis vraiment épanouie dans cette mission avec July.

— Qu'est-ce qui te retient ici, alors ?

— Toi ! Mes grands-parents ! Et il me faut un visa. Je ne peux pas juste débarquer comme ça au Canada. Les douaniers risquent de me faire ma fête !

— Tu sais très bien que je viendrai te voir. Et tu pourras rentrer une fois par an pour voir tes grands-parents – et moi au passage. Pour ce qui est du visa, tu n'as qu'à faire une demande. Qu'est-ce que tu as à perdre ? Mais je crois qu'il te faut un travail pour qu'il soit accepté. Tu ne m'avais pas dit que ton M. Citrouille était prêt à t'embaucher ?

— Si, peut-être. Il faudrait que je l'appelle. C'est certain que je pourrais apprendre beaucoup avec lui.

— Alors, maintenant, arrête de te trouver des excuses et fonce ! Sois heureuse, tu le mérites ! Je sais que tu as trouvé une famille là-bas. Tu as toujours désiré en avoir une. Je pense que tu as trouvé l'endroit où ta vie doit prendre un tournant.

Elle a raison. Je dois m'autoriser ce bonheur. Je l'ai attendu toute ma vie. Ce que je veux, c'est tout simplement une famille et de l'amour. Et j'ai tout cela avec Adam et les Demaras. En bonus, je sais que je vais pouvoir m'épanouir professionnellement en travaillant dans un domaine qui me passionne. Le reste n'est que détail.

Je prends Alexie dans mes bras et la remercie pour tout ce qu'elle est et tout ce qu'elle m'apporte.

— Appelle-le maintenant, dit-elle en se relevant.

Elle me laisse seule dans la chambre. Je prends mon téléphone et appelle Adam.

Épilogue

Huit mois plus tard

Les cartons se vident petit à petit. Nous nous attaquons à la cuisine, qui est probablement la pièce la plus pénible à ranger à cause de la vaisselle. Je sors deux bières du frigo pour nous donner du courage. Adam et moi trinquons :

— À notre nouveau chez-nous, dis-je en faisant claquer ma bouteille contre la sienne.

— À nous, dit-il en m'attirant contre lui et en m'embrassant.

Ce baiser me donne terriblement envie d'aller plus loin, même si nous avons fait l'amour il y a deux heures. Mais nous avons du pain sur la planche avant que nos invités ne viennent dîner chez nous. Chez nous… Ça me fait bizarre, mais j'aime le dire. Adam et moi habitons ensemble, dans notre nouveau cocon.

Je le repousse légèrement, aussi frustrée que lui.

— Il va falloir attendre ce soir pour les câlins, mon chéri. On doit avoir tout rangé et tout nettoyé avant 18 heures.

Il se lèche les lèvres et me dit avec un regard séducteur :

— Comme tu veux, poupée !

Il sait que je déteste ce surnom, mais il persiste à

m'appeler ainsi. Je lui donne une tape sur le bras en signe de protestation, ce qui le fait rire. Il dépose un baiser sur mon front, comme il l'avait fait à l'aéroport, le jour de mon retour en France.

Adam me regarde avec une lueur dans les yeux que je n'arrive pas à interpréter.

— Qu'est-ce qu'il y a ? je lui demande, intriguée.

— C'est juste que je me rappelle ce fameux jour où tu m'as appelé pour me dire que tu avais enfin compris ce que tu voulais.

Je le regarde, les yeux pleins d'amour.

— Je m'en souviens très bien aussi. J'étais assise sur le lit d'Alexie, et je croisais les doigts pour que tu décroches et que tu ne me dises pas qu'il était trop tard.

— Maintenant que tu le dis, c'est vrai que tu étais nerveuse. Mais, ce jour-là, tu as fait de moi l'homme le plus heureux sur terre.

J'écarte les bras pour montrer la pièce qui nous entoure et lui dis :

— Et nous voilà, huit mois plus tard, à emménager ensemble. Le chemin a été semé d'embûches, mais on y est arrivés.

— Ferais-tu allusion à ton visa qui a mis cinq mois à être obtenu et à toute la paperasse qui ne s'en finissait plus avec M. Pumpkin ? demande-t-il en ricanant.

— En effet, je lui réponds en enroulant mes bras autour de lui. Heureusement que mon nouveau patron a fait preuve de beaucoup de patience.

M. Pumpkin a été formidable avec moi. Dès que July a appris que je revenais au Canada - et de façon définitive –, elle l'a appelé pour savoir s'il connaissait des confrères prêts à embaucher quelqu'un. Il lui a dit qu'il allait se renseigner, et deux jours plus tard il m'a téléphoné pour me dire qu'il voulait passer plus de temps avec sa femme. Et que, pour ça, il avait besoin de quelqu'un d'autre au magasin. J'ai instinctivement accepté sa proposition. Je me suis rappelé toutes les sensations que j'avais éprouvées en entrant pour la première fois dans sa boutique. Je n'ai eu qu'une hâte, ce jour-là, c'était de commencer à travailler pour lui.

Adam dépose un doux baiser sur ma joue, puis sur mes lèvres. Nous retournons au travail avant que notre libido ne prenne le dessus sur notre emménagement. J'en profite pour lui donner une petite fessée tandis qu'il se retourne.

— Au boulot, monsieur !

Il rigole et secoue la tête.

— Oh ! toi, tu ne perds rien pour attendre. Attends de voir ce que je te réserve une fois que nos invités seront partis.

Je sors de la douche quand la sonnette retentit. Je hurle quasiment pour dire à Adam d'aller ouvrir la porte. Je me sèche en vitesse et enfile mon pantalon noir et mon chemisier bordeaux. Je garde sous le coude mon gilet beige, car, le printemps a beau être là, la neige n'a pas complètement fondu. Je laisse mes cheveux sécher naturellement. Depuis que je les ai fait couper au-dessus de l'épaule, ils sont bien plus faciles à coiffer.

Je rejoins Adam dans la pièce principale. Il vient de faire entrer nos invités. Logan me saute dans les bras. Je le serre fort contre moi et dépose un baiser sur ses petites joues rosées. C'est fou ce qu'il a grandi en sept mois !

Je salue ensuite son papa et sa maman. July et Ryan m'ont beaucoup manqué lorsque j'étais en France, même si l'on s'appelait toutes les semaines. J'avais pris l'habitude de vivre avec eux, de les voir tous les jours. Ça m'a fait très bizarre de me retrouver du jour au lendemain seule dans mon appartement – Bacon ne compte pas.

Nous leur faisons visiter la maison, puis Adam leur propose de s'installer dans notre canapé en cuir marron. Je contemple mon petit Logan, qui n'est plus si petit. Il s'assoit près de son père, dont il est désormais une version miniature. En plus, ils portent le même pantalon en toile bleu. Je regarde son T-shirt blanc, sans trop prêter attention au texte qui y est inscrit. Au bout de quelques instants, je réalise qu'il y est écrit : « Le meilleur grand frère, c'est moi ! »

Il me faut plusieurs secondes pour percuter. Quand l'information atteint mes synapses, je me mets à crier comme une hystérique. Adam me regarde en se demandant ce qui m'arrive, tandis que le reste de la famille éclate de rire. Incapable de prononcer des mots cohérents, je continue de pousser des cris en pointant du doigt le T-shirt de Logan. Adam semble saisir l'information plus rapidement que moi et prend sa sœur dans ses bras.

— Félicitations ! Je suis trop content pour vous ! Pas de bière pour toi, je suppose, conclut-il en riant.

July l'imite. Nous nous prenons tous dans les bras et décidons de célébrer la nouvelle en sortant une bouteille de champagne. La maman et son fils ont droit à du jus de pomme. Je suis tellement heureuse pour eux, je ne savais même pas qu'ils désiraient un deuxième enfant. Logan va connaître la fraternité, une chance que je n'ai pas eue !

À défaut d'avoir des coupes de champagne à portée de main, je sers les bulles dans des gobelets. Nous claquons nos verres en plastique les uns contre les autres avant de boire leur contenu. Logan nous abandonne rapidement pour aller jouer avec Bacon. Mon lapin s'est plutôt bien adapté au climat canadien et semble adorer Adam.

— Comment s'est passée ta première semaine de travail ? me demande July.

— Si tu veux savoir où j'en suis dans la préparation de tes bouquets, sache que j'ai terminé.

— Tu es fabuleuse, me dit-elle en me faisant un clin d'œil et en posant son verre de jus de pomme sur notre petite table basse en bois clair. Ce contrat avec Aimé a été la meilleure décision que j'ai prise de toute ma carrière.

Depuis qu'il m'a embauchée, July a en effet passé un accord avec lui. Nous nous occupons désormais de toutes les décorations florales pour les événements qu'elle organise. Il me laisse gérer entièrement cette partie du business, et je l'aide en plus dans le magasin lorsqu'il en a besoin. Il me forme également tous les jours avec son savoir, et je me suis inscrite à des cours à distance, sur Internet, pour parfaire mes connaissances. Je m'éclate complètement dans mon travail. Je m'y sens bien et m'investis à fond, sans pour autant avoir l'impression de travailler. Le chiffre d'affaires d'Aimé a d'ailleurs grimpé en flèche. Je me dis que je n'y suis peut-être pas pour rien.

— Tout comme lui, je réplique. Il n'arrête pas de me dire à longueur de journée que ses affaires ne se sont jamais aussi bien portées.

— Cela ne m'étonne pas, intervient Adam, qui était parti chercher des toasts dans la cuisine. Le bouche-à-oreille des soirées mondaines doit accroître votre clientèle.

— C'est certain.

Nous prenons les petits toasts qu'Adam a préparés quand j'étais sous la douche. Il a acheté du pain - nous avons repéré une boulangerie pas trop mal dans les parages, surtout que cela ne court pas les rues - et cuisiné des mini-bruschettas.

— Et comment va ta meilleure amie ? me demande Ryan. A-t-elle fixé une date pour son mariage ?

— Non, pas encore, mais ce sera l'année prochaine.

— Ça te fera une raison de plus de passer quelques jours en France, me dit July.

— Oui. Mais, même si mes amis et mes grands-parents me manquent, je me sens bien ici. Je ne regrette pas ma décision.

Adam sourit et embrasse ma tête. J'aime le voir si heureux.

— Et puis Marc vient nous voir cet été avec sa femme, dit-il.

— Marc, comme Marc, ton ancien patron ? me demande Ryan.

— C'est cela. Je le considère comme un très bon ami. Il m'a beaucoup soutenue, cette année, c'est lui qui m'a aidée à avoir un visa. Sans lui, je ne serais pas là aujourd'hui à trinquer avec vous, à la santé du futur bébé et à cette belle maison.

Adam et moi avons fait le choix de repartir complètement à zéro. Et qui dit nouveau départ dit nouveau logement. Il a gardé sa maison en bord de plage pour la mettre en location, et nous nous sommes installés dans cette petite maison parfaite pour nous.

— Je suis tellement contente de t'avoir parmi nous, me confie July.

— Et moi donc, réplique Adam. Je vous signale que c'est moi qui suis fou amoureux d'elle !

Je ris et dépose un doux baiser sur ses lèvres. Ses mots ont fait accélérer mon rythme cardiaque et naître des papillons dans le bas de mon ventre. Qu'est-ce que j'aime cet homme ! Il me rend folle, me comble de bonheur et fait de moi une meilleure personne.

Je regarde autour de moi et réalise que j'ai désormais tout ce que j'ai toujours voulu : un homme que j'aime passionnément et qui me le rend bien, une famille et un job de rêve.

J'ai trouvé ma place, l'endroit auquel j'appartiens.

Remerciements

Tout d'abord, un grand merci à Nanou, ma première lectrice. Les conseils qu'elle m'a apportés tout le long de cette aventure m'ont été très précieux.

Merci à ma famille, pour son soutien indéfectible. Elle a toujours été là pour moi et est ce qu'il y a de plus important dans la vie. À mon amour, qui me supporte au quotidien, comprend ma passion et me rend plus audacieuse.

Merci à mes amis, qui m'inspirent sans qu'ils le sachent. Et pour leurs réactions qui m'ont fait mourir de rire quand je leur ai avoué que j'allais être publiée.

Enfin, merci à l'équipe de HarperCollins, qui a cru en mon histoire et a permis de la partager. Mon rêve se réalise grâce à eux. Et puis un merci tout particulier à Marie : je n'aurais pu rêver meilleure éditrice.